KB042136

80일간의 세계 일주

Le Tour du monde en quatre-vingts jours

80일간의 세계 일주
Le Tour du monde en quatre-vingts jours

쥘 베른 지음

이세진 옮김

책세상

차례

80일간의 세계 일주

'80일간의 세계 일주' 여정

• 각주는 모두 옮긴이 주다.

1

필리어스 포그와 파스파르투가
주인과 하인이 되기로 합의하다

1872년, 빌링턴 가든스의 새빌로 7번지에는 필리어스 포그라는 신사가 살고 있었다. 한때 셰리든이 살다가 1814년에 사망한 그 집이다.[1] 필리어스 포그는 남의 이목을 끄는 일은 절대 하지 않을 것처럼 보였지만, 런던의 리폼 클럽에서 가장 특이하고 눈에 띄는 인물이었다.

영국이 자랑하는 위대한 연설가 셰리든에 뒤이어 이 집의 주인이 된 필리어스 포그는 수수께끼 같은 사람이었다. 무척 세련되었으며, 영국 상류 사회에서 가장 잘생긴 신사로 손꼽힌다는 점 말고는 도통 알려진 바가 없었다.

바이런을 닮았다고들 하지만 그건 어디까지나 얼굴 얘기다. 필

---

[1] 1816년에 사망한 아일랜드 태생의 영국 극작가이자 정치가인 리처드 셰리든Richard Sheridan(1751~1816)의 집을 가리킨다. 셰리든이 사망한 해는 1816년인데, 쥘 베른이 연도를 착각한 것으로 보인다.

리어스 포그는 바이런[2]과 달리 두 다리가 멀쩡했다. 콧수염과 구레 나룻을 기른 바이런, 늙지도 않고 천년을 살아온 무표정한 바이런 이라면 그런 모습일까.

필리어스 포그는 영국인이 확실했으나 런던 토박이는 아니었을 것이다. 증권거래소나 중앙은행이나 시티[3]의 창구에서 그를 봤다는 사람은 아무도 없었다. 런던의 강 유역이나 항만에 필리어스 포그가 선주船主인 배가 들어온 적도 없었다. 이 신사는 어떤 행정 부처 소속도 아니었다. 템플, 링컨스인, 그레이스인, 그 외 어느 법학원에서도 그의 이름은 울려 퍼진 적이 없었다. 대법원, 여왕좌 법원, 재무 항소 법원, 교회 법원을 막론하고 그가 변론을 한 적 또한 없었다. 그는 사업가도 중개업자도 상인도 농부도 아니었다. 영국 왕립연구소, 런던협회, 장인匠人협회, 러셀협회, 서양문학협회, 법률협회, 여왕 폐하가 직접 후원하는 예술과학협회에도 소속되어 있지 않았다. 하모니카협회부터 해충 박멸을 목적으로 설립된 곤충연구회에 이르기까지 영국의 수도에는 오만 가지 협회가 넘쳐났으나 그는 그중 어디에도 속해 있지 않았다.

필리어스 포그는 리폼 클럽 회원이었고, 그게 다였다.

이토록 알 수 없는 신사가 그 명예로운 단체의 회원이라는 사실에 놀랄 사람들에게는 베어링 형제의 추천이 있었다는 말만 하겠다. 그는 이 형제의 은행에 계좌를 가지고 있었다. 필리어스 포그가

---

2   George Gordon Byron(1788~1824). 영국의 대표적인 낭만파 시인. 안짱다리에다 선천적으로 오른발을 전 탓에 콤플렉스에 시달렸다.

3   런던의 행정구역 중 하나로 뉴욕의 월스트리트에 해당하는 영국의 금융 지구를 말한다.

서명하는 수표는 늘 잔고가 넘쳐나는 그의 예금 계좌를 통해 어김 없이 지불되었으므로 그 자체가 확실한 '신용' 보증이었다.

이 필리어스 포그는 부자였을까? 그건 확실했다. 하지만 그가 어떻게 재산을 모았는지는 내로라하는 정보통들도 알지 못했다. 설령 포그 씨에게 그런 걸 물어봐도 절대 털어놓지 않을 사람이었다. 어쨌든 그는 돈을 물 쓰듯 하지도 인색하지도 않았다. 고귀한 일이나 유익한 일이나 자선이 필요한 일이 있으면 그는 어디든 조용히, 심지어 익명으로 도움을 주었다.

요컨대 이 신사만큼 자신을 드러내지 않는 사람은 드물었다. 그는 말을 아꼈고, 말수가 적으니 더욱더 신비에 싸여 있었다. 그렇지만 그의 생활은 일정대로 착착 돌아갔다. 그가 반드시 하는 일이라고 해봐야 늘 똑같았기 때문에 심통 난 상상력이 비집고 들어갈 여지가 없었다.

그는 여행을 했을까? 그랬을 것 같다. 그만큼 세계지도를 잘 갖추고 있던 사람이 없었으니까. 아무리 외진 곳이라도 그는 특출나게 잘 알고 있었다. 가끔은 길을 잃거나 헤매는 여행자들에 대해 클럽 안에서 숱하게 오가는 이야기를 그는 간단명료한 몇 마디 말로 짚고 넘어가곤 했다. 그는 실제로 일어났을 법한 일들을 지적하고 사태를 다 꿰뚫어보는 사람처럼 말하곤 했는데, 나중에 결과를 보면 그의 말이 늘 맞았다. 그는 세계 구석구석을, 적어도 머릿속으로는 두루 다녀본 게 분명했다.

그런데 확실히, 필리어스 포그는 오랫동안 런던을 떠난 적이 없었다. 영광스럽게도 그를 좀 더 잘 알고 지내는 사람들은 그가 집에서 클럽까지 갈 때 이용하는 지름길 외의 장소에서 그를 목격하는 것은 불가능한 일이라고 장담했다. 필리어스 포그의 유일한 여가 활동은 신문 읽기와 휘스트 게임이었다. 휘스트는 말을 하지 않아도 되는 게임이어서 그의 성격에 잘 맞았다. 그는 자주 돈을 땄지만, 딴 돈이 그의 주머니로 들어가는 법은 없었고 상당한 액수의 돈이 자선을 위해 쓰였다. 게다가 필리어스 포그는 카드 게임을 즐기려고 할 뿐 돈을 따려는 목적은 전혀 없었다는 점을 주목해야 한다. 게임은 그에게 난관과 겨루는 투쟁이었지만 움직이거나 이동할 필요가 없고 피곤하지도 않은 투쟁이었으므로 그의 기질에는 딱이었다.

필리어스 포그의 아내나 자녀는 알려진 바 없었다. 이것은 지극히 고결한 사람들에게나 있을 수 있는 일이었다. 그는 친척이나 친구도 없었다. 사실 이런 경우는 드물다. 필리어스 포그는 새빌로의 집에 혼자 살았고, 아무도 그 집에 들어가본 적이 없었다. 집안에 대해서 얘기하는 일도 없었다. 그의 시중을 드는 데는 하인 한 명이면 충분했다. 점심과 저녁은 클럽에서, 언제나 시계처럼 정확하게 같은 시각에, 같은 방에 같은 자리에서 먹었다. 그는 회원들이든 낯선 사람이든 집으로 초대하는 법이 없었다. 리폼 클럽이 회원에게 언제든 이용하라고 마련해놓은 안락한 방을 이용하는 법도 결코 없었고, 정확히 자정이면 늘 집으로 돌아가 잠자리에 들었다. 그는 하루 24시간 중 열 시간만 자택에서 보냈는데, 그 시간에는 잠을 자거나 몸을 씻거나 옷을 갈아입었다. 그는 산책을 할 때면 한결같이, 일정한 보폭으로 모자이크타일이 깔린 현관홀이나 붉은 반암斑巖으로 이루어진 이오니아식 기둥 스무 개가 푸른색 유리 돔을 떠받치고 있는 원형 복도를 거닐었다. 그가 저녁이나 점심을 먹을 때는 조리실, 식품 저장실, 식탁 준비실, 클럽에 생선과 유제품을 공급하는 업체가 먹음직스러운 진수성찬을 내왔다. 검은색 정장을 입고 발소리가 나지 않게 부드러운 멜턴을 창에 댄 구두를 신은 진중한 얼굴의 하인들이 특제 도자기에 담아낸 요리를 작센산 식탁보 위에 올려놓았다. 그가 마시는 셰리 와인, 포트와인 또는 계피·공작고사리·계수로 향을 낸 보르도 포도주는 이제는 사라지고 없는 주형鑄型으로 제작한 클럽 전용 크리스털 잔에 담겨 나왔다. 마지막으로 그가 마시는 음료를 차갑게 유지해주는 얼음은 클럽이 아메리카 대륙의 호수에서 공수한 것이었다.

이렇게 사는 것이 괴짜의 삶이라면, 괴짜의 삶에도 좋은 점이 있다고 인정할 수밖에!

새빌로 저택은 화려하지 않았지만 무척 안락했다. 게다가 이 집에 사는 사람의 변함없는 습관 덕분에 시중들 일도 아주 적었다. 그렇지만 필리어스 포그는 한 명뿐인 하인에게도 시간 엄수와 이례적인 규칙성을 요구했다. 10월 2일, 바로 그날, 필리어스 포그는 하인 포스터가 면도할 때 쓰는 물을 섭씨 30도가 아닌 29도로 내왔다는 이유로 해고했고, 11시에서 11시 30분 사이에 후임으로 오기로 한 사람을 기다리고 있었다.

필리어스 포그는 안락의자에 꼿꼿이 앉아 열병식을 하는 군인처럼 두 발을 모으고, 손은 무릎에 얹은 채로 허리를 쭉 펴고, 고개를 들어 시곗바늘이 움직이는 것을 보고 있었다. 시, 분, 초, 요일, 날짜, 연도까지 표시되는 정교한 시계였다. 11시 30분이면 포그 씨는 평소 습관대로 클럽에 가야 했다.

그때 누군가가 필리어스 포그가 앉아 있던 작은 거실 문을 두드렸다.

해고당한 하인 제임스 포스터가 나타났다.

"새 하인이 왔습니다."

30대로 보이는 남자가 들어와 인사했다.

"프랑스인이고 이름은 존인가?"

"실례합니다만 장입니다. 장 파스파르투[4]라고 하지요. 타고난 일 재주가 있다고 이런 별명이 붙었습니다. 저는 성실한 사람이라고 자부합니다만 솔직히 이 일 저 일을 전전했습니다. 유랑극단 가수도 했고, 서커스 곡마사가 되어 레오타르처럼 공중곡예를 하거나 블롱댕처럼 줄을 타고 춤을 추기도 했습니다. 그러다가 재주를 살려보겠다고 체조 선생도 했고, 마지막으로는 파리에서 소방대원으로 일했습니다. 대형 화재를 진압한 경험도 몇 번 있고요. 하지만 5년 전에 프랑스를 떠났고, 영국에 와서는 가정생활을 맛보고 싶어서 시종 일을 했지요. 적을 둔 곳이 없는 차에 필리어스 포그 님이 영국에서 가장 정확하고 한 곳을 떠나지 않는 분이라는 말을 듣고 여기 왔습니다. 이곳에서 조용히 살다 보면 파스파르투라는 이름마저 잊을 수 있을까 해서…."

"파스파르투라는 이름이 마음에 드는군. 자네를 추천받고 좋은 얘기도 들었네. 내가 제시하는 조건은 알고 있나?"

"네, 나리."

"좋아, 지금 몇 시인가?"

"11시 22분입니다."

파스파르투가 주머니에 손을 깊숙이 넣어 커다란 은시계를 꺼

---

4 프랑스어로 '만능열쇠Passepartout'를 뜻하며, 무슨 일이든 잘해낸다는 의미다.

내 보고 대답했다.

"자네 시계가 늦군."

포그 씨가 말했다.

"죄송합니다만 그럴 리 없습니다."

"자네 시계는 4분 느리다네. 상관없어. 시차를 확인한 걸로 충분해. 그럼 지금 이 순간, 1872년 10월 2일 수요일 오전 11시 29분[5]부로 자네는 내 하인이 된 걸세."

필리어스 포그는 이렇게 말하고 왼손으로 모자를 들어 기계적인 몸짓으로 자기 머리에 얹고는 조용히 거실 문을 나섰다.

파스파르투는 바깥문이 닫히는 소리를 들었다. 새로운 주인이 나가는 소리였다. 또 한 번 소리가 났다. 그의 전임자 제임스 포스터가 떠나는 소리였다.

파스파르투는 홀로 새빌로 저택에 남았다.

---

5   원문에는 'vingt-neuf(29)'라고 쓰였으나 대화가 수분 동안 지속된 것으로 보이지 않아 22분에서 4분 늦은 '26분'이 맞는 듯하다. 포그가 시간 관리를 간깐하게 한다는 설정을 생각해보면 '26분'이라고 표기하는 것이 더 자연스러워 보이는데, 이는 원문의 오류가 아닌가 싶다.

2

파스파르투가 마침내
이상적인 집을 찾았다고 확신하다

'나 참, 새로운 주인 양반은 활기차기가 마담 투소 박물관에서 본 인물들 같군.'

파스파르투는 처음에 조금 어리둥절해서 이렇게 생각했다.

런던에서 많은 사람이 구경하러 가는 마담 투소 박물관의 '인물들'이 밀랍 인형이라는 점을 밝혀두어야겠다. 이 인형들은 말을 못 한다는 점만 빼면 인간과 다를 바 없다.

파스파르투는 필리어스 포그를 잠깐 보았을 뿐이지만 신속하고 꼼꼼하게 미래의 주인을 관찰했다. 필리어스 포그는 마흔 살쯤 되어 보이고 기품 있게 잘생겼으며, 키가 컸다. 보기 싫지 않을 정도로 배가 살짝 나오고 금발에 구레나룻을 길렀으며, 이마에서 관자놀이까지 주름 하나 없고 낯빛은 좀 창백한 편이었으며, 치열이 완벽했다. 그는 이미 관상가들이 '동중정動中靜'이라고 부르는 기질, 즉 티를 내지 않고 금세 일을 해치우는 사람들이 지닌 공통적 특성의 경지에 오른 듯 보였다. 차분하고 침착하며 맑은 눈동자, 잘 깜박이지 않는 눈꺼풀은 영국에서 자주 만나게 되는 냉정한 영국인의 완성된 전형으로, 앙겔리카 카우프만[6]은 이러한 영국인의 다소 학자 같은 태도를 붓으로 멋지게 그려낸 바 있다. 생활 속 여러 행동으로 볼 때 이 신사는 모든 부분이 균형 잡히고 절제되어 있으며 르루아나 언쇼[7]가 만든 정밀 시계만큼 정확해 보였다. 사실 필리어스 포그는 정확성의 화신 그 자체였고, '손짓과 발짓'만 봐도 그 점은 명백했다. 다른 동물도 그렇지만 인간에게도 손발만큼 감정을 드러내는 기관은 없으니 말이다.

필리어스 포그는 한 치도 틀림없이 정확한 사람이었다. 절대 서두르지 않고, 늘 준비가 되어 있으며, 동작과 걸음에 군더더기가 없는 사람들이 있지 않은가. 그는 한 걸음도 쓸데없이 내딛지 않았고, 항상 최단 거리를 이용했다. 쓸데없이 천장을 쳐다보는 일도 없었다. 불필요한 몸짓은 하나도 없었다. 감동에 젖거나 동요하는 모습도 절대 보이지 않았다. 세상에서 가장 서두르는 기색이 없는 사람이었지만, 늘 제시간에 나타났다. 하지만 혼자 살았기 때문에 그가 모든 사회적 관계에서 벗어나 있었다는 점은 다들 알 것이다. 그는 사람들과 부대끼기도 하면서 살아야 한다는 것을 알았지만, 그런 것도 늦어지다 보니 결국 아무하고도 만나지 않았다.

장, 일명 파스파르투로 말하자면 뼛속까지 파리 토박이였다. 그

---

6 Angelica Kauffmann(1741~1807). 스위스 출신의 신고전주의 화가. 영국 상류 사회에서 초상화가로 성공했다.
7 프랑스의 시계 제작자인 피에르 르루아Pierre Le Roy(1717~1785)와 영국인으로 시계학 분야의 전설이자 개척자인 토마스 언쇼Thomas Earnshaw(1749~1829)를 가리킨다.

는 5년 전부터 영국에서 시종 일을 업으로 삼고 자신이 마음 붙일 만한 주인을 찾아왔지만 허사였다.

파스파르투는 프롱탱이나 마스카리유[8] 같은 구석이 조금도 없었다. 연극에 등장하는 이 하인들은 고개를 빳빳이 쳐들고 오만한 눈빛에 메마른 눈을 한 우스꽝스러운 파렴치한일 뿐이다. 오히려 파스파르투는 호감 가는 외모, 언제나 맛을 보거나 애무할 준비가 되어 있는 도톰한 입술을 지닌 선량한 사내였다. 게다가 마음이 순하고 싹싹했으며, 얼굴이 둥글둥글한 것이 누구나 친구로 삼고 싶을 법한 인상이었다. 파란 눈, 혈색 좋은 낯빛, 자기 광대뼈를 자기 눈으로 볼 수 있을 만큼 살 오른 얼굴, 떡 벌어진 가슴, 힘 좋은 허리, 단단한 근육에, 젊었을 때 운동을 열심히 해서 힘이 장사였다. 그런데 그의 갈색 머리칼은 말을 잘 안 들었다. 고대 조각가들은 미네르바의 머리를 빗는 방법을 열여덟 가지나 알고 있었다는데, 파스파르투가 머리를 손질하는 법은 단 하나, 얼레빗으로 세 번 왔다 갔다 하면 끝이었다.

이 사내의 외향적인 성격이 필리어스 포그의 성격과 과연 잘 맞을지는 눈곱만큼이라도 신중한 구석이 있는 사람이라면 단정하지 못할 것이다. 파스파르투가 그의 주인에게 필요한 뼛속까지 정확한 하인이려냐? 그건 그를 하인으로 써봐야만 알 수 있다. 우리도 알다시피 그는 젊어서 방랑이라면 할 만큼 했고, 이제 휴식을 갈망한다. 그는 영국이 체계적인 방법론을 중시하고 영국 신사들은 냉

---

8 프롱탱은 소설가이자 극작가인 르사주Alain René Lesage(1668~1747)의 희극《튀르카레》에, 마스카리유는 본명이 장 밥티스트 포클랭Jean Baptiste Poquelin인 극작가이자 배우 몰리에르Molière(1622~1673)의 희극《웃음거리 재녀들》에 등장하는 하인이다.

철하기가 이루 말할 수 없다는 말을 듣고 이곳에 돈을 벌러 왔다. 그러나 지금까지 운이 따르지 않았고 어디에도 뿌리를 내리지 못했다. 그는 열 군데에서 일했는데, 어느 집이나 주책맞고 변덕스럽고 연애 아니면 모험을 좋는 사람이 있었다. 파스파르투는 이제 그런 것이 마음에 맞지 않았다. 바로 직전에 있던 집의 주인인 젊은 롱스페리 경은 국회의원이었는데, 걸핏하면 며칠 밤을 헤이마켓의 '오이스터 룸⁹'에서 보내고 인사불성이 되어 경찰관의 어깨에 기댄 채 들어왔다. 파스파르투는 주인을 존경할 수 있기를 원했기 때문에 몇 번 예를 갖추어 의견을 말했지만 상대가 쿨하게 받아들이지 않았으므로 그걸로 끝을 냈다. 그러던 차에 필리어스 포그 나리가 하인을 구한다는 얘기를 들었다. 그는 이 신사에 대한 정보를 수소문했다. 규칙적으로 생활하고 외박과 여행이 일절 없으며 집을 비우지도 않는다니, 파스트르투의 마음에 쏙 들 수밖에 없었다. 그는 포그의 새 하인으로 지원했고, 우리가 이미 아는 것과 같은 상황에서 채용되었다.

시계가 11시 30분을 알릴 때 새빌로 저택에 혼자 남은 그는 곧바로 집을 둘러보기 시작했다. 지하실에서 다락방까지 두루 살펴보았다. 집이 깨끗하고 정리가 잘 되었으며 검소하고 금욕적이며 일하기 편하게 되어 있어서 그의 마음에 들었다. 아주 근사한 달팽이 집, 조명과 난방이 가스로 이루어지기는 하지만 왠지 달팽이 집 같다는 인상을 받았다. 탄화수소가 불빛과 온기가 필요한 곳 어디에나 충분히 들어왔다. 파스파르투는 3층에서 자기가 쓸 방을 어렵잖

---

9 헤이마켓은 런던 서남부에 있는 번화가이며, 오이스터 룸은 헤이마켓에 있던 선술집이자 당대 신사들의 아지트였다.

게 찾을 수 있었다. 그 방도 마음에 들었다. 중이층과 2층에 마련된 처소에서 호출을 하면 전기 벨과 음향관을 통해 바로 알 수 있었다. 벽난로 위의 전자시계는 필리어스 포그의 침실에 있는 괘종시계에 맞춰져서 초 단위까지 정확히 일치했다.

'마음에 들어, 무척 마음에 드는군!'

파스파르투는 생각했다.

그는 또한 자기 방 시계 위에 붙어 있는 주의 사항도 눈여겨보았다. 매일 해야 하는 일의 시간표였다. 그는 필리어스 포그의 기상 시각인 오전 8시부터 리폼 클럽에 가는 11시 30분까지 해야 하는 모든 일을 세세하게 파악했다. 오전 8시 23분에는 차와 토스트를 내가고, 9시 37분에는 면도용 온수를 내가며, 9시 40분에는 머리를 손질한다 등. 그다음 오전 11시 30분부터 신사가 잠자리에 드는 자정까지 해야 할 일도 전부 규칙으로 정해져 있었다. 파스파르투는 이 일과표를 깊이 생각하고 조목조목 머리에 새기면서 기쁨을 느꼈다.

주인의 옷장은 아주 잘 짜여 있었고 놀랄 만큼 옷가지가 많았다. 바지, 예복, 조끼 하나하나에 번호가 매겨져 있었고, 계절에 따라 순서대로 모든 옷을 돌려 입게끔 출입 대장에 다 적혀 있었다. 심지어 신발에도 순서가 매겨져 있었다.

요컨대 명성은 떨쳤지만 몹시 방탕했던 셰리든이 살던 당시에는 무질서의 사원이었을 집이 이제는 편리한 세간을 갖춘 안락한 처소가 되어 있었다. 포그 씨에게는 서재와 장서藏書가 아예 없었다. 리폼 클럽에 그가 마음대로 쓸 수 있는 서가가 두 칸 있었으므로 딱히 필요하지도 않았다. 그는 서가 하나를 문학 전용으로 꾸몄고,

다른 하나는 법률과 정치에 할애했다. 포그 씨 침실에는 보통 크기의 금고가 하나 있었는데, 화재나 절도에도 끄떡없었다. 집에 무기는 물론이고 사냥이나 전쟁의 도구라고는 전혀 없었다. 모든 것이 지극한 평화주의자의 습성을 드러냈다.

파스파르투는 집을 구석구석 살피고 나서 둥글넓적한 얼굴에 함박웃음을 지으며 두 손을 비볐다. 그는 신이 나서 몇 번이나 이렇게 말했다.

"마음에 들어! 이곳이야말로 내가 원하던 일터야! 포그 씨와 나는 완벽하게 잘 해나갈 거야! 집에서만 지내는 규칙적인 사람이잖아! 기계처럼 사는 사람! 그래, 기계의 시중을 드는 것도 나쁘지 않겠어!"

3

필리어스 포그가
큰 대가를 치를 수도 있을 대화에 끼다

필리어스 포그는 11시 30분에 새빌로 집을 나와, 왼발 기준으로
오른발을 575번 내딛고 오른발 기준으로 왼발을 576번 내디뎌 리
폼 클럽에 도착했다. 족히 300만 프랑은 들여서 지었을 거대한 건
물이 펠맬에 우뚝하니 자리 잡고 있었다.

필리어스 포그는 바로 식당으로 갔다. 아홉 개의 창이 벌써 가을
을 맞아 나무들이 금빛을 두른 아름다운 정원으로 나 있었다. 그는
식기가 차려진 자기 자리로 갔다. 점심은 전채 요리, 최고급 '리딩
소스'[10]로 풍미를 더한 생선찜, '버섯' 양념을 곁들인 선홍색 로스트
비프, 루바브 줄기와 녹색 구스베리로 속을 채운 파이, 체스터 치즈
로 구성되었다. 그리고 식사 내내 리폼 클럽 식탁 준비실에서 신경
써서 구입한 고급 차를 몇 잔 곁들였다.

---

10 leading sauce. 여러 소스를 만들기 위해 이용되는 다섯 가지의 기본 소스.

12시 47분에 이 신사는 자리에서 일어나 휴게실로 갔다. 넓고 호화로운 휴게실에는 멋진 액자에 든 그림이 많았다. 휴게실에 가자 하인이 아직 페이지를 자르지 않은《타임스》를 그에게 내밀었다. 필리어스 포그는 신문 페이지를 자르고 펼치는 수고를 마다하지 않았는데, 정확한 손놀림은 이 어려운 작업이 그의 몸에 완전히 배어 있음을 보여주었다. 필리어스 포그는 이 신문을 오후 3시 45분까지 읽었고, 이어서《스탠더드》지를 저녁 식사 전까지 읽었다. 저녁은 점심과 동일한 메뉴에 '로열 브리티시 소스'가 추가되었다.

5시 40분에 이 신사는 다시 휴게실에 나타나《모닝 크로니클》을 탐독했다.

30분 후, 클럽 회원 여럿이 들어와 탄불이 활활 타는 벽난로 쪽으로 다가갔다. 그들은 평소 포그 씨와 게임을 하는 회원들로, 그와 마찬가지로 휘스트라면 사족을 못 썼다. 엔지니어 앤드루 스튜어트, 은행가인 존 설리번과 새뮤얼 폴런틴, 맥주 양조업자 토머스 플래너건, 영국은행 이사인 고티에 랠프, 이들은 모두 부유하고 명망이 높으며, 산업계와 금융계 거물들이 회원으로 있는 이 클럽에서도 특히 알아주는 인물들이었다.

"그나저나 랠프, 그 절도 사건은 어떻게 됐습니까?"

토머스 플래너건이 물었다.

"은행은 그 돈을 영영 못 찾을 겁니다."

앤드루 스튜어트가 말했다.

"오히려… 도둑이 잡힐 것 같습니다만. 유능한 형사들이 미국과 유럽으로 파견되어 주요한 항구란 항구는 죄다 출입을 감시하고 있으니 그자가 빠져나가긴 어려울 겁니다."

고티에 랠프가 대답했다.

"그런데 도둑의 인상착의는 압니까?"

앤드루 스튜어트가 물었다.

"일단, 그자는 도둑이 아닙니다."

랠프가 진지하게 말했다.

"아니, 5만 5000파운드[11]를 은행권으로 들고 간 자가 도둑이 아니라고?"

"아니라니까요."

랠프가 대꾸했다.

"그럼, 기업가인가?"

존 설리번이 말했다.

"《모닝 크로니클》은 그자가 신사라고 하더군요."

이 말을 한 사람은 다름 아닌 필리어스 포그였다. 그는 주위에 쌓여 있는 신문 더미에서 비로소 고개를 들었다. 그와 동시에 회원들에게 인사를 건넸고, 회원들도 그에게 인사로 답했다.

영국의 여러 신문이 열심히 다루고 있는 문제의 사건은 사흘 전인 9월 29일에 일어났다. 영국은행 출납계장의 책상 위에 놓여 있던 5만 5000파운드 상당의 돈다발이 없어진 것이다.

어떻게 그런 도난 사건이 그토록 쉽게 일어날 수 있는지 의아해하는 이들에게 부총재 고티에 랠프가, 그때 출납계장이 3실링 6펜스를 장부에 적느라 정신이 팔려 있었고, 사람이 동시에 모든 것을 볼 수는 없는 법이라고 답했다.

| 11 137만 5000프랑.

하지만 여기서 '영국은행'이라는 명망 높은 기관이 고객의 품위에 극도로 연연해한다는 점을 잘 봐두는 것이 좋겠다. 영국은행에는 경비도 없고, 퇴역 군인도 없고, 심지어 창구에 창살도 없었다! 금, 은, 지폐가 그냥 노출되어 있었으니 아무나 와서 들고 갈 수도 있다는 얘기다. 누가 여길 지나가든 그의 정직성을 의심할 수는 없었다. 영국의 관례를 잘 관찰하고 이런 얘기를 한 사람도 있다. 하루는 그 사람이 영국은행에서 출납계 창구에 7~8파운드쯤 되어 보이는 금괴가 놓여 있는 것을 보았다. 그가 그 금괴를 집어 들고 살펴본 후 옆 사람에게 건네주었다. 옆 사람은 또 다른 사람에게 금괴를 넘겼고, 그런 식으로 30분간 금괴가 이 손 저 손을 거쳐 어두컴컴한 복도 끝까지 갔다 돌아왔는데도 출납원은 그동안 고개 한 번 들지 않았다고 한다.

하지만 9월 29일은 사정이 전혀 달랐다. 은행권은 돌아오지 않았고 '객장'에 걸린 으리으리한 벽시계가 폐점 시각인 5시를 알리자, 영국은행은 그 5만 5000파운드를 손실액으로 장부에 기록할 수밖에 없었다.

사건이 정식으로 접수되자 특별히 선발된 '형사'들이 리버풀, 글래스고, 르아브르, 수에즈, 브린디시, 뉴욕 등 주요 항구로 파견되었다. 그들은 범인을 잡으면 2000파운드[12]의 현상금과 회수한 돈의 5퍼센트를 준다는 약속을 받았다. 곧바로 시작된 조사에서 정보가 나오기를 기다리는 동안, 이 수사 요원들은 입항하거나 출항하는 여행객들을 면밀하게 주시하라는 명령을 받았다.

| 12 5만 프랑.

그런데 이 사건의 범인이 어느 영국 절도 조직 소속은 아닐 거라고 짐작할 만한 이유가 있었다. 《모닝 크로니클》은 바로 그 점을 보도했다. 9월 29일 그날, 말쑥한 차림새의 점잖고 고상해 보이는 신사가 사건 현장인 출납실에서 왔다 갔다 하는 모습이 목격되었다. 수사를 통해 그 신사의 인상착의를 재구성했고, 그 자료는 즉시 영국과 대륙에 파견된 수사관들에게 전달되었다. 이 때문에 좋게만 생각하는 사람은 범인이 잡힐 거라고 믿을 만했고, 랠프 고티에도 그중 한 사람이었다.

짐작하다시피 이 사건은 런던뿐만 아니라 영국 전체에서도 화제가 되었다. 사람들은 런던 경찰이 범인을 잡을 수 있네, 없네, 다들 따지고 열을 올렸다. 그러니 리폼 클럽 회원들이 이 문제를 두고 논쟁하는 것은 전혀 놀랄 일이 아니었다. 게다가 다른 사람도 아닌 영국은행 부총재가 그 자리에 있지 않았는가.

존경받는 고티에 랠프는 현상금이 수사 요원들의 열의와 두뇌를 자극할 거라면서 검거에 성공하리라 굳게 믿었다. 하지만 동료 회원 앤드루 스튜어트는 이러한 믿음과 거리가 멀었다. 그래서 신사들이 둘러앉아 휘스트를 하는 와중에도 토론은 계속되었다. 스튜어트는 플래너건과, 폴런틴은 필리어스 포그와 마주 보고 앉았다. 게임을 하는 동안은 다들 침묵을 지켰지만 한 판이 끝날 때마다 중단됐던 대화는 한층 더 뜨겁게 불타올랐다.

"나는 승산이 도둑에게 있다고 생각합니다. 보통 재주 좋은 인간이 아니겠지요!"

앤드루 스튜어트가 말했다.

"무슨 그런 말을! 그자가 숨을 나라는 이제 어디에도 없소."

랠프가 말했다.

"과연?"

"어디로 갈 수 있다는 거요?"

"그야 알 수 없지요. 세상은 넓으니까."

앤드루 스튜어트가 대답했다.

"예전에야 그랬지만….'

필리어스 포그가 나지막하니 말했다. 그러고는 토머스 플래너
건에게 카드를 내밀며 이렇게 덧붙였다.

"당신이 뽑을 차례요."

토론은 게임이 진행되는 동안 중단되었다. 하지만 앤드루 스튜
어트가 금세 다시 입을 열었다.

"예전에는? 뭡니까! 지구가 줄어들기라도 했다는 건가요?"

"그럴 수도 있죠."

고티에 랠프가 대꾸했다.

"포그 씨 생각에 동의합니다. 세상은 작아졌어요. 100년 전에 비
하면 지구를 한 바퀴 도는 시간이 열 배는 빨라졌을 겁니다. 우리가
얘기하고 있는 이 사건만 해도, 수사가 더 빨리 진행될 겁니다."

"범인도 더 빨리 도망갈 수 있겠지요!"

"당신 차례입니다, 스튜어트 씨!"

필리어스 포그가 말했다.

하지만 의심 많은 스튜어트는 납득하지 못했고, 그 판이 끝나자
마자 대뜸 말했다.

"랠프 씨, 솔직히 세상이 작아졌다는 말은 웃자고 한 얘기겠지
요! 지구를 한 바퀴 도는 데 석 달밖에 걸리지 않는다고 해서….'

"80일이면 됩니다."

필리어스 포그가 말했다.

"실제로 그렇습니다, 여러분."

존 설리번이 덧붙였다.

"로탈에서 알라하바드까지 '인도 반도 철도'가 개통되어 80일로 단축되었지요. 여기 《모닝 크로니클》이 작성한 일정 계산표가 있습니다."

런던에서 몽스니와 브린디시를 경유해 수에즈까지, 철도와 여객선	7일
수에즈에서 뭄바이까지, 여객선	13일
뭄바이에서 콜카타까지, 철도	3일
콜카타에서 홍콩까지, 여객선	13일
홍콩에서 요코하마까지, 여객선	6일
요코하마에서 샌프란시스코까지, 여객선	22일
샌프란시스코에서 뉴욕까지, 철도	7일
뉴욕에서 런던까지, 여객선과 철도	9일
총합	80일

"그렇군요, 정말 80일!"

앤드루 스튜어트가 외쳤다. 하지만 흥분하는 바람에 비장의 카드를 잘못 내놓았다.

"하지만 악천후, 역풍, 난파, 열차 탈선 등의 상황은 전혀 고려하지 않은 계산이겠지요."

"다 고려한 겁니다."

필리어스 포그는 게임을 계속하면서 말했다. 이제 토론은 휘스트의 규칙을 존중할 수 있는 수준이 아니었다.

"인도인이나 인디언이 철로를 탈취한다면? 열차를 세우고, 짐을 빼앗고, 승객들의 머리 가죽을 벗긴다면?"

앤드루 스튜어트가 외쳤다.

"그것도 다 고려한 겁니다."

필리어스 포그가 대답했다. 그는 자기 카드를 내려놓으며 이렇게 덧붙였다.

"으뜸 패 두 장."

게임을 할 차례인 앤드루 스튜어트가 카드를 거둬들이면서 말했다.

"이론적으로는 포그 씨 말이 맞습니다만, 실제로는…."

"실제로도 맞습니다, 스튜어트 씨."

"과연 그럴지 알고 싶군요."

"그건 당신에게 달렸습니다. 같이 한번 가보시지요."

"어림없는 소리! 하지만 그 조건대로 하는 여행이 실제로는 불가능하다는 쪽에 4000파운드[13] 걸지요."

스튜어트가 소리쳤다.

"오히려 충분히 가능합니다만."

포그 씨가 대꾸했다.

"아, 그럼 해보시지요!"

| 13   10만 프랑.

"80일 만에 세계를 한 바퀴 돌아오라고요?"

"네."

"좋습니다."

"언제 할 겁니까?"

"지금 당장."

"미쳤군요! 자, 그냥 게임이나 합시다!"

상대의 고집에 심기가 뒤틀리기 시작한 앤드루 스튜어트가 외쳤다.

"그럼 다시 합시다. 패를 잘못 돌렸으니까."

필리어스 포그가 말했다.

앤드루 스튜어트가 떨리는 손으로 카드를 다시 모으다가 갑자기 탁자 위에 내려놓았다.

"음, 좋습니다, 포그 씨. 그래요, 4000파운드를 걸겠습니다!"

"스튜어트 씨, 진정해요. 진지하게 생각하세요."

폴런틴이 나섰다.

"나는 내기를 걸 때 늘 진지합니다만."

"그립시다!"

포그 씨가 이렇게 말하고는 다른 회원들을 돌아보았다.

"베어링 형제 은행 내 계좌에 2만 파운드가 있습니다. 나는 그 돈을 기꺼이 걸지요…."

"2만 파운드! 혹시 모를 일로 늦어져서 2만 파운드를 날리면 어쩌려고!"

존 설리번이 외쳤다.

"혹시 모를 일이란 없습니다."

필리어스 포그는 그렇게만 대꾸했다.

"하지만, 포그 씨, 80일은 최단 시간으로 계산된 수치라고요!"

"최단 시간을 잘 활용하면 충분합니다."

"하지만 80일을 넘지 않으려면 열차에서 여객선으로, 여객선에서 다시 열차로, 수학적으로 한 치도 틀림없이 갈아탈 수 있어야 합니다!"

"수학적으로 한 치도 틀림없이 갈아탈 겁니다."

"농담이 아니에요!"

"진정한 영국인은 내기처럼 진지한 문제를 두고 농담을 하지 않습니다. 나는 80일 안에, 그러니까 1920시간, 다시 말해 11만 5200분 안에 세계를 한 바퀴 돌아올 수 있다는 데 2만 파운드를 걸겠습니다. 할 겁니까?"

"하겠습니다."

스튜어트, 폴런틴, 설리번, 플래너건, 랠프가 의논을 하고서 대답했다.

"좋습니다. 도버행 열차가 8시 45분에 출발합니다. 그 차를 타겠습니다."

필리어스 포그가 말했다.

"당장 오늘 저녁?"

스튜어트가 물었다.

"당장 오늘 저녁."

필리어스 포그는 그렇게 말하면서 수첩 달력을 살펴보았다.

"오늘이 10월 2일 수요일이니까 12월 21일 토요일 오후 8시 45분까지 이곳 런던 리폼 클럽 휴게실에 돌아와야 하는군요. 그

러지 못하면 베어링 형제 은행 내 계좌에 예치된 2만 파운드는 법
적으로 여러분 소유가 됩니다. 자, 여기 2만 파운드 수표가 있습니
다."

내기를 하기로 한 여섯 사람은 그 자리에서 약정서를 작성하고
서명했다. 필리어스 포그는 줄곧 침착하기만 했다. 그는 돈을 따려
고 내기를 한 것이 아니었다. 그가 재산 절반에 해당하는 2만 파운
드를 건 이유는 나머지 절반 2만 파운드는 이 어려운 과제, 실현 불
가능하지는 않지만 극도로 어려운 과제를 해결하기 위해서 비용으
로 써야 할 것으로 예상했기 때문이다. 한편 내기 상대들은 동요하
는 듯 보였다. 내기의 판돈 때문이 아니라 이러한 조건으로 승부를
겨루기가 양심상 찜찜했기 때문이다.

그때 7시를 알리는 종이 울렸다. 회원들은 포그 씨에게 휘스트는
그만두고 여행을 떠날 준비를 해야 하지 않냐고 했다.

"준비는 늘 되어 있습니다!"

이 냉정한 신사는 그렇게 대꾸하고 카드를 돌렸다.

"이번 판 으뜸 패는 다이아몬드네요. 당신 차례입니다, 스튜어트
씨."

그가 말했다.

4

필리어스 포그가 하인 파스파르투를
깜짝 놀라게 하다

7시 25분, 필리어스 포그는 휘스트에서 20기니[14] 정도를 따고 명망 높은 동료 회원들과 인사를 나눈 뒤 리폼 클럽을 나섰다. 그리고 7시 50분에 자기 집 문을 열고 들어갔다.

일과표를 꼼꼼히 숙지해놓았던 파스파르투는 포그 씨가 정확한 일과를 깨고 엉뚱한 시각에 돌아온 것을 보고 깜짝 놀랐다. 아까 본 주의 사항대로라면 새빌로의 주인장은 자정에나 귀가해야 했다.

필리어스 포그는 자기 방에 올라가서 하인을 불렀다.

"파스파르투."

파스파르투는 대답하지 않았다. 이게 날 부르는 소리일 리 없어. 지금은 그럴 시간이 아니었다.

"파스파르투."

---

14 Guinea. 영국의 옛 화폐 단위. 1기니는 21실링shilling이며, 현재의 1.05파운드에 해당한다.

포그 씨는 언성을 높이지도 않고 한 번 더 불렀다.

파스파르투가 나타났다.

"자네를 두 번 불렀네."

포그 씨가 말했다.

"하지만 자정이 아닌데요."

파스파르투가 회중시계를 확인하면서 말했다.

"알고 있네. 자네를 나무라는 게 아닐세. 우리는 10분 후에 도버와 칼레로 떠날걸세."

프랑스인 하인의 둥글둥글한 얼굴에 찌푸리는 기색이 떠올랐다. 그는 자신이 잘못 들은 게 분명하다고 생각했다.

"떠나신다고요?"

"그렇다네. 우리는 세계 일주를 할 거야."

파스파르투는 눈꺼풀과 눈썹이 뒤집히는가 싶게 눈을 휘둥그레 떴다. 그는 팔이 축 늘어지고 온몸에 힘이 빠졌다. 너무 놀란 나머지 멍해질 때의 증상이란 증상이 다 나타났다.

"세계 일주라니!"

그가 중얼거렸다.

"80일 안에 돌아와야 해. 그러니 잠시도 허비할 수 없어."

"짐은 어떻게 하시려고요?"

파스파르투가 자기도 모르게 고개를 절레절레 흔들었다.

"짐은 없어. 취침 용품만 가방 하나에 챙길 거야. 모직 셔츠 두 장, 양말 세 켤레만 넣어주게. 자네 것도 그렇게 챙기면 되고. 나머지 필요한 물품은 그때그때 살 거야. 내 우비와 여행용 모포를 꺼내게. 튼튼한 구두도. 하긴 걸을 일은 거의 없을걸세. 자, 서두르게."

파스파르투는 무어라 대답하고 싶었지만 그럴 수 없었다. 그는 포그 씨의 방을 나와 자기 방으로 올라가서 의자에 풀썩 주저앉았다. 이 상황에 맞는 전형적인 프랑스 표현이 입에서 튀어나왔다.

"아, 심하다, 심해! 이제 좀 조용히 살아볼까 했는데…."

그는 기계적으로 이런저런 채비를 했다. 80일 안에 세계 일주를 한다고? 주인이 미쳤나? 아냐… 농담일 거야. 도버에 가는 건 좋아. 칼레도 괜찮다 이거야. 5년간 고국에 돌아간 적 없는 이 선량한 사내가 왜 싫어하겠어. 어쩌면 파리까지 갈지도 모르겠군. 그 대도시를 다시 만나면 틀림없이 기뻐서 뛰겠지. 하지만 걸음걸이까지 재고 아끼는 신사라면 거기까지겠지…. 그래, 아마 그럴 거야. 하지만 여태 집에만 틀어박혀 살던 양반이 다른 나라까지 가겠다니 정말 이게 무슨 일인지!

8시, 파스파르투는 자기 옷과 주인 옷을 간소한 가방에 챙겼다. 그리고 여전히 심란한 기분으로 방에서 나와 얌전히 문을 닫고 포그 씨에게 갔다.

포그 씨는 준비가 끝나 있었다. 여행에 필요한 모든 정보가 담긴 《브래드쇼 대륙 철도와 증기선 여행 안내서》를 겨드랑이에 끼고 있었다. 그는 파스파르투가 든 가방을 열고는 세계 어느 나라에서나 통용되는 영국은행권을 두툼한 뭉치로 집어넣었다.

"빠진 건 없지?"

그가 물었다.

"예, 나리."

"내 우비와 모포는?"

"여기 있습니다."

"좋아, 가방 들게."

포그 씨가 가방을 건네면서 덧붙였다.

"조심해서 들고 다니게. 그 안에 2만 파운드가 들었으니까."

파스파르투는 하마터면 가방을 떨어뜨릴 뻔했다. 가방 안에 2만 파운드가 금으로 들어 있기라도 한 듯 갑자기 무겁게 느껴졌기 때문이다.

주인과 하인은 아래층으로 내려가 바깥문을 이중으로 잠갔다.

마차 정류장은 새빌로 거리 맨 끝에 있었다. 필리어스 포그와 하인은 마차에 올랐고, 마차는 채링크로스역으로 쏜살같이 달려갔다. 그 역은 사우스이스턴 철도의 분기점 중 하나였다.

8시 30분, 마차는 역의 창살문 앞에 도착했다. 파스파르투가 얼른 뛰어내렸다. 주인은 그 뒤를 따라 내리고 마부에게 삯을 지불했다.

그 순간, 불쌍한 여자 거지가 아이 손을 잡고 맨발로 진창을 걸어서 포그 씨에게 다가오더니 동냥을 했다. 거지는 깃털 한 가닥만 늘어진 너덜너덜한 모자를 쓰고 누더기 위에 낡아 빠진 숄을 두르고 있었다.

포그 씨는 아까 휘스트에서 딴 20기니를 거지에게 건넸다.

"받으세요, 아주머니. 만나서 반갑습니다."

그러고는 바로 지나갔다.

파스파르투는 눈가가 촉촉해지는 것을 느꼈다. 주인이 그의 마음에 한 발짝 더 가까워졌다.

포그 씨와 하인은 곧장 역의 대합실로 들어갔다. 그곳에서 필리어스 포그는 파스파르투에게 파리행 1등석 티켓 두 장을 사오라고 지시했다. 그러고서 뒤를 돌아보니 리폼 클럽의 동료 회원 다섯 명이 그곳에 와 있었다.

"여러분, 그럼 저는 갑니다. 여권에 각 나라의 비자 날인을 다 받아올 테니 나중에 여행 경로를 심사하시면 되겠습니다."

"오, 포그 씨, 그럴 필요 없습니다. 우리는 당신의 신사로서의 명예를 믿습니다."

고티에 랠프가 정중하게 말했다.

"그게 더 낫기는 하지요."

포그 씨가 말했다.

"언제까지 돌아와야 하는지 잊지는 않았겠지요?"

앤드루 스튜어트가 물었다.

"물론입니다. 80일 뒤, 그러니까 1872년 12월 21일 토요일 오후 8시 45분까지죠. 그럼, 그때 봅시다, 여러분."

8시 40분, 필리어스 포그와 그의 하인은 열차에 올라 같은 객실에 자리를 잡았다. 8시 45분, 기적이 울리고 열차가 움직이기 시작했다.

어두운 밤이었다. 이슬비가 내리고 있었다. 필리어스 포그는 자기 자리에 기댄 채 아무 말도 하지 않았다. 파스파르투는 아직도 얼떨떨해하며 은행권이 든 가방을 기계적으로 꼭 끌어안았다.

하지만 열차가 시드넘을 지나기도 전에 파스파르투는 정말로 큰일 났다는 듯 비명을 질렀다!

"왜 그러나?"

포그 씨가 물었다.

"그게… 서두르느라… 당황해서… 깜박했습니다…."

"뭘?"

"제 방의 가스등을 끄고 나왔어야 했는데!"

"그렇다면, 자네 계좌가 녹아내리겠군!"

포그 씨가 냉정하게 말했다.

5

새로운 주식이 런던 시장에 등장하다

필리어스 포그는 런던을 떠나면서 자신의 출발이 얼마나 큰 반향을 불러일으킬지 전혀 몰랐을 것이다. 내기에 대한 소문이 처음에는 리폼 클럽 안에서 퍼지면서 이 고명한 클럽 회원들은 정말로 흥분했다. 그다음에는 그 흥분이 취재기자들을 통해 클럽에서 신문으로 넘어갔고, 신문에서 런던의 대중에게로, 그리고 영국 전체로 넘어갔다.

이 '세계 일주 문제'에 의견을 내고 토론하며 분석하는 열기는 새로운 '앨라배마호 사건'을 방불케 할 만큼 뜨거웠다. 필리어스 포그편을 드는 사람이 있는가 하면 반대하고 나서는 사람도 있었는데, 머지않아 후자가 대세가 되었다. 이론상 혹은 종이에 일정을 계산해서 얻은 수치라면 모를까, 실제로 현재 이용할 수 있는 교통수단으로 최단기간에 세계를 한 바퀴 돈다는 것은 불가능할뿐더러 말이 안 된다고들 했다!

《타임스》,《스탠더드》,《이브닝 스타》,《모닝 크로니클》을 위시한 20여 개 신문이 포그 씨를 반박하는 입장을 내놓았다.《데일리텔레그래프》가 유일하게 그를 어느 정도 지지했다. 필리어스 포그는 대체로 기인奇人이나 정신 나간 사람 취급을 받았고, 내기에 참여한 리폼 클럽 회원들은 정신 능력이 온전치 않은 사람을 상대로 그런 내기를 했다고 비난받았다.

이 문제를 열렬히 다루면서도 논리가 있는 기사들이 실렸다. 다들 알겠지만 영국인은 지리에 관련된 일이라면 무엇에든 흥미와 관심을 쏟는다. 따라서 계층을 막론하고 독자라는 독자는 모두 필리어스 포그에 관한 기사를 열심히 읽었다.

처음 며칠은 몇몇 대범한 사람들, 주로 여성들이 필리어스 포그를 지지하고 나섰다. 특히《일러스트레이티드 런던 뉴스》가 리폼 클럽 자료실에 보관된 사진에 근거한 필리어스 포그의 초상화를 실었을 때가 그랬다. 어떤 신사들은 이렇게까지 말했다.

"하! 하! 아니, 왜 못한다는 거야? 세상에는 더 기상천외한 일도 많아!"

그들은 대부분《데일리 텔레그래프》의 독자들이었다. 그러나 얼마 못 가 이 신문마저 기세가 꺾이기 시작했다.

그 이유는 왕립지리학회지가 10월 7일에 장문의 기사를 실었기 때문이다. 그 기사는 모든 관점에서 문제를 검토하고, 그 시도가 미친 짓이라고 결론 내렸다. 기사에 따르면 사람에게서 비롯되는 장애든, 자연에서 비롯되는 장애든, 다 여행자에게 불리하기는 마찬가지였다. 이 여행이 성공하려면 출발과 도착이 매번 기적적으로 착착 들어맞아야 하는데, 그런 일은 있지도 않고 있을 수도 없었다. 엄밀히 따지자면, 유럽에서는 주행거리가 비교적 짧으니 대부분 정시 도착을 기대한다 치자. 하지만 인도를 횡단하는 데는 사흘이 걸리고 미국을 횡단하는 데는 일주일이 걸리는데, 그러한 조건에서도 정확성을 기대할 수 있을까? 게다가 고장, 탈선, 충돌, 악천후, 폭설 등은 다 필리어스 포그에게 불리하게 작용하지 않을까? 겨울철에는 거센 바람과 안개가 여객선의 운항을 좌우한다. 가장 성능이 뛰어나다는 대서양 횡단선들도 2, 3일 연착이 어디 드물던가? 그런데 한 번이라도 삐끗하면 이후에 사슬처럼 연결된 노선들이 전부 돌이킬 수 없이 어긋난다. 필리어스 포그가 단 몇 시간이라도 늦어서 여객선 출발 시각을 맞추지 못하면 다음 여객선을 기다려야 하고, 그렇게 되면 일정 전체가 걷잡을 수 없이 망가진다.

이 기사는 상당한 파문을 일으켰다. 거의 모든 신문이 이 기사를 옮겨 실었고, 필리어스 포그의 주가는 급락했다.

이 신사가 출발하고 처음 며칠은 그의 성공 '가망'을 두고 내기판이 벌어졌다. 다들 아는바, 영국 내기꾼의 세계는 그냥 도박꾼의 세계보다 훨씬 더 지능적이고 치밀하다. 영국인에게는 노름꾼의 피가 흐른다. 따라서 리폼 클럽 회원들뿐만 아니라 일반 대중도 필리어스 포그의 성공 여부에 상당한 판돈을 걸고 내기를 했다. 필리어스 포그는 흡사 무슨 경주마처럼 일종의 '혈통서'에 올라갔다. 그리고 이로써 주가가 정해져 런던증권거래소에 상장되었다. 사람들은 현물 혹은 선물로 '필리어스 포그' 주식을 매수하거나 매도했는데, 그 거래 금액이 엄청났다. 하지만 출발 닷새 만에 왕립지리학회지 기사가 나오고 나서는 매도 주문이 쇄도했다. 필리어스 포그 주식은 폭락했다. 사람들은 주식을 묶음으로 내놓았다. 처음에는 5주씩 묶어 팔던 것이 나중에는 10주, 20주, 50주까지 갔고, 막판에는 100주를 준다 해도 겨우 거래가 될까 말까 했다!

그의 편에는 한 사람밖에 남지 않았다. 중풍으로 몸을 못 쓰는 노인 앨버메일 경이 바로 그 사람이었다. 이 존경할 만한 노신사는 의자에서 꼼짝도 못하는 신세였지만 10년이 걸리더라도 세계 일주를 할 수만 있다면 전 재산을 기꺼이 내놓았을 것이다! 하여, 그는 필리어스 포그에게 5000파운드를 걸었다. 사람들이 포그의 계획이 허무맹랑하다고 설명해도 그는 늘 이렇게 대답했다.

"가능성이 있는 일이라면 우리 영국 사람이 선구자가 되어 해내면 좋지!"

그런데 그 상황에서 필리어스 포그의 지지자는 점점 더 줄어들었다. 모두가 그에게 등을 돌렸고, 사실 그럴 만한 이유가 없지도 않았다. 100대 1, 200대 1까지 열세에 몰렸는데, 출발한 지 7일째 되는 날 뜻밖의 사건이 일어나는 바람에 그를 지지하는 사람이 한 명도 남지 않게 된 것이다.

그날 밤 9시에 런던 경찰청장은 다음과 같은 전보를 받았다.

수에즈에서 런던으로
런던 경시청, 중앙 부서, 로언 경찰청장 귀하

은행 절도범 필리어스 포그 추적 중.
뭄바이로 즉각 체포영장 발송 요망.

픽스 형사

이 전보는 곧바로 엄청난 효과를 발휘했다. 존경받던 신사는 사라지고 은행 절도범이 그 자리를 차지했다. 경찰은 리폼 클럽에 다른 회원의 사진과 함께 보관되어 있던 필리어스 포그의 사진을 조사했다. 진즉에 수사해서 작성해 형사들에게 배포한 인상착의와 조목조목 일치했다. 사람들은 필리어스 포그의 삶이 수수께끼에 싸여 있었고, 혼자 살면서 남들과 잘 어울리지도 않았으며, 어느 날 갑자기 먼 여행을 떠났다는 사실을 떠올렸다. 그러자 터무니없는 내기를 걸어 세계 일주를 떠난 것은 핑계일 뿐이고, 경찰의 추적을 피하려는 목적이었음이 분명해 보였다.

6

픽스 형사가 그럴 만한 이유가 있어서
초조해하다

필리어스 포그 씨와 관련한 전보가 발송된 상황은 다음과 같다.

10월 9일 수요일, 페닌슐라 앤 오리엔탈(P&O) 소속 몽골리아호가 수에즈운하에 입항하기로 되어 있었다. 적재량 2800톤, 500마력의 이 배는 프로펠러와 경갑판을 갖춘 철제 증기선이었다. 몽골리아호는 정기적으로 수에즈운하를 거쳐 브린디시-뭄바이 구간을 운항했다. 몽골리아호는 그 선박 회사에서 가장 빠른 배로, 규정 속도는 브린디시-수에즈 구간에서 시속 16킬로미터, 수에즈-뭄바이 구간에서 15.3킬로미터였지만 실제로는 그보다 더 빨리 달렸다.

부두에서 두 남자가 몽골리아호가 도착하기를 기다리며 이 도시에 모여든 현지인과 외국인 무리 속에서 왔다 갔다 했다. 작은 촌락에 불과했던 이곳은 드 레셉스 씨의 위대한 사업 덕분에 찬란한 미래를 보장받았다.

두 남자 중 한 사람은 수에즈 주재 영국 영사였다. 그는 날마다 영국 배들이 이 운하를 지나가는 모습을 보았다. 영국 정부의 유감스러운 예측과 엔지니어 스티븐슨[15]의 불길한 예언이 무색한 결과였다. 수에즈운하가 개통한 뒤로 영국과 인도 사이의 항로는 희망봉을 도는 기존 항로의 절반으로 단축되었다.

또 다른 사내는 키가 작고 마른 체격에 똑똑해 보이는 얼굴을 하고 있었다. 미간을 계속 찌푸리는 것이 영 초조해 보였다. 긴 속눈썹 사이로 날카로운 눈이 빛났지만, 그는 마음만 먹으면 그 눈빛을 감출 수 있었다. 지금 그는 한곳에 가만히 있지 못하고 왔다 갔다 하면서 초조한 기색을 드러냈다.

남자의 이름은 픽스, 영국은행 절도 사건 이후 여러 항구에 파견된 형사, 즉 영국 경찰 요원 중 한 사람이었다. 이 형사는 수에즈 항로를 거치는 모든 여행자를 신경 써서 감시하고 수상한 자를 발견하면 체포영장이 올 때까지 미행해야 했다.

정확히 이틀 전, 그는 런던 경찰청장에게서 절도 용의자의 인상착의서를 받았다. 은행 출납실에서 목격되었다는, 옷을 잘 차려입은 기품 있는 사내의 인상착의였다.

형사는 범인에게 걸려 있는 거액의 현상금에 온통 마음이 가 있었다. 그래서 몽골리아호가 도착하기를 기다리는 그의 모습은 딱 보기에도 몹시 초조해 보였다.

"저기요, 영사님, 연착은 아니라고 하셨죠?"

그가 열 번째 던지는 질문이었다.

"그래요, 픽스 씨. 어제 포트사이드 앞바다를 지났다는 통보를

---

15 증기기관차를 발명한 조지 스티븐슨George Stephenson(1781~1848)을 가리킨다.

받았습니다. 운하에서 160킬로미터쯤이야 그 정도 선박한테 아무 것도 아니지요. 다시 한 번 말하지만, 몽골리아호는 규정 시간보다 24시간 일찍 도착할 때 받는 정부 보조금 25파운드를 꼬박꼬박 챙겨왔습니다."

"브린디시에서 직접 오는 배죠?"

"인도로 갈 짐을 싣고 브린디시에서 토요일 오후 5시에 출발한 배 맞습니다. 그러니까 초조해 말아요. 제시간에 도착할 겁니다. 그런데 그 사람이 몽골리아호에 탔다고 해도 어떻게 달랑 인상착의만 가지고 알아볼 수 있다는 건지 모르겠군요."

"영사님, 그런 사람들은 얼굴로 알아보는 게 아니라 감으로 아는 겁니다. 직감이 있어야 해요. 청각, 시각, 후각이 합쳐진 특별한 감각이라고 할까요. 나는 지금까지 그런 신사를 여럿 체포해봤습니다. 내가 찾는 도둑이 그 배에 탑승만 했다면 절대 내 손아귀를 벗어나지 못할 겁니다."

"그렇게 되길 바랍니다, 픽스 씨. 엄청난 절도 사건이잖아요."

"대단한 사건이지요."

픽스가 흥분해서 대꾸했다.

"5만 5000파운드라니! 이렇게 크게 한탕 하는 경우는 잘 없거든요. 요즘 도둑들은 배포가 작아요! 잭 셰퍼드[16] 같은 대도들은 씨가 말랐고, 몇 실링 훔친 걸로도 교수형을 당하는 시대니까요!"

"픽스 씨가 그렇게 말하니 더욱더 그 도둑을 꼭 잡았으면 좋겠네요. 그래도 다시 말씀드리자면, 지금 여건에서는 쉽지 않을 성

---

16 Jack Shephard. 영국의 유명한 범죄자로 2년간 네 번이나 탈옥에 성공했으나 결국 교수형을 당했다.

싶어요. 지금 받아놓은 인상착의서를 봐서는 아주 멀쩡한 신사 같은데요."

"영사님, 큰 도둑들은 늘 멀쩡한 신사처럼 보이는 법입니다. 악당처럼 생겨 먹은 사람들은 오히려 정직하게 살아가는 수밖에 없어요. 범죄자로 잡혀가지 않으려면 어쩌겠어요. 정직한 얼굴을 한 인간들이야말로 눈에 불을 켜고 살펴봐야 합니다. 인정해요, 어려운 일이죠. 직업을 넘어 예술의 경지에 올라야 하는 일."

픽스 형사는 단호한 말투로 말했다. 자부심이 대단해 보였다.

그사이에 부두는 차츰 활기를 띠었다. 여러 나라 선원, 장사치, 중개인, 인부, 일꾼이 모여들었다. 선박이 곧 도착할 모양이었다.

날씨는 화창했지만 동풍이 많이 불어서 공기는 쌀쌀했다. 도시 위로 솟은 이슬람 사원의 첨탑들이 창백한 햇살을 받아 우뚝해 보였다. 남쪽으로 2000미터나 뻗은 방파제는 수에즈만 위로 늘어뜨린 긴 팔 같았다. 홍해의 수면에서 어선, 연안 무역선 몇 척이 오갔다. 그중에는 고대 갤리선처럼 우아한 모양새를 간직한 배들도 더러 있었다.

픽스는 그 사이를 돌아다니면서 직업적인 습관대로 지나가는 사람들을 재빨리 훑어보았다.

그때가 10시 반이었다.

"이 배는 왜 안 들어온담!"

픽스가 항구의 시계가 10시 반을 알리는 소리를 듣고서 고함을 질렀다.

"거의 다 왔을 겁니다."

영사가 말했다.

"수에즈에는 얼마나 정박합니까?"

"네 시간요. 석탄을 싣는 데 걸리는 시간이지요. 수에즈에서 홍해 끝에 있는 예멘의 아덴 항구까지 2100킬로미터를 더 가려면 연료를 충분히 실어야 해서요."

"수에즈에서 뭄바이까지 곧장 갑니까?"

"곧장 가죠, 짐도 내리지 않고요."

"그렇다면요, 도둑이 이 항로를 택해서 배를 탔다면 수에즈에서 내릴 겁니다. 네덜란드령이나 프랑스령 아시아 국가로 가는 배를 갈아타려고 할 테니까요. 인도는 영국령이니 안심할 수 없을 겁니다."

"진짜 간이 큰 놈이 아니라면 그러겠죠. 그런데 아시다시피 범인이 영국인이면 외국보다 런던에서 숨어 지내기가 더 쉬울 겁니다."

이 말이 형사에게 곰곰이 생각할 거리를 던져주었다. 영사는 근처 사무실로 돌아갔다. 혼자 남은 형사는 도둑이 몽골리아호에 타고 있을 거라는 묘한 예감에 또다시 초조해 견딜 수가 없었다. 사실 그 악당이 영국을 떠나 신대륙으로 도주할 작정이라면 인도행 배를 탈 것 같았다. 그쪽 항로가 대서양 항로보다 감시가 어렵거나 허술한 면이 있었기 때문이다.

픽스는 오래 상념에 빠지지 않았다. 요란한 뱃고동 소리가 도착을 알렸기 때문이다. 하역 인부와 일꾼 무리가 지나가는 사람들의 몸이나 옷을 밀치면서 우르르 다가갔다. 보트 10여 척이 해안을 떠나 몽골리아호를 맞으러 갔다.

얼마 안 가 몽골리아호의 거대한 선체가 모습을 드러내고는 운하의 제방 사이로 유유히 들어왔다. 11시를 알리는 종이 치자 배기관으로 요란하게 증기를 뿜는 선박이 정박지에 멈춰 섰다.

갑판에 나와 있는 승객이 많았다. 더러는 갑판에 그대로 머물러 그림 같은 도시의 전경을 감상했지만, 대부분은 몽골리아호 옆에서 대기 중인 보트로 옮겨 탔다.

픽스는 육지에 오르는 모든 승객을 유심히 바라보았다.

바로 그때, 한 남자가 도와주겠다고 달려드는 일꾼들을 밀치면서 대뜸 픽스에게 다가오더니 영국 영사관이 어디 있는지 아냐고 정중하게 물었다. 그와 동시에 그가 여권을 내밀었는데, 영국 비자 날인을 받으려고 그러는 것 같았다.

픽스는 본능적으로 여권을 받아들고 재빨리 인상착의를 훑어보았다.

그는 자기도 모르게 몸이 먼저 나갈 뻔했다. 여권을 든 손이 떨렸다. 여권에 작성된 인상착의가 런던 경찰청장이 보내준 것과 일치했기 때문이다.

"당신 여권이 아니군요."

픽스가 그 사람에게 물었다.

"그렇습니다, 제가 모시는 분 여권이니까요."

"그 사람은 어디 있습니까?"

"배에 계십니다."

"하지만 신분을 증명하려면 본인이 직접 영사관에 가야 합니다."

"뭐라고요! 꼭 그래야 합니까?"

"반드시 그래야 합니다."

"영사관은 어디 있습니까?"

"저기, 광장 구석에요."

픽스가 200보 거리에 있는 건물을 가리켰다.

"주인 나리를 모셔와야겠군요. 귀찮아하실 텐데!"

사내는 그렇게 말하고 픽스에게 인사한 후 증기선으로 돌아갔다.

7

여권이 경찰 수사에 쓸모없음이
다시 한 번 증명되다

픽스 형사는 부두를 도로 걸어가 급히 영사관으로 향했다. 그는 급한 일이라고 밝히고 바로 영사를 만날 수 있었다.

"영사님, 우리가 찾는 범인이 몽골리아호에 탑승했다고 믿을 만한 유력한 근거가 있습니다."

픽스는 조금 전 하인을 만난 일과 여권에 대해 이야기했다.

"좋습니다, 픽스 씨. 그 악당의 낯짝을 보는 것도 나쁘지 않겠어요. 하지만 당신 생각대로 그자가 영사관에 나타날까요? 도둑은 자기가 지나간 흔적을 남기고 싶어 하지 않을 겁니다. 더구나 이제 여권에 날인을 받아야 할 의무도 없는데요."

"영사님, 그놈이 우리가 생각하는 것만큼 대단하다면 여기 꼭 나타날 겁니다."

"굳이 비자 날인을 받으려요?"

"네, 여권은 정직한 사람들에겐 번거로운 서류일 뿐이지만 악당들이 도주하는 데는 도움이 되거든요. 그 여권이 규정상 문제가 없더라도 부디 비자 날인은 해주지 않으셨으면 하는데…."

"왜요? 정상적인 여권이면 나라고 해도 비자 날인을 거부할 권한이 없습니다."

"하지만 영사님, 런던에서 체포영장이 올 때까지는 그자를 잡아두어야 한단 말입니다."

"아! 픽스 씨, 그건 당신 사정이고 나는 어쩔 수가…."

영사는 말을 다 맺지 못했다. 그 순간 노크 소리가 났고, 이어서 사환이 낯선 두 남자를 데리고 들어왔기 때문이다. 그중 한 명은 형사와 조금 전 얘기를 나누었던 바로 그 하인이었다.

실제로 그 둘은 주인과 하인이었다. 주인은 여권을 내밀며 간단한 말로 비자 날인을 요청했다.

영사가 여권을 받아서 주의 깊게 살피는 동안 픽스는 구석에서 그 낯선 신사를 눈으로 잡아먹을 듯 바라보고 있었다.

영사가 여권을 다 살피고 나서 물었다.

"당신이 필리어스 포그 씨?"

"네, 맞습니다."

"이 사람은 하인이고요?"

"네, 프랑스인이고 이름은 파스파르투라고 합니다."

"런던에서 오셨습니까?"

"네."

"어디로 가십니까?"

"뭄바이로 갑니다."

"좋습니다. 비자 절차를 밟을 필요가 없고 여권을 제시할 필요도 없다는 건 아십니까?"

"알고 있습니다. 하지만 비자 날인을 받아서 수에즈운하를 거쳐 갔다는 증명을 남기고 싶습니다."

"알겠습니다."

영사는 여권에 서명하고 날짜를 기록한 뒤 비자를 날인했다. 포그 씨는 수수료를 내고 형식적으로 인사한 후 하인을 데리고 나갔다.

"어떻습니까?"

형사가 물었다.

"글쎄요, 완벽한 신사로 보입니다만!"

"그럴 수도 있지요. 하지만 중요한 건 그게 아닙니다. 영사님, 저 침착한 신사의 모습이 제가 받은 인상착의서와 일치하는 것 같지 않아요?"

"그렇긴 합니다. 하지만 인상착의라는 건 늘….."

"나는 확실히 해둘 겁니다. 보아하니 그 하인은 주인만큼 속내를 모를 사람은 아닌 것 같습니다. 게다가 프랑스 사람이면 그 입을 계속 다물고 있지 못할 겁니다. 자, 그럼 또 뵙지요, 영사님."

픽스 형사는 이렇게 말하고 나가서 파스파르투를 찾기 시작했다.

그사이에 포그 씨는 영사관에서 나와 부두로 걸어갔다. 거기서 하인에게 몇 가지 심부름을 시키고 자신은 보트를 타고 몽골리아 호의 객실로 돌아갔다. 그는 수첩을 꺼냈는데, 거기에는 이렇게 적혀 있었다.

런던 출발, 10월 2일 수요일, 저녁 8시 45분.

파리 도착, 10월 3일 목요일, 오전 7시 20분.

파리 출발, 목요일, 오전 8시 40분.

몽스니 경유 토리노 도착, 10월 4일 금요일, 오전 6시 35분.

토리노 출발, 금요일, 오전 7시 20분.

브린디시 도착, 10월 5일 토요일, 오후 4시.

몽골리아호 승선, 토요일, 오후 5시.

수에즈 도착, 10월 9일 수요일, 오전 11시.

총 소요 시간: 158 ½시간, 날짜로는 6 ½일.

포그 씨는 이 날짜를 항목별로 기록해두었다. 10월 2일부터 12월 21일까지 날짜를 매긴 여행 수첩의 항목은 달, 날짜, 요일, 규정 도착 시간과 실제 도착 시간이 파리, 브린디시, 수에즈, 뭄바이, 콜카타, 싱가포르, 홍콩, 요코하마, 샌프란시스코, 뉴욕, 리버풀, 런던 등 주요 경유지별로 구분되어 있었다. 따라서 각각의 경유지에서 얼마나 시간을 벌었거나 얼마나 시간을 잃었는지 수치화할 수 있었다.

이 체계적인 여정에 모든 것이 포함되었으므로 포그 씨는 늘 자신이 앞서가는지 지체되었는지 알고 있었다.

그래서 포그 씨는 10월 9일 수요일 그날 수에즈에 도착했다고 적었다. 예정 도착일과 일치하는 날짜였으므로 시간을 딱히 벌지도 잃지도 않았다.

그리고 나서 객실로 식사를 주문해 점심을 먹었다. 도시를 둘러볼 생각은 애초에 없었다. 영국인이라는 족속은 자신이 여행하는 나라 구경도 하인에게 시키는 법이다.

8

파스파르투가 쓸데없이 말을 많이 하다

픽스는 잠시 후 부두에서 파스파르투에게 다가갔다. 파스파르
투는 구경을 하면 안 된다고 생각하지 않았으므로 이리저리 둘러
보고 다녔다.

"이봐요, 그래, 여권에 비자 날인은 받았습니까?"

픽스가 그에게 접근하면서 물었다.

"아! 선생님이시군요. 아까는 감사했습니다. 완벽하게 처리했습
니다."

"구경 중이시오?"

"네, 하지만 워낙 정신없이 다니다 보니 이게 꿈인지 생시인지
모르겠습니다. 그러니까 여기가 수에즈 맞죠?"

"수에즈입니다."

"이집트고요."

"이집트죠."

"아프리카에 있는?"

"아프리카에 있죠."

"아프리카라니!"

파스파르투가 연신 같은 말을 해댔다.

"믿을 수가 없네요. 파리에서 더 갈 줄은 몰랐는데. 그 아름다운 도시를 아침 7시 20분부터 8시 40분까지 북역에서 리옹역으로 마차를 타고 달리는 동안 장대비 사이로 얼핏 보고 끝이라니, 너무 아쉽네요! 페르 라셰즈 묘지와 샹젤리제 서커스는 꼭 다시 보고 싶었는데 말입니다!"

"아주 바쁜가 봅니다."

"저야 상관없지만 주인 나리가 바쁘셔서요. 그러고 보니 양말과 셔츠를 사야 하는데! 짐도 싸지 않고 달랑 취침 용품만 챙겨왔거든요."

"뭐든 살 수 있는 시장까지 안내해드리지요."

"선생님은 정말 친절하신 분이군요!"

두 사람은 걷기 시작했다. 파스파르투는 잠시도 입을 다물지 않았다.

"무엇보다 배를 놓치면 큰일이니까 정신을 차려야 해요!"

"아직 시간 있습니다. 아직 정오밖에 안 됐어요!"

파스파르투가 커다란 회중시계를 꺼냈다.

"정오라니요. 봐요! 제 시계는 9시 52분입니다!"

"시계가 늦네요."

"제 시계가요? 증조부님부터 가문 대대로 내려오는 시계입니다! 1년에 5분도 오차가 나지 않아요. 진짜 정밀 시계입니다!"

"정밀 시계라는 건 알겠네요. 런던 시간에 맞춰져 있어서 그래요. 수에즈가 런던보다 약 두 시간 늦거든요. 다른 나라에 갈 때마다 정오에 시계를 현지 시각으로 맞추세요."

"제가요? 제 시계에 손을 댄다고요? 어림없습니다!"

파스파르투가 소리쳤다.

"그러면 태양의 움직임과 맞지 않는데요."

"태양에겐 안됐지만 할 수 없죠! 뭐, 문제는 태양에 있는 거니까!"

씩씩한 사내는 화려한 동작으로 회중시계를 조끼 주머니에 도로 넣었다.

잠시 후 픽스가 다시 말을 건넸다.

"그러니까 황급히 런던을 떠나왔다 이거죠?"

"그런 것 같습니다! 지난 수요일 포그 씨가 평소와 달리 저녁 8시에 집에 돌아오셨고, 그로부터 45분 뒤 바로 출발했으니까요."

"당신 주인은 어디에 가는데요?"

"늘 앞을 향해서 갑니다. 세계를 한 바퀴 돌아야 하거든요!"

"세계를 돈다고요?"

픽스가 소리를 질렀다.

"네, 80일 안에요! 내기를 하셨답니다. 우리끼리 하는 말이지만 전 못 믿겠습니다. 상식적으로 말이 안 되잖아요. 다른 사정이 있겠지요."

"아! 독특한 분인가 봐요, 포그 씨는?"

"그렇다고 생각해요."

"부자고요?"

"그럼요. 엄청난 거금을 빳빳한 은행권 다발로 들고 다녀요! 여행하면서 돈을 아끼지 않고요! 암요! 몽골리아호 기관사에게도 배가 예정보다 일찍 도착하면 포상금을 주겠다고 했지요!"

"주인 분을 안 지 오래됐습니까?"

"제가요? 하인으로 채용된 바로 그날 출발한 겁니다."

이 대답이 이미 흥분을 가누지 못하고 있던 경찰 수사관에게 어떤 효과를 미쳤을지는 어렵잖게 상상할 수 있을 것이다.

절도 사건이 발생하고 얼마 지나지 않아 황급히 런던을 떠난 정황, 거액의 돈다발, 괴상한 내기라는 평계까지 모든 정황이 픽스의 생각에 들어맞았고, 들어맞아야만 했다. 그는 프랑스인에게 계속 말을 시켰다. 그리하여 이 사람이 주인에 대해 아는 것이 전혀 없고, 주인은 런던에 혼자 살며, 부자라고는 하지만 재산이 어디서 났는지는 아무도 모르고, 속을 알 수 없는 사람이라는 것 등을 확인했다. 그와 동시에 필리어스 포그가 수에즈에 내리지 않고 실제로 뭄바이로 갈 예정이라는 것도 확인했다.

"뭄바이는 먼가요?"

파스파르투가 물었다.

"꽤 멀지요. 배로 열흘은 가야 할 겁니다."

"뭄바이는 어디에 있나요?"

"인도요."

"아시아인가요?"

"그럼요."

"젠장! 제가… 마음에 걸리는 게 하나 있는데요…. 제 방의 등이요!"

"등?"

"가스등이요. 끄고 나왔어야 했는데 깜박해서 돈깨나 잡아먹게 생겼어요. 계산을 해봤더니 24시간 요금이 2실링이라고 하면 제 수입을 6펜스 초과하거든요. 여행이 예정보다 길어지면 도대체 요금이 얼마나 나오려나…."

픽스가 이 가스비 얘기를 알아들었을까? 그랬을 것 같지는 않다. 그는 이제 얘기를 듣고 있지도 않았고 마음을 정했다. 프랑스인과 그는 시장에 도착했다. 픽스는 파스파르투에게 장을 잘 보고 몽골리아호 출발 시각에 늦지 않게 잘 돌아가라고 말한 후 서둘러 영사관으로 갔다.

픽스는 이제 확신이 있었기 때문에 침착한 태도로 돌아왔다.

"영사님, 의심의 여지가 없네요. 그 사람이 범인입니다. 80일간 세계 일주를 해내겠다면서 괴짜 행세를 하고 있더군요."

"그렇다면 여간내기가 아니군요. 두 대륙의 수사관들을 전부 따돌리고 영국으로 돌아올 작정인가 봅니다!"

"두고 보면 알겠지요."

"하지만 형사님이 잘못 안 건 아닐까요?"

영사가 다시 물었다.

"확실합니다."

"그렇다면 왜 절도범이 수에즈에 들러 비자를 받으려고 했을까요?"

"왜냐고요?…저도 모릅니다, 영사님. 하지만 제 얘기를 들어보세요."

그러고는 포그라는 남자의 하인과 나눈 대화에서 핵심적인 사항을 이야기했다.

"그러니까 어떻게 추리해도 그 사람이 범인이라는 거군요. 이제 어떻게 할 겁니까?"

"뭄바이로 체포영장을 보내달라고 런던에 급전을 보내고, 저도 몽골리아호에 탈 겁니다. 인도까지 절도범을 따라가고, 영국령 인도에 도착하자마자 한 손으로는 체포영장을 들고 다른 손으로는 놈을 붙잡아야지요."

픽스 형사는 냉정하게 이 말을 뱉은 뒤 영사에게 인사하고 전보실로 향했다. 그러고는 앞에서 말했던 전보를 런던 경찰청장에게 보냈다.

15분 후 픽스는 가벼운 손가방에 돈을 잘 챙겨서 몽골리아호에 올랐고, 얼마 지나지 않아 이 쾌속 증기선은 홍해를 가르며 전속력으로 달렸다.

9

홍해와 인도양이 필리어스 포그의 계획에
호의를 보이다

수에즈와 아덴 사이의 거리는 정확히 2100킬로미터로, 운항표에는 이 거리를 138시간에 달리도록 되어 있었다. 몽골리아호는 그 시간을 단축하기 위해 연료를 활활 태우며 달리고 있었다.

브린디시에서 탄 승객들 대부분의 행선지는 인도였다. 뭄바이까지만 가는 사람도 있고, 뭄바이를 거쳐 콜카타까지 가는 사람도 있었다. 이제는 인도 반도 전역을 지나가는 철로가 놓여서 실론섬(스리랑카의 옛 이름)까지 돌아서 갈 필요가 없었기 때문이다.

몽골리아호의 승객 중에는 다양한 분야의 공무원들과 다양한 계급의 장교들이 있었다. 장교 중 일부는 진짜 영국군에 속해 있었고, 인도 원주민으로 구성된 세포이[17] 연대 장교도 있었다. 영국 정

---

17 19세기 영국이 인도를 식민 지배할 때 현지에서 채용된 인도인 용병을 말한다. '세포이'는 '병사'를 뜻하는 페르시아어에서 유래했으며, 이후 영국의 동인도회사를 해체하는 원인이 된 '세포이 항쟁'을 주도했다.

부가 옛 동인도회사의 권리와 의무를 인계받았지만, 이들은 지금도 후한 봉급을 받고 있었다. 소위의 연봉은 280파운드, 여단장은 2400파운드, 장군은 4000파운드였다.[18]

그래서 이 공직자들은 호화로운 몽골리아호를 이용했다. 여기에 새로운 사업을 위해 먼 곳까지 거금을 들고 떠나는 젊은 영국인 사업가들이 섞여 있었다. 선박 회사의 신임을 받는 '사무장'은 선장과 대등한 위치에서 선상의 모든 일을 호화롭게 처리했다. 아침 식사에 이어 오후 2시에 점심 식사, 5시 30분에 저녁 식사, 저녁 8시에 야식이 나왔다. 선박 내 정육점과 식탁 준비실에서 제공하는 신선한 육류 요리와 그 외 여러 요리가 상다리가 휘어질 정도로 푸짐하게 나왔다. 여성 승객은 하루에 두 번 옷을 갈아입었다. 파도가 잠잠할 때는 음악회나 무도회가 열렸다.

하지만 홍해는 좁고 긴 만으로 이루어진 바다가 으레 그렇듯 걸핏하면 파도가 거칠어졌다. 아시아나 아프리카 해안에서 바람이 불어오면 프로펠러가 달린 물렛가락처럼 생긴 몽골리아호는 옆바람을 받아 심하게 흔들렸다. 그럴 때면 여성 승객들은 모습을 감추었다. 피아노 소리가 멈추는 것과 동시에 노래와 춤도 멈추었다. 그러나 거센 바람과 파도가 몰아쳐도 강력한 엔진을 탑재한 몽골리아호는 끄떡도 하지 않고 바브엘만데브해협을 향해 달렸다.

그동안 필리어스 포그는 무엇을 하고 있었을까? 그가 시종일관 불안해하고 마음을 졸였을 거라 생각할 수도 있겠다. 바람의 방향

---

18 〔군인이 아닌〕 민간 공무원의 처우는 이보다 더 좋았다. 가장 말단의 행정 보조가 1만 2000프랑, 판사는 6만 프랑, 최고 판사는 25만 프랑, 고위 관리는 30만 프랑, 총독은 60만 프랑 이상 받았다. _저자 주

이 바뀌어 운항을 방해하지는 않을까, 거친 파도에 시달린 엔진이 고장 나지는 않을까, 악천후로 몽골리아호가 항구에 묶여 일정이 꼬이지는 않을까?

하지만 그렇지 않았다. 설령 그가 만약의 사태를 걱정했다 해도 내색은 하지 않았을 것이다. 그는 여전히 태연하고 침착하며 흔들림 없는 리폼 클럽의 회원이었다. 어떤 사건이나 사고도 그를 놀라게 할 수 없었다. 그는 항해용 정밀 시계처럼 감정이라는 것이 없는 사람이었다. 그는 갑판에도 좀처럼 모습을 드러내지 않았다. 홍해는 인류사의 첫 무대이니만큼 태고의 기억들이 어려 있었지만, 그는 구경할 생각이 없었다. 양쪽 연안에 흩어져 있는 도시들이 이따금 지평선에 그림처럼 아름다운 실루엣을 드러냈지만, 그는 보러 나오지 않았다. 그는 심지어 아라비아만의 위험에 대해 상상해본 적도 없었다. 스트라본, 아리아누스, 아르테미도로스, 이드리시 같은 고대 역사가들은 늘 공포에 떨며 이곳에서 일어난 일을 이야기했고, 뱃사람들은 항해를 무사히 마치게 해달라고 제물을 바치지 않고는 출발할 엄두도 내지 못했는데 말이다.

몽골리아호의 선실에 처박혀 꼼짝도 하지 않는 이 괴짜는 도대체 무엇을 하고 있었을까? 일단 하루 네 끼를 먹었다. 배가 이리저리 흔들려도 기계처럼 규칙적으로 생활하는 이 사람은 흔들리지 않았다. 그다음에는 휘스트를 했다.

그렇다! 그는 이 배에서도 자기만큼 열렬한 게임 상대들을 찾아냈던 것이다. 고아의 사무실로 돌아가는 세무 징수원, 뭄바이로 돌아가는 데시우스 스미스 목사, 바라나시 주둔 부대로 돌아가는 영국군 여단장이 바로 그들이었다. 세 남자는 포그 씨 못지않게 휘스트라면 사족을 못 썼고, 포그 씨처럼 몇 시간이고 말없이 게임에만 몰두했다.

한편 파스파르투도 뱃멀미로 고생하는 일은 없었다. 그는 앞쪽 선실을 썼는데, 주인처럼 끼니를 열심히 챙겨 먹었다. 사실 이런 조건에서 하는 여행이 그의 마음에 들지 않았던 것은 아니다. 그는 여행을 제법 즐겼다. 잘 먹고, 편하게 자고, 외국 구경도 했다. 더욱이 그는 뭄바이까지 가면 이 희한한 짓거리도 끝날 거라 생각했다.

수에즈를 떠난 다음 날인 10월 10일, 파스파르투는 이집트에 도착해 배에서 내리자마자 자신에게 영사관 위치를 알려준 친절한 남자를 갑판에서 다시 만나고는 적잖이 기뻤다.

"제가 잘못 본 게 아니라면, 수에즈에서 안내해주신 그분 맞죠?"

파스파르투는 더없이 싹싹하게 미소를 지으며 그에게 다가갔다.

"맞습니다. 저도 알아보겠네요! 특이한 영국 분을 주인으로 모시고 있는….'"

"맞습니다, 그런데 선생님 성함이…?"

"픽스입니다."

"픽스 씨, 배에서 다시 만나다니 반갑습니다. 그래, 어디로 가십니까?"

"저도 뭄바이로 갑니다."

"잘됐네요! 전에도 뭄바이에 가신 적 있습니까?"

"여러 번 가보았습니다. 이 선박 회사 직원이거든요."

"그럼 인도에 대해서도 잘 아시겠네요?"

"그야 뭐… 네."

픽스는 그 주제에 너무 깊이 들어가고 싶지 않았다.

"인도는 신기한 곳이지요?"

"아주 신기한 곳이지요! 이슬람 사원, 첨탑, 절, 탁발승, 불탑, 호랑이, 뱀, 무용수까지! 그런데 인도를 구경할 시간은 있습니까?"

"저야 그러고 싶지요, 픽스 씨. 정신이 멀쩡한 사람이면 80일 안에 세계 일주를 한다는 명목으로 열차와 여객선을 갈아타기만 하면서 살지는 못할 겁니다! 못 살고말고요. 하지만 이 곡예 놀음도 뭄바이에서는 끝나겠지요. 반드시 그렇게 될 겁니다."

"그나저나 포그 씨는 잘 지내십니까?"

픽스는 아주 천연덕스럽게 물었다.

"그럼요, 픽스 씨. 저도 잘 지내고요. 걸신들린 사람처럼 식욕이 도네요. 바다 공기를 쐬어서 그런가."

"주인 분은 갑판에서 통 못 뵌 것 같은데요."

"나오질 않으니까요. 호기심이 없는 양반이에요."

"그런데 파스파르투 씨, 그 80일간의 세계 일주라는 게 어떤 비밀 임무… 가령 외교적인 임무를 숨기고 있지는 않을까요?"

"설마요, 픽스 씨. 전 아무것도 모릅니다. 솔직히 별로 알고 싶지도 않네요."

이 만남 이후에도 파스파르투와 픽스는 곧잘 만나 얘기를 나누었다. 형사는 포그 씨의 하인과 친해지려고 했다. 나중에 기회를 봐서 하인을 이용할 수 있을 성싶었다. 그래서 몽골리아호의 바에서 파스파르투에게 위스키나 페일에일(영국식 맥주)을 몇 잔 사주기도 했다. 사람 좋은 파스파르투는 사양하지 않았지만 일방적으로 신세를 지지 않으려고, 더욱이 픽스를 아주 괜찮은 신사라고 생각했기 때문에, 자기도 술을 샀다.

그러는 동안 여객선은 빠르게 나아갔다. 13일에는 폐허가 된 성벽에 둘러싸인 도시 모카와 만났다. 무너진 벽 위로 솟아 있던 푸릇한 대추야자 몇 그루가 눈에 들어왔다. 저 멀리 산자락에는 커피나무 재배지가 넓게 펼쳐져 있었다. 파스파르투는 이 이름난 도시를 멀리서나마 바라볼 수 있어서 기뻤다. 원형으로 남아 있는 성벽과 허물어진 요새가 마치 거대한 커피 잔 같다는 생각이 들었다.

그날 밤 몽골리아호는 아랍어로 '눈물의 문'이라는 뜻의 바브엘만데브해협을 지났다. 다음 날인 14일에는 아덴 정박지 북서쪽 스티머포인트에 기항했다. 연료를 다시 채워넣어야 했기 때문이다.

석탄 산지에서 이렇게 먼 곳에서 증기선에 연료를 보급하는 일은 중대 사안이었다. 선박 회사가 연료비로 지출하는 돈만 해도 연간 80만 파운드에 달했다. 여러 항구에 창고를 지어야 하고, 바다에서 멀리 떨어진 광산에서부터 석탄을 실어와야 했기 때문에 석탄값이 1톤당 80프랑은 되었다.

몽골리아호는 뭄바이까지 2655킬로미터를 남겨놓았고, 스티머포인트에서 석탄을 싣느라 네 시간을 머물러야 했다.

그런데 시간이 이렇게 지체되어도 필리어스 포그의 계획에는 차질이 없었다. 다 예상된 부분이었다. 게다가 몽골리아호가 아덴에 도착한 때는 10월 15일 오전이 아니라 14일 저녁이었다. 열다섯 시간을 번 셈이다.

포그 씨와 하인은 육지로 내려갔다. 이 영국 신사는 비자 날인을 받으러 갔다. 픽스는 들키지 않도록 주의하면서 그의 뒤를 밟았다. 포그 씨는 비자만 받고 돌아와 중단했던 휘스트에 다시 매달렸다.

파스파르투는 평소 하던 대로 현지 사람 사이를 누비고 다녔다.

아덴의 인구는 2만 5000여 명으로 소말리아인, 인도의 바이샤, 파르시[19], 유대인, 아랍인, 유럽인이 두루 섞여 있었다. 파스파르투는 이 도시를 인도양의 지브롤터로 통하게 한 요새와 웅장한 저수조를 보고 감탄했다. 2000년 전 솔로몬 왕의 토목기사들이 작업했던 이 저수조에서 지금도 영국의 토목기사들이 열심히 일하고 있었다.

'신기하다, 신기해! 새로운 것을 보고 싶다면 여행이 쓸모없는 일은 아니군.'

파스파르투는 배로 돌아오면서 생각했다.

오후 6시, 몽골리아호는 아덴의 정박지에서 프로펠러를 다시 가동하고 인도양으로 달리기 시작했다. 아덴에서 뭄바이까지는 168시간이 잡혀 있었다. 게다가 인도양도 호의를 베풀어주었다. 북서풍이 불었기 때문이다. 돛이 순풍을 받아 증기기관에 힘을 실어주었다.

순풍을 받은 탓에 배의 흔들림도 적었다. 여성 승객들은 다시 가벼운 옷차림으로 갑판에 나타났다. 노래와 춤도 다시 시작되었다.

이렇게 여행은 최상의 조건에서 이루어졌고, 파스파르투는 우연히 픽스라는 괜찮은 길동무를 만나 기분이 좋았다.

10월 20일 일요일, 정오에 즈음해 인도 해안이 보이기 시작했다. 두 시간 뒤 수로안내인이 몽골리아호에 올라왔다. 지평선의 언덕이 하늘을 배경 삼아 조화롭게 펼쳐져 있었다. 조금 더 가니 도시를 겹겹이 뒤덮은 종려나무들이 눈에 또렷이 들어왔다. 배는 살세트·콜라바·엘레판타·부처 섬으로 둘러싸인 항만으로 유유히 들

---

19 parsi. 인도에 거주하는 페르시아 계통의 조로아스터교 신도들을 말한다.

어갔고, 4시 30분에 뭄바이 부두에 도착했다.

필리어스 포그는 그때 서른세 번째 게임을 끝냈다. 그는 같은 편과 대담한 작전을 구사해 열세 번의 턴을 땄다. 놀라운 완승으로 아름다운 항해를 마무리한 것이다.

몽골리아호는 10월 22일 뭄바이에 도착할 예정이었으나 실제로는 20일에 도착했다. 런던을 출발한 뒤로 이틀을 벌었다. 필리어스 포그는 여행 수첩의 이익 칸에 '2일'이라고 꼼꼼하게 적어두었다.

10

파스파르투가 신발만 잃기를
다행이라고 안도하다

모르는 사람이야 없겠지만 인도는 북쪽은 평평하고 남쪽은 뾰족한 거대한 역삼각형의 반도다. 면적은 364만 제곱킬로미터이며 1억 8000만 명의 인구가 불균등하게 흩어져 살고 있다. 영국 정부는 이 거대한 나라의 일정 부분을 사실상 통치했는데, 콜카타에서는 총독, 마드라스와 뭄바이와 벵골은 주지사, 아그라에서는 총독 보좌관이 행정을 맡아보았다.

하지만 엄밀히 따지자면 영국령 인도의 면적은 182만 제곱킬로미터, 인구는 1억에서 1억 1000만 명 사이였다. 즉 영국 여왕의 통치권에서 벗어나 있는 땅도 상당했고, 몇몇 포악한 토후가 위세를 떨치는 곳은 여전히 절대적 독립을 유지하고 있었다.

1756년, 그러니까 현재의 마드라스 위치에 최초의 영국 관공서가 들어선 그해부터 세포이의 항쟁이 일어난 1857년까지, 저 유명한 동인도회사는 뭐든지 다 할 수 있었다. 동인도회사는 토후들에게 공짜나 다름없는 임대료를 지급하고 점점 더 많은 지방을 합병했다. 총독을 비롯해 그 아래 사무직이나 군인 직급의 임명권까지 행사했다. 하지만 이제 동인도회사는 사라졌고, 인도에서 영국이 소유하는 모든 것은 여왕이 직권으로 처리한다.

인도 반도의 생활상, 풍습, 민족학적 구분도 변했다. 예전에는 이곳을 여행하려면 걸어가거나 말, 이륜수레, 외바퀴수레, 가마 같은 것을 타거나 사람에게 업혀 가거나 문이 두 개 달린 4인승 마차를 탔다. 지금은 증기선이 인더스강과 갠지스강을 빠르게 누비고 다닐 뿐 아니라 인도 전역에 철로가 깔려서 콜카타에서 뭄바이까지 열차로 사흘이면 갈 수 있었다.

철도 노선이 인도를 직선으로 지나가지는 않는다. 직선거리는 1600킬로미터에서 1770킬로미터 정도고, 평균 속도의 열차가 사흘이나 걸릴 거리는 아니다. 하지만 이 구간은 직선거리보다 적어도 3분의 1은 더 길다. 반도의 북쪽에 위치한 알라하바드까지 철로가 올라갔다가 내려오기 때문이다.

'인도 반도 철도' 노선의 주요 거점을 살펴보면 다음과 같다. 열차는 뭄바이섬에서 출발해 살세트섬을 관통하고, 타나 맞은편 대륙으로 들어가 서고츠산맥을 넘고, 부란푸르까지 북동쪽으로 달리다가 거의 독립 영토에 가까운 분델칸드를 누비고, 알라하바드까지 쭉 올라갔다가 동쪽으로 꺾어 바라나시에서 갠지스강과 만나고, 계속 동남쪽으로 내려가 바르다만과 프랑스령 도시 찬다나가르를 거쳐 마침내 콜카타에 도착한다.

몽골리아호 승객이 내린 시각은 오후 4시 30분이었다. 콜카타로 가는 열차는 저녁 8시에 출발하기로 되어 있었다.

포그 씨는 함께 게임을 했던 사람들과 작별하고 배에서 내린 뒤, 하인에게 구해와야 할 물건들을 자세히 일러주고 반드시 8시 전에 역으로 오라고 당부했다. 그러고는 천문시계의 추처럼 규칙적인 동작으로 발길을 옮겨 여권사무소로 향했다.

이렇듯 뭄바이의 신기한 구경거리는 여전히 그의 관심거리가 아니었다. 시청, 웅장한 도서관, 요새, 부두, 목화 시장, 노천 시장, 이슬람 사원, 유대교회당, 아르메니아정교회, 두 개의 다각형 탑이 솟아 있는 말라바르 언덕의 눈부신 힌두교 사원은 알 바가 아니었다. 엘레판타섬의 걸작들, 항구 남동쪽의 신비로운 지하 무덤, 살세트섬의 칸헤리 석굴 같은 찬란한 불교 유적에도 관심이 없었다!

아무렴! 전혀 알 바가 아니었다. 필리어스 포그는 여권사무소에서 나와 유유히 역으로 가서 저녁을 주문했다. 식당 지배인은 '토종 토끼' 요리를 추천하면서 아주 맛이 좋다고 말했다.

필리어스 포그는 그 요리를 주문하고 신중하게 맛보았다. 소스에 향신료가 듬뿍 들었는데도 역해서 먹을 수가 없었다.

그는 종을 울려 지배인을 불렀다.

"지배인, 이게 토끼 고기요?"

그는 지배인을 뚫어져라 쳐다보면서 말했다.

"네, 손님. 밀림에서 잡은 토끼입니다."

지배인은 천연덕스럽게 대답했다.

"토끼를 잡으니 야옹 하고 울지 않던가요?"

"야옹이라니요! 아, 손님! 토끼라니까요, 제가 맹세할…."

"지배인, 맹세는 필요 없고 이 말을 기억하시오. 옛날에 인도에서 고양이는 신성한 동물이었습니다. 그때가 좋은 시절이었지요."

"고양이에게 좋은 시절이었다는 겁니까, 손님?"

"여행자에게도 좋은 시절이었겠지요!"

포그 씨는 이 말을 남기고 조용히 식사를 계속했다.

픽스 형사도 포그 씨보다 조금 뒤에 배에서 내려 뭄바이 경찰서 장에게 달려갔다. 그는 자신이 임무를 맡은 정예 수사 요원이라고 밝힌 후 절도 용의자에 대한 수사가 어떻게 진행되고 있는지 설명 했다. 런던에서 보낸 체포영장은 도착했나? 아직 오지 않았다. 사 실 포그 씨가 출발하고 그 뒤에 영장을 발송했으니 아직 도착하지 않은 것은 당연했다.

픽스는 몹시 당황했다. 그는 현지 경찰서장에게 영장을 내달라 고 했지만 거절당했다. 이 사건은 영국 정부 관할이므로 영국 정부 관할 경찰에서만 합법적으로 영장을 발급할 수 있다는 이유였다. 원칙을 깐깐히 따지고 합법성을 준수하려는 태도는 영국의 관습으 로 완벽하게 설명될 수 있을 것이다. 그 나라는 개인의 자유라는 면 에서 임의로 처리할 여지를 두지 않는다.

픽스도 더는 고집을 부리지 않고 영국에서 영장이 올 때까지 기 다리는 수밖에 없음을 납득했다. 하지만 속을 알 수 없는 그 악당을 절대 시야에서 놓치지 않겠다고 거듭 다짐했다. 그는 필리어스 포 그가 뭄바이에서 머물 테니까 영장이 도착할 때까지 시간이 있다 고 굳게 믿었다. 우리가 알다시피, 그건 파스파르투의 생각이었다.

하지만 파스파르투는 몽골리아호에서 내려 이런저런 주문을 받 은 후, 뭄바이는 수에즈나 파리처럼 잠시 들른 곳이고 여행은 끝나 지 않으며 적어도 콜카타나 그 이상 가야 한다는 것을 깨달았다. 그 리고 포그 씨의 내기가 정말로 진지한 사안이 아닌지, 숙명의 여신이 조용히 살고 싶었던 자신을 정말로 80일간의 세계 일주에 끌어들인 것은 아닌지 생각해보기 시작했다!

파스파르투는 셔츠와 양말을 사고 뭄바이 거리를 돌아다녔다. 인종이란 인종은 거기 다 모여 있었다. 유럽의 여러 나라 사람들, 뾰족한 모자를 쓴 페르시아인, 둥근 터번을 쓴 인도 상인, 네모난 모자를 쓴 파키스탄 신드 사람, 긴 옷을 입은 아르메니아인, 검은 모자를 쓴 파르시인이 다 섞여 있었다. 조로아스터교도들의 직계 후손인 파르시들이 마침 축제를 벌이고 있었다. 파르시는 인도인 중에서 가장 근면하고 배운 것도 많으며 수완 좋고 금욕적인 부류로 뭄바이에서 부유한 토착 상인 계층을 이루고 있었다. 이날 파르시들은 거리 퍼레이드를 하며 구경거리를 선보이는 일종의 종교적 카니발을 벌였다. 금실, 은실로 수를 놓은 분홍색 거즈를 두른 무희들은 비올라와 북소리에 맞춰 멋지게 춤을 추면서도 절도를 잃지 않았다.

파스파르투가 이 신기한 축제를 구경하느라 눈과 귀를 온통 빼앗긴 채 어리숙한 촌놈 꼴을 하고 있었던 것은 말할 필요도 없겠다.

파스파르투와 포그 씨에게는 안된 일이지만, 그의 호기심은 그들의 여행을 위태롭게 만들 만큼 선을 넘고 말았다.

파르시 축제를 구경하고 역으로 돌아가던 그는 말라바르 언덕의 근사한 힌두교 사원 앞을 지나치다가 사원 내부를 보고 싶은 마음이 들었다.

그는 두 가지를 몰랐다. 첫째, 인도의 일부 사원에는 그리스도교인의 입장이 공식적으로 금지되어 있었다. 둘째, 힌두교 신자도 사원에는 신발을 벗고 들어가야 했다. 여기서 기억해야 할 것은, 영국 정부는 좋은 정치적 의도에서 현지 종교를 존중하고 세세한 부분까지 존중받게끔 하려 했고 현지의 종교적 관습을 어기는 자는 누구든 엄중히 처벌했다는 점이다.

파스파르투는 악의 없이 여느 관광객처럼 말라바르 언덕의 사원에 들어가 눈부시게 번쩍이는 브라만의 장식을 바라보다가 갑자기 성스러운 바닥돌 위로 고꾸라졌다. 승려 세 사람이 분노로 눈을 번득이면서 그에게 달려들어 신발과 양말을 벗기더니 우악스럽게 고함을 지르고 두들겨 패기 시작했다.

힘세고 민첩한 이 프랑스 사나이는 벌떡 일어났다. 그는 거추장스러운 긴 옷 때문에 빠르게 움직이지 못하는 상대 둘을 주먹과 발길질로 순식간에 쓰러뜨리고 죽기 살기로 그 자리를 박차고 나왔다. 세 번째 승려가 사람들을 불러 모으면서 그를 쫓아갔지만, 파스파르투는 이내 그들을 멀리 따돌렸다.

8시 5분 전, 그러니까 출발을 5분 앞두고 파스파르투는 모자도 없고 신발도 없고 몸싸움을 하느라 심부름한 물건이 든 가방도 잃어버린 채 역에 도착했다.

픽스는 플랫폼에 서 있었다. 역까지 미행을 했기 때문에 자기가 쫓는 악당이 뭄바이를 떠날 것임을 알았던 것이다. 픽스는 콜카타까지, 아니 그보다 더 멀리까지 추적할 작정이었다. 파스파르투는 그늘에 숨어 있던 픽스를 보지 못했지만, 픽스는 파스파르투가 주인에게 간략하게 전한 모험담을 다 들을 수 있었다.

"다시는 이런 일이 없기를 바라네."

필리어스 포그는 그렇게만 대답하고 말없이 열차에 자리를 잡았다.

딱한 사내는 풀이 죽어서는 맨발인 채로 주인을 따라 열차에 올랐다.

픽스는 다른 칸으로 타려다가 문득 어떤 생각이 떠올라 출발 계획을 즉석에서 변경했다.

'아니, 난 남아야겠다. 인도 땅에서 범법 행위가 일어났다 이거지…. 난 이미 놈을 잡았다.'

그 순간 기관차는 우렁찬 기적 소리를 울리고 어둠 속으로 사라져갔다.

11

필리어스 포그가 엄청난 값을 치르고
탈것을 구입하다

열차는 예정 시각에 출발했다. 승객은 여행자, 장교, 공무원, 사업상 동부 지방에 가는 아편과 인디고 염료 상인들이었다.

파스파르투는 주인과 같은 객실에 앉아 있었다. 객실에는 그들의 맞은편 안쪽 자리에 한 명이 더 앉아 있었다.

그 사람은 영국군 여단장 프랜시스 크로마티 경이었다. 그는 포그 씨가 수에즈에서 뭄바이까지 배를 타고 오는 동안 휘스트를 같이했던 사람 중 한 명으로, 바라나시 근처에 주둔한 부대로 복귀하는 중이었다.

크로마티 경은 키가 훤칠하게 크고 금발이었으며 나이는 50대였다. 그는 마지막 세포이의 항쟁 당시 큰 공을 세웠으며, 사실 인도 사람이라 해도 과언이 아니었다. 아주 어릴 때부터 인도에서 살았고 자기가 태어난 나라 영국에는 거의 간 적이 없었으니까. 그는 배울 만큼 배운 사람으로 필리어스 포그가 물어보기만 했다면 인도의 풍습, 역사, 사회구조에 대해 기꺼이 알려주었을 것이다. 하지만 이 영국 신사는 아무것도 묻지 않았다. 그는 여행을 하는 게 아니라 지구를 일주하고 있었을 뿐이다. 그는 그저 이론 역학에 따라 지구의 둘레 궤도를 도는, 무게를 지닌 물체였을 뿐이다. 그는 지금 런던에서 출발한 이후 소요된 시간을 계산하는 중이었다. 그가 불필요한 동작을 하는 사람이었다면 만족의 표시로 두 손을 비벼댔을 것이다.

프랜시스 크로마티 경은 포그 씨를 카드를 들고 있을 때나 다음 판으로 넘어갈 때밖에 보지 못했지만, 그래도 이 길동무가 괴짜라는 것은 알았다. 따라서 이 냉정한 거죽 속에서 인간의 심장이 뛰기는 하는지, 필리어스 포그에게 자연의 아름다움이나 정신적 갈망에 대한 감수성은 있는지 그가 궁금해한 것도 무리는 아니다. 그는 진심으로 궁금했다. 여단장은 지금껏 이 정밀과학의 산물 같은 인간과 비견할 만한 사람은 본 적이 없었다.

필리어스 포그는 프랜시스 크로마티 경에게 세계 일주 계획이나 자신의 여행 여건과 관련해 아무것도 숨기지 않았다. 여단장은 그 내기를 아무 쓸모없는 기행으로만 여겼다. 정신이 똑바로 박힌 사람이라면 응당 '두루 다니며 유익한 일을 하라'를 지침으로 삼겠지만, 그 내기에는 그런 정신조차 깃들어 있지 않았다. 이 별난 신사가 사는 방식대로라면 자기 자신을 위해서나 남들을 위해서나 '아무것도 하지 않고' 평생을 살다 갈 터였다.

뭄바이를 떠난 지 한 시간 후, 열차는 철교를 건너가 살세트섬을 통과하고 본토에 진입했다. 칼리안역에서 오른쪽으로 꺾어지는 노선으로 칸달라와 푸나를 거쳐 인도 남동부로 내려가 포웰역에 이르렀다. 열차는 여기서부터 복잡하게 갈라진 서고츠산맥으로 들어갔다. 화산암과 현무암으로 이루어진 이 산맥에서 가장 우뚝한 봉우리는 울창한 숲으로 덮여 있었다.

프랜시스 크로마티 경과 필리어스 포그는 간간이 몇 마디를 주고받았다. 여단장은 자꾸만 끊어지는 대화를 살려보려고 이런 말을 했다.

"포그 씨, 몇 년 전이었으면 이 근방에서 시간이 지연되어 일정에 차질이 생겼을 겁니다."

"왜 그렇습니까?"

"철로가 산기슭에서 끊겨 여기서부터 산 너머 칸달라역까지는 가마나 말을 타고 넘어가야 했거든요."

"그렇다고 해도 제 일정에는 차질이 없었을 겁니다. 어느 정도 장애가 있으리라 감안하고 일정을 짰으니까요."

"하지만 포그 씨, 여기 이 젊은 친구가 저지른 일 때문에 골치 아플 뻔했잖습니까?"

여행용 모포로 맨발을 싸매고 잠들어 있던 파스파르투는 자기 얘기를 하는 줄도 몰랐다.

"영국 정부가 그런 범법 행위에는 아주 엄격하거니와 그럴 만도 합니다. 인도인의 종교적 관습을 존중하는 것을 무엇보다 중요하게 생각하거든요. 만약 포그 씨의 하인이 잡히기라도 했으면….."

"글쎄요, 제 하인이 잡혔다면 판결에 따라 벌을 다 받은 뒤에 유럽으로 돌아와야 했겠지요. 하인이 저지른 일이 어떻게 주인의 일정에 차질을 줄 수 있는지는 모르겠습니다만!"

여기서 대화는 다시 끊어졌다. 열차는 밤새 고츠산맥을 넘어 나시크를 지났고, 이튿날인 10월 21일에는 평원에 가까운 칸데시 지방을 달렸다. 이 지방에는 경작지가 펼쳐져 있고 드문드문 촌락도 형성되어 있었다. 유럽에서 볼 수 있는 교회 종탑 대신 힌두교 사원의 뾰족한 탑이 우뚝하니 솟아 있었다. 대부분 고다바리강에서 갈라져 나온 지류들이 이 비옥한 고장에 물을 대주고 있었다.

잠에서 깬 파스파르투는 자신이 '인도 반도 철도'의 열차를 타고 있다는 사실을 눈으로 보면서도 믿을 수 없었다. 도무지 있을 수 있는 일이 아니었다. 하지만 이보다 더 현실일 수는 없었다! 열차는 영국산 석탄을 태우며 영국인 기관사가 이끄는 대로 목화, 커피, 육두구, 정향, 붉은 후추 등이 자라는 농장에 연기를 내뿜으며 달리고 있었다. 기관차에서 나선을 그리며 뿜어나오는 증기가 주위의 종려나무 숲을 휘감았다. 종려나무들 사이로는 그림같이 아름다운 방갈로와 버려진 사원, 인도 건축에서 볼 수 있는 휘황찬란하게 장식한 절이 보였다. 곧이어 끝이 보이지 않는 평원이 펼쳐졌고, 뱀과 호랑이가 우글거리는 밀림도 나왔다. 밀림의 동물들은 시끄러운 열차 소리에 놀라서 도망쳤다. 그다음에는 철로 때문에 이리저리 갈라지고 끊어진 숲들이 보였는데, 이곳에는 아직도 코끼리가 살고 있었다. 코끼리들은 연기를 뿜으며 지나가는 열차를 생각에 잠긴 듯한 눈으로 바라보았다.

그 아침에 열차는 말레가온역을 지나 칼리 여신의 추종자들이 자주 피를 뿌렸던 음산한 지역을 통과했다. 얼마 가지 않아 엘로라의 멋진 사원들이 있었고, 또 얼마 가지 않아 유명한 아우랑가바드가 나왔다. 이곳은 폭군 아우랑제브[20]가 통치하던 시절의 수도였지

---

20 Aurangzeb. 무굴 제국의 6대 황제. 힌두교를 탄압하고 전쟁을 자주 일으켜 백성을 도탄에 빠뜨렸다.

만 지금은 니잠 왕국에서 분리된 지방의 주도에 불과했다. 터그[21]의 지도자이자 '살인자들의 왕'으로 통했던 페링게아가 그곳에서 위세를 떨쳤다. 좀체 잡히지 않았던 그 살인자들의 비밀결사는 죽음의 여신 칼리를 섬기며 나이를 가리지 않고 닥치는 대로 희생자들의 목을 비틀어 죽였으나 피는 한 방울도 흘리지 않았다. 오죽하면 한때 이 지역 아무 데나 땅을 파도 시체가 나온다고들 했다. 영국 정부는 살인범들을 자주 잡아서 처단했으나 그 무시무시한 집단의 맥을 끊지는 못했다.

오후 12시 30분, 열차는 부란푸르역에 정차했다. 파스파르투는 역에서 거금을 주고 가짜 진주로 장식된 가죽신을 사서 신고는 아주 뿌듯해했다.

여행객들은 서둘러 점심을 먹었고, 열차는 다시 출발해 타프티강을 따라 난 철로를 달려 아수르구르역으로 향했다. 타프티강은 수라트 근처에서 캄베이만으로 흘러드는 작은 강이었다.

파스파르투가 그때 무슨 생각을 하고 있었는지 알아보는 것이 좋겠다. 파스파르투는 뭄바이에 도착하면 거기서 여행이 끝나려니 생각했었다. 그런 생각도 무리는 아니었다. 하지만 전속력으로 인도를 가로지르는 열차를 타고 있자니 생각이 뒤집혔다. 타고난 본성은 빠르게 돌아왔다. 제멋대로였던 젊은 날의 사고방식이 되살아났고, 주인의 계획을 진지하게 받아들였다. 내기를 현실적으로 생각하게 됐고, 결과적으로 이 세계 일주와 결코 넘겨서는 안 될 기한에 대해서도 생각이 달라졌다. 파스파르투는 벌써 시간 지

---

21 Thugs. 칼리 여신을 추종하는 신도회. 칼리 여신 숭배자들은 산 사람을 제물로 바치는 것으로 악명이 높았다.

연과 여행길에서 일어날 수 있는 사고가 걱정되기 시작했다. 자신이 내기의 관계자임을 느꼈고, 어제 자신이 저지른 용서할 수 없는 실수가 내기를 망칠 뻔했다고 생각하니 몸이 떨렸다. 그는 포그 씨처럼 냉정하고 침착한 성격이 아니었기 때문에 훨씬 불안해했다. 그는 지금까지의 소요 일수를 몇 번이나 다시 세어보고 열차가 정차하는 것을 저주하며 열차가 느려 터졌다고 불평했다. 심지어 포그 씨가 기관사에게 포상금을 약속했으면 좋았을 거라고 '속으로' 원망도 했다. 이 순박한 사내는 그런 일이 여객선에서나 가능하고, 일정 속도로 달려야 하는 열차에서는 불가능하다는 것을 몰랐다.

저녁이 다가오자 열차는 칸데시 지방과 분델칸드 지방 사이에 있는 수트푸르산맥에 들어섰다.

다음 날인 10월 22일, 프랜시스 크로마티 경이 시간을 물었을 때 파스파르투는 새벽 3시라고 대답했다. 하지만 그의 시계는 서쪽으로 77도 떨어진 그리니치천문대의 본초자오선에 맞춰져 있었으므로 현지 시간보다 네 시간이 늦었다.

그래서 크로마티 경은 파스파르투가 알려준 시간이 잘못됐다고 하면서 일전에 픽스가 한 말과 똑같은 말을 했다. 그는 파스파르투에게 새로운 자오선을 지날 때마다 시간을 조정해야 하고, 지금 동쪽으로 계속 가고 있으므로, 다시 말해 태양에 다가가고 있으므로 경도 1도당 4분씩 빨라진다고 설명했다. 하지만 소용없는 짓이었다. 이 고집쟁이 사내는 여단장의 설명을 알아들었는지 못 알아들었는지 모르지만 절대 시계를 다시 맞추지 않고 런던 현지 시각을 고수했다. 어쨌든 그 고집으로 누가 피해를 입을 일은 없으니 무해

한 괴벽이기는 했다.

오전 8시에 로탈역을 24킬로미터 남겨두고 열차가 방갈로와 인부들의 오두막집으로 둘러싸인 빈터 한가운데서 멈춰 섰다. 차장이 객차 통로를 지나가면서 말했다.

"승객분들은 여기서 내리십시오."

필리어스 포그는 프랜시스 크로마티 경을 바라보았다. 프랜시스 경도 열차가 왜 타마린드와 대추야자 숲 한복판에 멈춰 섰는지 영문을 모르는 눈치였다.

파스파르투도 두 사람 못지않게 놀라서 열차 밖에 나가보더니 이내 소리를 지르며 돌아왔다.

"나리, 철로가 없어요!"

"그게 무슨 소리요?"

프랜시스 크로마티 경이 물었다.

"철로가 끊어져 있다고요!"

여단장이 후다닥 객차에서 내렸다. 필리어스 포그도 그를 따라갔지만 서두르는 기색은 없었다. 두 사람은 기관사에게 갔다.

"여기가 어디요?"

프랜시스 크로마티 경이 물었다.

"콜비 마을입니다."

"여기서 안 갑니까?"

"그렇겠지요. 철로가 완공이 되질 않았으니…."

"뭐라고! 완공이 안 됐다고?"

"여기서부터 알라하바드까지 80킬로미터 정도는 철로를 더 깔아야 합니다. 알라하바드부터는 철로가 있고요."

"신문에는 완공됐다고 나왔는데요!"

"어쩌라고요, 신문이 잘못 보도한 건데요."

"하지만 당신네들이 뭄바이에서 콜카타행 표를 팔았잖소!"

프랜시스 크로마티 경은 성질이 나기 시작했다.

"그랬지요, 하지만 승객들은 콜비에서 알라하바드까지 알아서 가야 한다는 걸 잘 알고 있습니다."

프랜시스 크로마티 경은 화가 났다. 파스파르투는 차장을 때려 눕히고 싶은 마음이 굴뚝같았지만 그러지 못했다. 그는 차마 주인의 얼굴을 볼 수 없었다.

"크로마티 경, 우리가 알라하바드까지 갈 방법이나 구해봅시다."

필리어스 포그는 그렇게만 말했다.

"포그 씨, 이렇게 지체되어 차질이 있겠구려."

"아뇨, 크로마티 경. 다 예상했던 일입니다."

"아니, 그러면 철로가 없는 걸 알았다는…."

"그건 전혀 몰랐습니다만 조만간 장애물이 나타나려니 생각하고 있었습니다. 그런데 문제 될 건 없습니다. 이미 이틀을 벌어놓았거든요. 25일 정오에 콜카타에서 홍콩으로 가는 배를 타는 일정입니다. 아직 22일이니까 콜카타에는 늦지 않게 도착할 수 있습니다."

이렇게 자신만만하게 대답하니 크로마티 경은 할 말이 없었다.

철로 공사가 그 지점에서 중단된 것은 분명한 사실이었다. 신문은 자꾸 빨리 가는 시계 같아서, 선로 완공을 너무 성급하게 보도했다. 승객들은 대부분 철로가 끊겨 있다는 것을 진즉에 알았으므로 열차에서 내리자마자 그 마을에서 구할 수 있는 이동 수단을 알아보기에 바빴다. 바퀴가 네 개인 팔키가리[22], 인도소(혹소)가 끄는 수레, 이동식 사원처럼 생긴 여행용 장식 마차, 가마, 조랑말 등이 다 그런 수단이었다. 포그 씨와 크로마티 경 역시 뒤늦게 온 마을을 뒤져보았으나 아무것도 구하지 못했다.

"저는 걸어가렵니다."

필리어스 포그가 말했다.

바로 그때 파스파르투가 주인에게 돌아왔다. 그는 가죽신이 근사하긴 하지만 몹시 불편하다는 것을 알고 인상을 찌푸렸다. 다행히 그는 주인과 별개로 탈것을 찾으러 다녀온 참이었다. 파스파르투가 머뭇거리면서 말했다.

"나리, 이동 수단을 구한 것 같습니다."

"그게 뭔가?"

"코끼리요! 여기서 100보만 가면 코끼리를 키우는 인도인이 있습니다."

"그 코끼리를 보러 가세."

5분 후 필리어스 포그와 프랜시스 크로마티 경과 파스파르투는 높은 울타리로 둘러싸인 우리 옆 오두막에 도착했다. 오두막 안에는 인도 사람이 한 명 있었고, 우리 속에는 코끼리가 한 마리 있었다. 인도 사람이 포그 씨와 두 길동무를 우리로 안내했다.

그들은 주인의 손에서 자라 반쯤 가축이 된 코끼리를 마주했다. 주인은 그 코끼리를 짐바리 짐승이 아니라 싸움용으로 키웠다. 목적이 그러했으므로 천성적으로 순한 코끼리의 성질을 차츰 흉포

| 22 말 두 마리가 끄는 인도식 마차.

하게 바꾸어놓았다. 인도어로 그러한 성질을 '무트쉬'라고 하는데, 비결은 석 달 동안 코끼리에게 설탕과 버터를 먹이는 것이다. 그 방법이 과연 그러한 결과를 가져올 수 있을까 싶지만, 사육사들은 그 방법으로 성공을 거두었다. 다행스럽게도 포그 씨가 마주한 코끼리는 식이요법을 시작한 지 얼마 안 되어 아직 '무트쉬' 상태에 이르지는 않았다.

그 코끼리의 이름은 '키우니'였다. 코끼리들이 으레 그렇듯 키우니도 장시간 빠른 속도로 이동할 수 있었고, 필리어스 포그는 다른 탈것이 없었으므로 키우니를 이용하기로 결정했다.

하지만 인도에서는 코끼리의 수가 점점 줄고 있었기 때문에 대단히 비쌌다. 특히 서커스에서 수컷만 코끼리 싸움에 나갈 수 있었기에 수코끼리를 찾는 사람이 많았다. 그런데 이 동물은 사육당하는 상태에서는 번식을 거의 하지 않았으므로 사냥을 해서 구하는 수밖에 없었다. 또한 코끼리는 극진한 보살핌을 받는 동물이기도 했다. 그래서 포그 씨가 코끼리를 빌리고 싶다고 말하자 인도 사람은 단칼에 거절했다.

포그 씨는 물러서지 않고 시간당 10파운드라는 어마어마한 금액을 제시했다. 상대는 거절했다. 시간당 20파운드는? 이번에도 거절이었다. 40파운드? 여전히 퇴짜였다. 금액이 올라갈 때마다 파스파르투는 펄쩍 뛰었다. 그러나 인도 남자는 넘어오지 않았다.

그렇지만 엄청난 금액이긴 했다. 알라하바드까지 열다섯 시간 동안 코끼리를 빌려주기만 해도 코끼리 주인은 600파운드를 벌 수 있었다.

필리어스 포그는 전혀 동요하지 않고 인도 남자에게 코끼리를 아예 사겠다면서 1000파운드를 제안했다.

인도 남자는 코끼리를 팔 생각이 없었다! 어쩌면 이 별난 사람은 대박을 직감했는지도 모른다.

프랜시스 코르마티 경은 포그 씨를 옆으로 데리고 가서 일을 더 크게 벌이기 전에 생각을 잘 해보라고 했다. 필리어스 포그는 이 길동무에게 자신은 늘 잘 생각해보고 행동한다고, 잘 생각해보면 내기에 2만 파운드가 걸려 있는데 꼭 필요한 코끼리를 손에 넣어야 한다면 스무 배 가격인들 못 내겠냐고 했다.

포그 씨는 다시 인도 남자에게 갔다. 그의 작은 눈이 탐욕으로 번득거리는 것을 보니 결국은 돈이구나 싶었다. 필리어스 포그는 1200파운드를 불렀다가 1500파운드, 1800파운드, 급기야 2000파운드까지 제시하기에 이르렀다. 평소 불그스름하게 혈색이 도는 파스파르투의 얼굴이 충격으로 창백해졌다.

2000파운드에 인도 남자가 굴복했다.

"제 가죽신을 걸고 말씀드리는데, 코끼리 고깃덩이 값으로 2000파운드는 터무니없습니다!"

파스파르투가 외쳤다.

거래가 끝났으니 이제 안내인을 찾아야 했다. 이 일은 훨씬 쉬웠다. 영리해 보이는 파르시 청년이 안내를 하겠다고 나섰다. 포그 씨가 수락하고 높은 보수를 약속했으니 청년의 두뇌는 갑절로 영리하게 돌아갈 것이 분명했다.

그는 코끼리를 끌고 나와 지체 없이 장비를 갖추었다. 그 청년은 '마후트'라고 부르는 코끼리 사육사의 일을 완벽하게 터득하고 있었다. 그는 코끼리의 등에 일종의 덮개를 깔고 양옆으로 등받이가 고정된 좌석을 두 석 마련했는데, 그리 편안해 보이지는 않았다.

필리어스 포그는 예의 그 가방에서 은행권을 꺼내 값을 치렀다. 마치 파스파르투의 내장에서 돈을 끄집어내는 것 같은 광경이었다. 포그 씨는 프랜시스 크로마티 경에게 알라하바드역까지 태워 주겠다고 했다. 여단장은 좋다고 했다. 사람 한 명 더 태운다고 해도 그 거대한 동물은 지치지 않을 터였다.

생필품은 콜비 마을에서 샀다. 프랜시스 크로마티 경은 코끼리 몸통에 매달린 좌석 하나를 차지했고, 필리어스 포그가 다른 하나를 차지했다. 파스파르투는 두 사람 사이 코끼리 등의 덮개에 걸터 앉았다. 9시에 마을을 떠난 코끼리는 빽빽한 종려나무숲 사이 지름길로 들어섰다.

12

필리어스 포그 일행이 위험을 무릅쓰고 인도의 숲으로 들어가다

안내인은 이동 거리를 줄이려고 철로 공사가 한창인 오른쪽 길을 포기했다. 철로 쪽은 들쭉날쭉한 빈디아산맥의 지맥들을 지나가야 하는 데다가 최단 거리도 아니었으므로 필리어스 포그에게 유리할 것이 없었다. 이 지역의 큰길과 샛길이 제 손바닥만큼 익숙한 파르시 청년이 숲을 가로지르면 32킬로미터를 벌 수 있다고 했으므로 일행은 그를 믿고 따랐다.

필리어스 포그와 프랜시스 크로마티 경은 등받이 좌석에 목까지 파묻힌 채 코끼리의 재빠른 종종걸음에 온몸이 이리저리 흔들렸다. 두 사람은 더없이 영국인다운 침착한 태도로 이 상황을 견뎠다. 그들은 거의 대화를 하지 않았는데, 사실 서로 얼굴이 보이지도 않았다.

한편 파스파르투는 코끼리 등에 올라탔기 때문에 충격과 반동을 온몸으로 고스란히 받았다. 그는 주인이 충고한 대로 혀를 깨물지 않도록 조심했다. 만일 그랬다가는 혀가 싹둑 잘려나갈 터였다. 선량한 사내는 코끼리 목 위로 뛰어올랐다가 코끼리 엉덩이 쪽으로 털썩 밀려났다 하면서 마치 트램펄린을 뛰는 광대처럼 공중곡예를 했다. 하지만 그는 그렇게 펄쩍펄쩍 뛰어오르는 중에도 농담을 하고, 킬킬대며, 가방에서 각설탕을 꺼내 코끼리에게 주기도 했다. 그러면 똑똑한 코끼리 키우니는 긴 코로 각설탕을 날름 받아먹으면서도 잠시도 걸음을 멈추지 않았다.

두 시간 정도 걷고 난 뒤, 안내인은 코끼리를 세우고 한 시간 쉬게 했다. 코끼리는 가까운 늪에서 목을 축이고 나뭇가지와 관목을 우적우적 씹어 먹었다. 프랜시스 크로마티 경은 이 휴식을 불만스러워하지 않았다. 그는 녹초가 되어 있었다. 포그 씨는 푹 자고 일어난 사람처럼 거뜬해 보였다.

"철인이 따로 없구면!"

여단장이 그를 바라보면서 탄복했다.

"단련된 철이죠!"

파스파르투가 간소하게 점심을 준비하면서 대꾸했다.

정오가 되자 안내인이 출발 신호를 했다. 얼마 지나지 않아 야생적인 풍광이 펼쳐졌다. 거대한 숲에 이어서 타마린드와 키 작은 종려나무가 섞인 잡목림이 나왔고 메마른 평원이 펼쳐졌다. 평원에는 헐벗은 관목이 드문드문 자라고 우둘투둘한 심성암 덩어리들이 흩어져 있었다. 이 분델칸드 고지대는 여행자의 발길이 거의 닿지 않거니와 힌두교도들이 지독한 악습을 자행하는 고장이었다. 영국 정부는 토후들이 세력을 떨치는 곳에서 제대로 자리를 잡지 못했다. 토후들은 빈디아산맥 깊은 곳에 은신했기 때문에 접근하기가 쉽지 않았다.

사나워 보이는 인도인 무리가 몇 번이나 눈에 띄었다. 그들은 네 발짐승이 재빨리 지나가는 모습을 보면서 화난 얼굴을 했다. 파르시는 그들과 마주치면 좋지 않다면서 가급적 피해서 갔다. 그날은 동물은 별로 보이지 않았고 고작해야 원숭이 몇 마리가 전부였다. 원숭이들이 온몸을 배배 꼬고 인상을 쓰면서 달아나는 모습을 보고 파스파르투는 아주 재미있어했다.

그는 생각이 많았는데, 특히 마음에 걸리는 것이 하나 있었다. 알라하바드역에 도착해서 포그 씨는 코끼리를 어떻게 하려나? 코끼리를 데려갈까? 그럴 순 없다! 코끼리 구입비에 수송비까지 추가되면 망할지도 모른다. 코끼리를 팔아야 할까, 자유롭게 풀어줘야 할까? 이 훌륭한 동물은 보살핌을 받을 자격이 있었다. 행여 포그 씨가 선물이랍시고 코끼리를 파스파르투에게 준다면 정말 난처할 것이다. 파스파르투는 걱정을 떨칠 수가 없었다.

저녁 8시경에 빈디아산맥의 큰 줄기를 넘었다. 여행자들은 북쪽 산비탈 아래서 다 무너진 방갈로를 찾아 거기서 쉬었다.

그들이 하루 동안 지나온 거리는 약 40킬로미터였다. 알라하바드역까지는 앞으로도 딱 그만큼을 더 가야 했다.

밤이 되니 쌀쌀했다. 파르시가 삭정이를 모아 방갈로 안에 불을 피우자 반가운 온기가 돌았다. 저녁은 콜비 마을에서 산 식료품으로 때웠다. 여행자들은 기진맥진한 채로 배를 채웠다. 대화라고 해봐야 띄엄띄엄 몇 마디 주고받는 게 다였고, 이내 요란하게 코를 골며 곯아떨어졌다. 안내인은 키우니 옆에서 망을 봤다. 키우니는 육중한 나무 몸통에 기대어 선 채로 잠을 잤다.

그날 밤에는 아무 일도 일어나지 않았다. 이따금 밤의 정적을 깨는 것은 치타와 표범의 울음소리, 그리고 원숭이들이 날카롭게 킥킥대는 소리뿐이었다. 하지만 그 육식동물들은 소리만 낼 뿐 방갈로에 머무는 이들에게 적대적인 모습을 드러내지 않았다. 프랜시스 크로마티 경은 피로에 지쳐 쓰러진 군인답게 깊이 잠들었다. 파스파르투는 잠자리가 뒤숭숭했고 전날 온종일 그랬던 것처럼 꿈에서도 재주넘기를 했다. 한편 포그 씨는 새빌로의 평온한 자택에서처럼 편안히 잤다.

이튿날 아침 6시, 그들은 다시 출발했다. 안내인은 그날 저녁에는 알라하바드에 도착하기를 바랐다. 그러면 포그 씨는 미리 벌어두었던 48시간 중에서 일부만 쓰고 넘어갈 수 있었다.

빈디아산맥의 마지막 내리막길에 접어들었다. 키우니의 걸음이 다시 빨라졌다. 정오에 안내인은 갠지스강의 지류 중 하나인 카니강 유역의 칼린거 마을을 둘러 갔다. 그는 여전히 거주 구역은 피해 다녔다. 큰 강줄기가 모이는 인적 없는 저지대 평원이 더 안전하다고 보았기 때문이다. 북동쪽으로 19킬로미터쯤 더 가면 알라하바드역이었다. 일행은 묵직하니 다발로 드리운 바나나 아래서 잠시 쉬었다. 바나나는 빵만큼 영양이 풍부하고 여행자들에게 '크림처럼 녹진하다'는 말을 들을 만큼 인기가 좋은 나무 열매다.

오후 2시, 안내인은 족히 수 킬로미터를 지나가야 하는 울창한 숲으로 이끌었다. 그는 숲속에 몸을 숨기고 이동하는 것을 선호했다. 어쨌든 지금까지 불길한 만남은 없었고, 여행은 이대로 무탈하게 끝날 성싶었다. 그런데 갑자기 코끼리가 불안한 기색을 보이며 멈춰 서지 않는가.

그때가 오후 4시였다.

"무슨 일이지?"

프랜시스 크로마티 경이 고개를 들었다.

"모르겠습니다, 여단장님."

파르시는 이렇게 대꾸하면서 무성한 가장귀 너머 어렴풋이 들리는 소리에 귀를 기울였다.

조금 있으니 그 소리가 점점 더 뚜렷해졌다. 아직은 먼 곳에서 사람 목소리, 청동 악기를 울리는 소리가 한데 어우러져 있는 것 같았다.

파스파르투는 눈을 크게 뜨고 귀를 곤두세웠다. 포그 씨는 아무 말 없이 참을성 있게 기다렸다.

파르시가 뛰어내려 코끼리를 나무에 묶고 숲에서 나무가 가장 빽빽하게 우거진 곳으로 달려가더니 이내 돌아왔다.

"브라만 승려 행렬이 이리로 오고 있습니다. 가능한 한 눈에 띄지 않도록 합시다."

안내인은 코끼리를 다시 풀어 잡목림으로 인도하면서 일행에게 절대 내리지 말라고 일렀다. 그 자신도 행여 도망쳐야 할 것 같으면 재빨리 탈것에 오를 태세였다. 하지만 안내인은 나뭇잎이 빽빽하게 들어차서 신도 무리에게 들키지 않고 지나갈 수 있으리라 생각했다.

사람 음성과 악기음의 부조화가 한층 가까워졌다. 단조로운 노랫소리에 북소리, 징 소리가 따라왔다. 행렬의 선두가 나무 아래로 보이기 시작했다. 포그 씨 일행과 50보가 될까 말까 한 거리였다. 나뭇가지 사이로, 이 행사에 참여한 자들의 기묘한 모습을 쉽게 알아볼 수 있었다.

행렬의 선두는 삼각형 모자를 쓰고 요란스레 장식한 긴 옷을 입은 승려들이 차지했다. 그 주위를 남녀노소가 둘러싸고 곡을 하듯 단조로운 가락을 읊조리면서 따라왔다. 그 뒤로 바퀴가 유독 큰 가마가 나타났다. 바퀴의 테와 살이 뱀이 뒤얽힌 모양을 하고 있었다. 화려한 장식을 둘러쓴 인도소 두 마리가 끄는 가마 위에는 소름 끼치는 신상神像이 놓여 있었다. 팔이 네 개 달린 신상은 검붉은 몸뚱이, 정신 나간 듯한 눈동자, 헝클어진 머리카락을 지니고 있었다. 혀는 늘어졌고, 입술은 헤나 염료와 베텔[23]로 물들어 있었다. 신상의 목에는 해골들이 걸려 있었고, 허리에는 절단당한 손들이 허리 띠처럼 걸쳐 있었다. 그 신상의 발밑에는 거인이 머리를 잘린 채 쓰러져 있었다.

프랜시스 크로마티 경이 그 신상을 알아보았다.

"칼리 여신이군, 사랑과 죽음의 여신."

"죽음의 여신은 몰라도 사랑의 여신은 아니죠, 절대로! 저 사악한 여자가 무슨!"

파스파르투가 말했다.

안내인이 파스파르투에게 조용히 하라는 신호를 보냈다.

늙은 힌두교 행자들이 신상 주위에서 몸을 비비 꼬고 펄쩍펄쩍 뛰면서 경련을 일으켰다. 그들은 황토색 띠를 몸에 칭칭 두르고, 몸에 십자무늬 상처를 내어 피를 방울방울 흘리고 있었다. 아직도 힌두교의 큰 행사가 있을 때마다 크리슈나 신상 가마 앞으로 뛰어드

---

23   구장나무 잎, 담뱃잎, 빈랑나무의 열매 등으로 만드는 페이스트.

는 광신도들이 바로 그들이었다.[24]

그 뒤로 화려한 전통의상을 입은 승려 몇 명이 제대로 서 있지도 못하는 여자 한 명을 질질 끌고 갔다.

여자는 젊고 유럽인처럼 살결이 하였다. 여자의 머리와 목, 어깨, 귀, 팔, 손, 손가락과 발가락에는 보석과 목걸이, 팔찌, 귀고리, 반지가 주렁주렁 걸려 있었다. 금실로 엮은 튜닉은 얇은 모슬린에 덮여 있어서 허리선이 드러나 보였다.

그 젊은 여자 뒤로는 전혀 어울리지 않는 모습이 보였다. 장식 없는 긴 칼을 허리에 차고 금과 은이 박힌 장총을 든 호위병들이 송장을 가마로 옮기고 있었으니 말이다.

그것은 토후의 화려한 옷을 걸친 노인의 송장이었다. 송장은 마치 산 사람처럼 진주로 수를 놓은 터번을 두르고, 비단과 금실로 엮은 옷을 입고, 다이아몬드가 박힌 캐시미어 허리띠를 두르고, 인도 왕족임을 나타내는 훌륭한 무기를 차고 있었다.

그 뒤로 악사들이 따라왔고, 행렬의 마지막에는 광신도 무리가 악기 소리도 뒤덮을 만큼 괴성을 지르면서 따라왔다.

프랜시스 크로마티 경은 씁쓸한 표정으로 그 성대한 행렬을 바라보다가 안내인 쪽으로 고개를 돌렸다

"사티[25]로군!"

파르시는 고개를 끄덕이고 아무 말 말라고 손가락을 입술에 갖다댔다. 긴 행렬이 천천히 나무 아래로 지나갔고, 머지않아 행렬의

---

24 힌두교에서는 크리슈나의 전차(행렬에서 신상을 모시는 가마)에 치여 죽으면 구원을 받는다고 믿는다.

25 남편이 죽으면 아내를 산 채로 함께 화장하던 인도의 풍습 '사티'를 가리킨다.

꼬리까지 숲속으로 자취를 감추었다.

노랫소리도 차츰 멀어졌다. 멀찍이서 고함 소리가 간간이 터지긴 했지만 마침내 모든 소동이 가라앉고 침묵이 내려앉았다.

필리어스 포그는 프랜시스 크로마티 경이 내뱉은 말을 들었기 때문에 행렬이 사라지자마자 물었다.

"사티가 뭡니까?"

"사티라는 건, 포그 씨, 사람을 제물로 바치는 겁니다. 아까 그 여자는 내일 동트자마자 불에 타 죽을 거요."

여단장이 말했다.

"아! 거지 같은 놈들!"

파스파르투는 분을 참을 수 없었다.

"그 송장은 뭡니까?"

포그 씨가 물었다.

"왕족의 시신입니다. 그 여자의 남편일 테지요. 분델칸드의 독립국 토후예요."

"저런! 아직도 그런 야만적인 풍습이 남아 있다니요. 영국인도 그런 걸 없애진 못했군요."

필리어스 포그는 아무 감정이 배어나지 않는 목소리로 말했다.

"인도 대부분의 지역에서 사람을 제물로 바치는 풍습이 사라졌지만 이 야만적인 고장, 특히 이 분델칸드에는 영국인의 힘이 미치지 못합니다. 빈디아산맥의 북녘은 살인과 약탈이 끊이지 않고 있지요."

프랜시스 크로마티 경이 대답했다.

"여자가 가엾네요! 산 채로 타죽다니!"

파스파르투가 중얼거렸다.

"그래, 불에 타죽겠지. 그런데 그 여자가 죽지 않으면 친척들에게 얼마나 몹쓸 짓을 당할지 여러분은 믿을 수 없을 겁니다. 여자의 머리를 빡빡 밀어서 쌀 몇 줌만 주고 더러운 미물 취급하듯 내쫓아서 옴 걸린 개처럼 처참하게 죽게 만들 겁니다. 그래서 남편을 잃은 여자들은 비참하게 살다 죽느니 차라리 불에 타 죽는 편을 택하지요. 사랑이나 광신 때문에 그런 선택을 하는 게 아니에요. 하지만 가끔 자발적인 희생도 있긴 합니다. 정부가 기를 쓰고 막아야 그런 희생을 막을 수 있지요. 몇 년 전 내가 뭄바이에 있을 때 젊은 과부가 지사를 찾아와 죽은 남편과 함께 자기를 불태워달라고 청한 적이 있습니다. 정부는 그 청을 거절했지요. 그러자 그 여자는 뭄바이를 떠나 어느 독립국 토후를 찾아가서 기어이 자신을 제물로 바쳤습니다."

여단장의 말이 이어지는 동안 안내인이 고개를 몇 번 끄덕였다. 그러고는 이야기가 끝나자 이렇게 말했다.

"내일 새벽에 제물이 될 여자는 자발적으로 나선 게 아닙니다."

"그걸 어떻게 압니까?"

"분델칸드 사람이면 다 압니다."

"하지만 그 딱한 여자는 아무 저항도 하지 않던데요."

"대마와 아편 연기를 맡고 정신을 못 차린 게지요."

"그런데 여자를 어디로 데려가는 겁니까?"

"필라지 사원이라고, 여기서 3킬로미터쯤 떨어진 곳입니다. 여자는 거기서 밤을 보내고 제물로 바쳐지겠지요."

"제물로 바쳐지는 때는?"

96

"내일 해 뜨는 무렵입니다."

안내인은 이렇게 대답하고 울창한 덤불에 숨겨놓았던 코끼리를 끌어내고는 목 위에 올라탔다. 하지만 그가 특별한 휘파람 소리로 코끼리를 몰고 가려는 순간, 포그 씨가 그를 멈춰 세우고 프랜시스 크로마티 경에게 이렇게 말했다.

"우리가 그 여자를 구해주면 어떨까요?"

"그 여자를 구한다고요? 포그 씨…."

"아직 벌어놓은 열두 시간이 남아 있습니다. 그 시간을 쓸 수 있습니다."

"아! 당신도 심장이 있는 사내였군요!"

프랜시스 크로마티 경이 말했다.

"가끔, 시간이 있을 때는 그렇습니다."

필리어스 포그는 그렇게만 대답했다.

13

파스파르투가 행운의 여신은 담대한 자에게 미소 짓는다는 것을 다시 한 번 증명하다

계획은 대담하고 어려움이 많았으며, 어쩌면 불가능한지도 몰랐다. 포그 씨는 목숨을 잃을 수도 있고 억류당할 수도 있으며, 그래서 결과적으로 여행을 망칠 수도 있었지만 주저하지 않았다. 게다가 그는 프랜시스 크로마티 경을 결연한 조력자로 생각했다.

한편 파스파르투도 준비가 되었고 언제든 힘을 보탤 수 있었다. 그는 주인의 생각에 가슴이 부풀었다. 얼음처럼 차가운 모습 이면에 있는 어떤 마음, 어떤 영혼이 느껴졌다. 그는 필리어스 포그가 좋아지기 시작했다.

이제 안내인만 남았다. 그는 이 일에 어떤 입장을 취할까? 힌두교도들의 편을 들지 않을까? 그가 협조는 하지 않더라도 최소한 중립적이기라도 해야만 이 일을 강행할 수 있을 터였다.

프랜시스 크로마티 경이 솔직히 대놓고 물어보았다.

"여단장님, 저는 파르시고 그 여자도 파르시입니다. 분부만 내리십시오."

"좋소."

포그 씨가 말했다.

"하지만 아셔야 할 것이 있습니다. 붙잡히면 목숨만 위태로운 게 아니라 끔찍한 고문을 당할 겁니다. 참고하시기 바랍니다."

"알았소. 내 생각에는 밤이 오기를 기다려 행동해야 할 것 같소만?"

포그 씨가 말했다.

"저도 그렇게 생각합니다."

이 선량한 인도 청년은 제물이 될 여인에 대해 몇 가지를 알려주었다. 그녀는 파르시 출신의 이름난 미인이고 뭄바이의 부유한 상인 딸로 태어났다. 뭄바이에서 영국식 교육을 받고 자랐으며, 유럽인이나 다름없는 교양과 품위가 있었다. 그녀의 이름은 아우다였다.

아우다는 부모를 여의고 분델칸드의 늙은 토후와 원치 않는 결혼을 했다. 남편은 겨우 석 달 만에 죽었다. 그녀는 자신을 기다리는 운명을 알고 있었기에 도망쳤지만, 금세 잡히고 말았다. 토후의 친척들은 그녀가 죽는 편이 자기들에게 이익이라고 보았기에 악습을 강요했고, 그녀가 빠져나갈 방법은 도무지 없어 보였다.

이 사연을 듣고 포그 씨 일행은 더욱더 선의 어린 결심을 다졌다. 안내인은 코끼리를 최대한 필라지 사원과 가까운 곳까지 몰고 가기로 했다.

30분 뒤, 그들은 사원에서 500보 거리에 있는 잡목림에서 휴식을 취했다. 하지만 그곳에서도 광신도들의 괴성은 분명하게 들렸다.

일행은 여자에게 접근하는 방법을 논의했다. 안내인은 필라지 사원을 잘 알았는데, 그 안에 여자가 갇혀 있을 거라고 했다. 모두가 취해서 곯아떨어졌을 때 문으로 들어갈 것인가, 아니면 벽을 뚫고 들어가야 하나? 그것은 현장에 도착해봐야만 결정할 수 있는 문제였다. 어쨌든 그날 밤 안으로 여자를 구출해야 하는 것만은 확실했다. 해가 뜨는 대로 그녀는 화형대로 끌려갈 테니까. 거기까지 가면 인간의 힘으로는 그녀를 구할 수 없으리라.

포그 씨 일행은 밤이 오기를 기다렸다. 6시 즈음 땅거미가 내려앉기 시작했고, 그들은 사원 주위를 정찰했다. 힌두교 행자들의 마지막 괴성마저 서서히 잦아들고 있었다. 그 행자들은 관습에 따라 '항'을 마시고 완전히 취한 듯했다. 항은 대마초 우린 것을 섞은 물 아편이었다. 어쩌면 곯아떨어진 그들 사이를 슬그머니 지나가 사원에 진입할 수도 있을 성싶었다.

포그 씨, 프랜시스 크로마티 경, 파스파르투는 파르시 청년이 이끄는 대로 소리 없이 숲을 가로질렀다. 10분쯤 나뭇가지 아래로 살금살금 전진하자 하천이 하나 나왔다. 하천 옆에 쌓아놓은 장작더미가 보였다. 쇠막대 끝에 송진을 발라서 피운 횃불들이 그 장작더미를 비추고 있었다. 귀한 백단향을 높이 쌓아 올렸고, 이미 향유까지 뿌려놓았다. 장작더미 위에는 아내와 함께 불에 태울 늙은 토후의 방부처리된 시신이 놓여 있었다. 그곳에서 사원까지는 100보 거리밖에 되지 않았다. 사원의 뾰족탑이 나무들의 우듬지를 뚫고 어둠 속에 우뚝하니 솟아 있었다.

"오세요!"

안내인이 소리 죽여 말했다.

그는 더욱더 조심스럽게 일행을 이끌고 키 큰 풀 사이를 헤치며 나아갔다.

적막을 가르는 것은 나뭇가지를 스치는 바람의 속삭임뿐이었다.

안내인은 곧 어느 빈터 가장자리에 이르렀다. 여기도 송진 횃불 몇 개가 주위를 비추고 있었다. 약에 취해 땅바닥에 널브러져 자는 사람들이 보였다. 그 광경이 흡사 시체들이 나뒹구는 전쟁터 같았다. 남녀가 뒤섞여 있었고 어린애들도 있었다. 몇몇은 곯아떨어진 와중에도 잠꼬대하듯 구시렁댔다.

뒤쪽 나무들 사이로 필라지 사원이 흐릿하니 보였다. 하지만 그 을음을 뿜어내는 횃불 아래로 칼을 빼 들고 사원 앞에서 불침번을 서는 토후의 경비병들이 보이자 안내인은 몹시 실망했다. 사원 안에서도 승려들이 불침번을 서리라는 짐작이 갔다.

파르시 청년은 거기서 더 갈 수 없었다. 무력으로 사원에 쳐들어갈 수는 없었으므로 그는 일행을 뒤로 물러나게 했다.

필리어스 포그와 프랜시스 크로마티 경도 이쪽으로는 접근이 불가능하다는 것을 이해했다.

그들은 멈춰 선 채로 소곤소곤 의견을 나누었다.

"기다립시다. 아직 밤 8시밖에 되지 않았으니 밤이 좀 더 깊어지면 저 경비병들도 잠들지 모릅니다."

여단장이 말했다.

"그럴지도 모르지요."

파르시 청년이 말했다.

그래서 필리어스 포그 일행은 어느 나무 아래 누워서 시간이 가기를 기다렸다.

시간이 어찌나 더디게 가던지! 안내인은 이따금 일어나 숲 기슭

을 살피러 갔다. 토후의 경비병들은 여전히 횃불을 밝혀놓고 불침
번을 섰고, 사원의 창에서도 희미하게 불빛이 새어나왔다.

그들은 자정까지 기다렸다. 상황은 바뀌지 않았다. 경비병들이
여전히 사원 밖을 지키고 있었다. 그들이 잠들기를 기대해서는 안
되지 싶었다. 그들은 '항'에 취하지 않은 것 같았다. 따라서 다른 방
법을 모색해야 했다. 사원의 벽을 뚫고 진입해야 했다. 그러자면 사
원 안에서도 승려들이 저 경비병들처럼 정신을 똑바로 차리고 여
자를 감시하고 있는지 알아야 했다.

안내인은 마지막으로 일행과 의논한 후 출발 준비가 됐다고 했
다. 포그 씨, 프랜시스 크로마티 경, 파스파르투가 그의 뒤를 따랐
다. 그들은 길을 빙 둘러서 사원의 뒷벽에 접근했다.

밤 12시 30분경에 그들은 아무도 마주치지 않고 무사히 이동해
사원의 뒷벽에 다다랐다. 그쪽에는 경비병이 한 명도 없었다. 하지
만 창문도 없고 문도 없는, 완전히 막힌 벽이었다.

어두운 밤이었다. 하현달이 구름에 가린 채 낮게 떠 있었다. 달빛
이 키 큰 나무들에 가려 더욱더 어두웠다.

뒷벽에 도착했다고 끝이 아니었다. 그 벽을 뚫어야 했다. 일행이
가진 도구라고는 주머니칼이 다였다. 다행히도 벽돌과 목재를 섞
어서 쌓은 벽은 뚫기가 아주 어렵지는 않았다. 일단 벽돌 한 장만 빼
내도 다른 벽돌들은 쉬이 빠질 것 같았다.

그들은 가능한 한 소리를 내지 않고 일을 시작했다. 한쪽에서는
파르시 청년이, 다른 쪽에서는 파스파르투가 벽돌을 들어내면서
폭이 60센티미터쯤 되는 구멍을 냈다.

그런데 한창 작업 중에 안에서 무슨 소리가 났다. 곧바로 바깥에

서도 사람이 외치는 소리가 났다.

파스파르투와 안내인은 손을 멈추었다. 발각된 걸까? 잠들었던 자들이 깼나? 일단 도망치는 게 상책이었다. 그래서 네 사람 모두 그 자리를 떠났다. 그들은 숲속에 웅크리고 숨어서 혹시 경보가 울렸다면 그 경보가 해제되어 다시 작업에 들어갈 수 있기를 기다렸다.

하지만 웬걸, 경비병들이 사원 뒷벽으로 오더니 자리를 잡았다. 이제 그쪽으로 다시 접근할 수는 없었다.

네 사람이 얼마나 상심했는지 이루 다 표현할 수가 없었다. 여자에게 다가갈 수도 없는데 어떻게 구출을 한단 말인가? 프랜시스 크로마티 경은 초조해서 주먹을 입에 넣고 깨물었다. 파스파르투가 길길이 뛰는 바람에 안내인은 그를 말리느라 애를 먹었다. 포그 씨만은 감정을 드러내지 않고 침착한 태도를 유지했다.

"그냥 가는 수밖에 없지요?"

여단장이 말했다.

"그냥 가는 수밖에요."

안내인도 같은 말을 했다.

"기다리세요. 알라하바드에는 정오까지만 도착하면 됩니다."

포그 씨가 말했다.

"하지만 뭘 기대하는 거요? 두어 시간 후면 날이 밝을 텐데…."

프랜시스 크로마티 경이 대꾸했다.

"우리를 떠난 행운이 결정적인 순간에 돌아올지도 모르지요."

여단장은 필리어스 포그의 눈을 바라보면서 그의 생각을 읽으려 했다.

이 냉철한 영국인은 도대체 뭘 노리는 걸까? 처형이 시작되는 순간 뛰쳐나가 대놓고 살인마들에게서 여자를 가로채기라도 하려는 걸까?

그건 미친 짓이다. 설마 그 정도로 정신 나간 짓을 하지는 않겠지? 어쨌든 프랜시스 크로마티 경은 이 끔찍한 장면을 끝까지 지켜보기로 했다. 안내인은 그곳에 계속 머무는 것은 위험하다면서 일행을 빈터 언저리로 다시 데려갔다. 거기서 나무 덤불에 몸을 숨기면 잠든 인도인 무리를 지켜볼 수 있었다.

그렇지만 가장 낮은 나뭇가지에 걸터앉은 파스파르투는 섬광처럼 떠올랐다가 머릿속에 콕 박힌 어떤 생각을 곱씹고 있었다.

처음에는 '미쳤구나!'라고 생각했지만, 이제는 연신 이 말이 떠올랐다.

'안 될 건 없잖아? 그게 기회야, 어쩌면 유일한 기회겠지, 저런 상놈들을 상대하려면…!'

어쨌든 파스파르투는 자기 생각을 달리 표현하지 않았다. 그렇지만 이내 야트막한 나뭇가지를 따라서 유연한 뱀처럼 미끄러지며 내려갔다. 그의 몸무게에 못 이겨 가지가 땅으로 휘어졌다.

시간이 흘렀고, 어느새 동이 틀 기색이 보이기 시작했다. 그렇지만 주위는 아직 컴컴했다.

바로 그때였다. 쓰러져 있던 사람들이 부활하는 것 같았다. 그들이 움직이기 시작했다. 북소리가 울리고 노랫소리, 함성이 다시 터져나왔다. 불쌍한 여자가 죽을 시간이 다가온 것이다.

사원의 문이 열리고 환한 빛이 안에서 쏟아져나왔다. 포그 씨와 프랜시스 크로마티 경은 그 빛을 온몸에 받은 희생자를 확실히 볼 수 있었다. 승려 두 명이 여인을 끌고 나왔다. 박복한 여인은 궁극의

자기보존 본능이 발동했는지 약에 취한 와중에도 그들의 손아귀에서 벗어나려고 몸부림쳤다. 프랜시스 크로마티 경은 심장이 너무 두근거려서 자기도 모르게 필리어스 포그의 손을 잡았다. 그 순간 포그의 손에 칼이 쥐어져 있다는 것을 알아차렸다.

무리가 함성을 지르며 움직이기 시작했다. 여인은 다시 대마초 연기를 맡고 인사불성 상태에 빠졌다. 그녀가 지나가는 동안 힌두교 행자들은 염불을 외면서 그 곁을 따라갔다.

필리어스 포그 일행은 그 행렬의 끄트머리에 끼어들어 뒤를 밟았다.

2분 만에 그들은 하천에 다다랐다. 토후의 시신이 누워 있는 장작더미에서 50보 거리에 행렬이 멈춰 섰다. 어스름한 새벽빛에 그 시신 곁에 누워 있는 여자의 모습이 보였다.

횃불 하나가 장작더미에 다가갔다. 기름 먹은 나무는 불길이 닿자마자 화르르 타올랐다.

그 순간, 프랜시스 크로마티 경과 안내인이 정의로운 마음에 무작정 뛰쳐나가려는 필리어스 포그를 붙잡았다….

하지만 필리어스 포그가 그들을 밀쳐내면서, 상황이 갑자기 바뀌었다. 공포에 찬 비명이 터져나왔다. 사람들이 경악하며 앞다투어 땅바닥에 엎드렸다.

늙은 토후는 죽지 않았던 것이다. 토후가 장작더미 위에서 유령처럼 벌떡 일어나더니 여인을 팔에 안고 내려오는 게 아닌가? 회오리처럼 솟아오르는 연기 사이에서 나타난 그 모습은 흡사 귀신 같았다.

힌두교 행자들, 경비병, 승려들은 혼비백산해서 땅바닥에 엎드려 얼굴을 처박고 있었다. 감히 고개를 들어 그 기적을 바라볼 수는 없었으니!

여인은 강인한 팔에 안긴 채 축 늘어져 있었다. 그 팔에는 그녀의 무게가 느껴지지 않는 듯했다. 포그 씨와 프랜시스 크로마티 경은 계속 서 있었다. 파르시 청년은 고개를 숙이고 있었고, 파스파르투도 분명히 질겁했을 텐데…!

부활한 유령은 포그 씨와 프랜시스 크로마티 경이 서 있던 곳까지 걸어와 다급하게 말했다.

"튑시다!"

유령은 다름 아닌 파스파르투였다. 파스파르투가 자욱한 연기를 뚫고 장작더미로 숨어 들어가 있었던 것이다! 그는 어둠을 틈타 죽음의 문턱에 있던 여인을 구해냈다. 자기 역할을 담대하게 해냈고, 겁에 질린 무리 사이를 유유히 걸어서 나왔다!

잠시 후 네 사람은 숲속으로 자취를 감추었고, 코끼리가 그들을 태우고 빠르게 그곳을 떴다. 하지만 괴성과 아우성이 뒤따라오는가 싶더니, 심지어 총알 한 발이 필리어스 포그의 모자를 관통했다. 계책이 들통났다는 표시였다.

실제로 이제는 불타는 장작더미 위에 누워 있던 진짜 토후의 시신이 보였다. 승려들은 공포에서 벗어났고, 제물을 빼앗겼다는 것을 알아차렸다.

그들은 당장 숲으로 달려갔다. 경비병들도 승려들의 뒤를 따랐다. 그들이 총을 발포했지만 제물을 납치한 이들은 재빠르게도 달아나 잠시 후에는 이미 화살과 총알의 사정거리에서 벗어나 있었다.

14

필리어스 포그가 갠지스강의
수려한 계곡을 내려가면서도 눈길 한번 주지 않다

대담무쌍한 납치극은 성공을 거두었다. 한 시간이 지난 후에도 파스파르투는 자신이 거둔 성공에 신이 나서 희희낙락했다. 프랜시스 크로마티 경은 용감한 청년의 손을 잡았다. 주인은 "잘했네"라는 말밖에 하지 않았지만, 그 한마디가 극찬과 맞먹었다. 파스파르투는 모든 것은 주인 나리 덕분이고 자신은 그저 '재미난' 생각을 떠올렸을 뿐이라고 답했다. 한때 체조 선생이었고 소방대원이기도 했던 자신이 잠깐이지만 방부처리된 늙은 토후의 송장 역할, 그것도 아리따운 여인의 남편 역할을 연기하다니 생각할수록 너무 웃겼다!

한편 젊은 인도 여인은 무슨 일이 일어났는지 전혀 몰랐다. 그녀는 여행용 모포에 둘둘 싸인 채 코끼리 몸에 매달린 좌석에서 쉬고 있었다.

그러는 동안 코끼리는 파르시 청년이 능숙하게 이끄는 대로 아직도 어두컴컴한 숲을 빠르게 가로질렀다. 필라지 사원을 떠난 지 한 시간쯤 됐을 때, 코끼리는 광활한 평원을 달리고 있었다. 아침 7시에 파르시가 코끼리에게 그만 멈추라는 신호를 보냈다. 젊은 여인은 여전히 정신을 못 차리고 있었다. 안내인이 물과 브랜디를 몇 모금 입에 흘려넣어 주었지만 약 기운에서 깨어나려면 아직 시간이 필요했다.

프랜시스 크로마티 경은 대마초 연기에 취하면 사람이 어떻게 되는지 잘 알고 있었으므로 전혀 걱정하지 않았다.

그는 인도 여인의 회복은 걱정하지 않았지만, 그녀의 앞날까지 걱정하지 않은 것은 아니었다. 그래서 필리어스 포그에게 아우다 부인이 인도에 남는다면 또다시 살인마들에게 잡히고 말 것이라고 기탄없이 우려를 표했다. 광신도들은 인도 반도에 널리 퍼져 있었고, 영국 경찰이 있다고 해도 마드라스, 뭄바이, 콜카타, 그 어디서든 그녀를 도로 잡아갈 수 있었다. 그러면서 프랜시스 크로마티 경은 최근에 있었던 비슷한 사건을 근거로 들었다. 그는 그 여자가 인도 땅을 떠나지 않는 한 정말로 안전하게 지낼 방법은 없다고 보았다.

필리어스 포그는 그 견해를 참고해 대책을 세워보겠노라 대답했다.

10시쯤 안내인이 알라하바드역에 다 왔다고 알렸다. 이 역에서 연결편 열차를 타면 알라하바드에서 콜카타까지는 꼬박 하루가 걸리지 않았다.

따라서 필리어스 포그는 제시간에 도착해 10월 25일 정오에 콜카타에서 출발하는 홍콩행 여객선을 타야 했다.

젊은 여인은 역에 딸린 방에 눕혀놓았다. 파스파르투는 그녀에게 필요한 세면용품, 옷, 숄, 모피 따위를 구할 수 있는 대로 사오기로 했다. 주인은 그가 돈을 얼마든지 쓸 수 있게 해주었다.

파스파르투는 당장 나서서 시내 거리를 돌아다녔다. 알라하바드는 신의 도시, 신성한 두 강의 합류점에 세워졌다는 이유로 인도인들이 가장 경배하는 도시로 꼽혔다. 갠지스강과 야무나강의 물은 인도 반도 전역의 순례자들을 끌어들였다. 《라마야나》[26]의 전설에 따르면, 갠지스강의 원천은 하늘에 있는데 브라만의 은총으로 지구에 내려온 것이라고 한다.

파스파르투는 물건을 사러 다니면서 도시 구경을 실컷 했다. 한때 알라하바드를 지키던 위풍당당한 요새는 국가 관할 교도소가되어 있었다. 산업과 교역이 그토록 번성했던 도시가 이제 산업이고 교역이고 자취를 찾아볼 수 없었다. 파스파르투는 런던의 리전트 스트리트[27]에 오기라도 한 듯 신상품을 파는 상점을 찾았지만 헛수고였다. 그나마 까다로운 유대인 노인이 운영하는 가게에서 겨우 스코틀랜드산 옷감으로 만든 옷과 큼지막한 망토, 수달 모피로안을 댄 외투를 찾아서 덥석 75파운드나 주고 샀다. 그러고는 아주의기양양하게 역으로 돌아왔다.

아우다 부인은 정신이 차차 돌아왔다. 필라지 사원의 승려들이먹인 약 기운이 가시자 그녀의 아름다운 눈에서 인도인 특유의 정

---

26 Rāmāyaṇa. 고대 인도의 시인 발미키Vālmīki가 지은 것으로 전해지는 대서사시. 산스크리트어로 쓰였으며, 힌두교의 주신主神 비슈누의 화신인 코살라 왕국의 왕자 라마Rāma의 무용담을 그렸다.

27 런던을 대표하는 쇼핑 거리로, 현재도 명품 가게들이 즐비하다.

다운 빛이 살아났다.

시인이기도 했던 인도의 왕 우사프 우다울은 아흐메나가라 왕비의 매력을 이렇게 찬양했다.

양쪽으로 곱게 가르마를 타서 늘어뜨린 윤기 나는 머리칼이 그녀의 생기 있게 빛나는 하얗고 고운 뺨의 우아한 윤곽을 드러내는도다. 흑단 같은 눈썹은 모양으로 보나 힘으로 보나 사랑의 신 카마의 활 같구나. 비단처럼 부드러운 속눈썹 아래 맑고 큰 눈 속에서 천상의 빛이 히말라야의 성스러운 호수에 비치듯 가장 순수한 광채로 비친다. 미소 짓는 입술 사이로 빛나는 작고 고른 이는 석류꽃 속에 맺힌 이슬방울 같네. 아담한 귀의 곡선은 좌우 대칭을 이루고 발그레한 손, 연꽃 봉오리처럼 봉긋 부풀어 오른 작은 발은 실론에서 가장 아름다운 진주, 골콘다에서 가장 아름다운 다이아몬드가 빛나는 듯하구나. 한 손에 잡히는 낭창낭창한 허리, 엉덩이의 우아한 곡선, 꽃다운 젊음이 드러내는 완벽한 보물 같은 젖가슴은 또 얼마나 돋보이는지. 튜닉의 비단 주름 속 그녀의 자태는 불멸의 조각가 비슈바카르만[28]의 신성한 손이 순은으로 빚어놓은 듯하여라.

하지만 이렇게 미사여구를 동원하지 않더라도 분델칸드 토후의 아내였던 아우다 부인은 유럽에서 흔히 말하는 '매력적인 여자'였다. 그것으로 설명은 충분하리라. 그녀는 아주 단정한 영어를 구사

28 인도의 창조신.

했는데, 그것만 봐도 이 파르시 여인이 철저한 영국식 교육을 받아 변모했다는 안내인의 말은 과장이 아니었다.

열차는 알라하바드역을 막 출발하려는 참이었다. 파르시 청년이 기다리고 있었다. 포그 씨는 한 푼 보태지 않고 약속한 보수를 정확하게 지급했다. 파스파르투는 주인이 헌신적인 안내인에게 얼마나 큰 도움을 받았는지 알고 있었으므로 내심 조금 놀랐다. 파르시 청년은 필라지 사원 일에 목숨을 걸고 기꺼이 나선 만큼, 나중에 힌두교도들에게 이 사실이 알려지면 호되게 해코지를 당할지도 몰랐다.

키우니를 처분하는 문제도 남아 있었다. 그렇게 비싼 값을 치르고 산 코끼리를 어떻게 할 것인가?

하지만 필리어스 포그는 이미 그 문제에 대해 결정을 내려두었다.

"자네는 헌신적으로 일해주었지. 보수는 이미 지급했지만 헌신에 대한 사례는 아직 하지 않았네. 이 코끼리를 갖겠는가? 자네에게 주고 싶네만."

안내인의 두 눈이 반짝거렸다.

"나리께서 제게 이토록 큰 재산을 주시다니요!"

"그래도 받게. 그걸 준다고 해도 자네에게 진 빚은 다 갚을 수 없다네."

"잘됐다! 어서 받아, 친구! 키우니는 선량하고 용감한 동물이야!"

파스파르투가 외쳤다.

그러고서 코끼리에게 다가가 각설탕을 몇 개 주었다.

"자, 먹어, 키우니."

코끼리가 만족스러워하는 소리를 냈다. 그러고는 파스파르투의 허리를 코로 휙 감아서 자기 머리 높이까지 들어 올렸다. 파스파르투는 전혀 겁내지 않고 코끼리를 다정하니 쓰다듬었고, 코끼리도 이내 그를 땅에 사뿐히 내려놓았다. 성실한 키우니의 코와 성실한 사내의 힘센 손이 만나 악수를 나누었다.

잠시 후 필리어스 포그, 프랜시스 크로마티 경, 파스파르투는 편안한 객실에 앉았다. 아우다 부인이 그 객실의 상석을 차지했다. 열차는 전속력으로 바라나시를 향해 달렸다.

알라하바드에서 기껏해야 128킬로미터 거리밖에 안 되기 때문에 열차는 두 시간이면 도착했다.

그사이에 젊은 여인은 완전히 정신을 차렸다. '항'의 마취 기운이 다 빠진 것이다.

자신이 유럽식 옷을 입고 열차 안 객실에 전혀 모르는 남자들과 앉아 있는 것을 깨닫고 얼마나 놀랐을까!

일단 그 길동무들은 그녀를 극진히 배려하면서 기운을 차리라고 리큐어 몇 방울을 마시게 했다. 그다음에 여단장이 자초지종을 설명했다. 그는 그녀를 구하기 위해 목숨까지 걸었던 필리어스 포그의 헌신적인 태도를 강조했고, 파스파르투의 담대한 상상력이 구출 작전을 어떻게 성공으로 이끌었는지 알려주었다.

포그 씨는 아무 말 없이 듣기만 했다. 파스파르투는 몹시 부끄러워하면서 "굳이 그런 말을 왜 하세요" 하고 몇 번이나 말했다.

아우다 부인은 생명의 은인들에게 말보다는 눈물로 고마움을 드러냈다. 그녀의 예쁜 눈이 입술보다 감사의 마음을 더 잘 표현했다. 그러고 나서 그녀의 생각은 사티 장면으로 돌아갔다. 아직도 크나큰 위험이 자신을 기다리고 있을 인도 땅을 새삼 바라보면서 그녀는 공포에 몸을 떨었다.

필리어스 포그는 아우다 부인이 무슨 생각을 하는지 짐작하고 그녀를 안심시키기 위해 홍콩까지 데려다줄 테니 이번 일이 잠잠해질 때까지 그곳에서 지내면 어떻겠냐고 제안했다. 하지만 늘 그렇듯 말투는 아주 냉철했다.

아우다 부인은 감사한 마음으로 제안을 받아들였다. 마침 홍콩에 친척이 있는데 그녀와 같은 파르시 출신이고, 홍콩에서도 알아주는 무역상이라고 했다. 더욱이 홍콩은 중국 연안에 있지만 영국령 도시였다.

오후 12시 30분에 열차가 바라나시역에 도착했다. 브라만교에서 전해 내려오는 말로, 이 도시는 카시 왕국의 옛터이고 무함마드의 무덤처럼 천정天頂과 천저天底 사이에 떠 있었다고 한다. 그러나 현실적인 시대인 지금 바라나시는 평범하게 땅에 자리한, 동양학자들에게 '인도의 아테네'라고 통하는 도시였다. 파스파르투는 벽돌집, 나뭇가지와 흙으로 지은 오두막 따위를 얼핏 보았지만 특별한 토착색은 느끼지 못했다.

프랜시스 크로마티 경은 그곳에서 내려야 했다. 그의 부대가 바라나시에서 북쪽으로 몇 킬로미터 떨어진 곳에 주둔하고 있었다. 여단장은 필리어스 포그와 이별하면서 모든 일이 다 잘되기를 바란다고, 다음에는 조금 덜 별나고 좀 더 실익이 있는 여행을 하기 바란다고 했다. 포그 씨는 이 길동무의 손가락을 살짝 잡고 악수를 했다. 아우다 부인은 좀 더 정을 담아 인사를 건넸다. 그녀는 프랜시스크로마티 경에게 입은 은혜를 결코 잊지 못할 거라고 했다. 파스파르투는 여단장의 진심 어린 악수를 받고 영광스러워했다. 그는 무척 감동해서는 언제 어디서 이 호의에 보답할 수 있을까 생각했다. 그러고서 그들은 이별을 했다.

바라나시부터 철로의 일부 구간은 갠지스 계곡을 따라간다. 화창한 날씨 덕분에 객실 차창 너머로 바하르의 풍경이 이모저모로 펼쳐졌다. 이어서 녹음으로 뒤덮인 산, 보리밭, 옥수수밭, 밀밭, 초록빛 악어들이 사는 강과 연못, 잘 건사된 마을, 아직도 푸르른 숲이 보였다. 코끼리와 인도소 몇 마리가 신성한 강에 먹을 감으러 왔다. 제법 추운 계절인데도 힌두교도들은 남녀 할 것 없이 강물에 몸을 담그고 경건히 몸을 씻고 있었다. 그들은 불교를 철저히 배척하는 열렬한 브라만교도들이었다. 브라만교는 태양신 비슈누, 자연의 힘을 나타내는 신 시바, 승려와 입법자들의 지고한 주인 브라만이라는 세 존재를 숭상한다. 하지만 브라만과 시바와 비슈누는 '영국화된' 인도를 어떤 눈으로 바라볼까? 신성한 갠지스강에 증기선이 오가며 수면을 스치듯 날아가는 갈매기, 강가에 떼로 모인 거북이, 강줄기를 따라 누워 있는 신도들을 깜짝 놀라게 하는 판국에!

번개처럼 스쳐 지나가는 전경이 때때로 기차가 뿜어내는 하얀 증기에 가려지곤 했다. 승객들은 바라나시에서 동남쪽으로 32킬로미터 거리에 있는 추나르 요새, 바하르 토후들의 옛 성채, 가지푸르의 로즈워터 공장들, 갠지스강 왼편에 위치한 콘윌리스 경의 무덤, 성채 도시 북사르, 인도의 대표적인 아편시장이 있는 거대 상공업 도시 파트나, 맨체스터나 버밍엄처럼 유럽 냄새, 영국 냄새가 물씬 나는 도시 몽기르를 얼핏 보았을 뿐이다. 몽기르는 주물 공장, 검이나 농기구, 공구를 만드는 날붙이 공장으로 유명했다. 브라마의 하늘에 매연을 뿜어내는 공장 굴뚝은 진정 꿈의 나라에 한 방 먹이는 주먹이었다!

곧이어 밤이 왔다. 호랑이, 곰, 늑대가 도망치면서 포효하는 와중에 열차는 전속력으로 달렸다. 어둠 속에서는 벵골 지방의 신기한 풍광도, 골콘다도, 폐허가 된 구르도, 옛 도읍 무르시다바드도, 바르다만도, 후글리도, 찬다나가르도 보이지 않았다. 프랑스령 찬다나가르에서 휘날리는 삼색기를 보았다면 파스파르투는 무척 뿌듯했을 것이다!

오전 7시, 마침내 콜카타에 도착했다. 홍콩행 여객선은 정오에 닻을 올릴 예정이었으므로 필리어스 포그는 다섯 시간을 기다려야 했다.

이 신사는 여행 일정표에 인도의 수도에 도착하는 날을 10월 25일, 그러니까 런던에서 출발한 지 23일째 되는 날로 잡아두었고, 그날 딱 맞게 도착했다. 이제 일정보다 처지지도 않았고 앞서지도 않았다. 런던에서 뭄바이까지 가는 동안 이틀을 벌었지만, 안타깝게도 그 시간은 우리가 알다시피 인도 반도에서 다 써버렸다. 하지만 필리어스 포그는 그 시간을 조금도 아쉬워하지 않았으리라.

15

돈다발이 든 가방이
다시 몇 천 파운드를 덜어내고 가벼워지다

열차가 역에 멈춰 섰다. 파스파르투가 먼저 내렸고, 그다음에 포그 씨가 내렸다. 포그 씨는 아우다 부인이 플랫폼에 내리는 것을 도와주었다. 그는 곧장 홍콩행 여객선으로 갈 생각이었다. 아우다 부인이 선실에서 좀 쉬는 것이 좋을 듯하기도 했고, 인도가 그녀에게 위험하니만큼 계속 같이 있어야 한다고 생각했기 때문이다.

포그 씨가 역에서 나서려는 찰나, 웬 경찰이 다가왔다.

"필리어스 포그 씨?"

"접니다."

"이 사람은 하인입니까?"

경찰이 파스파르투를 가리키며 물었다.

"그렇습니다."

"두 분 다 따라오십시오."

포그 씨는 전혀 놀라는 얼굴이 아니었다. 경찰관은 법의 대리인이었고 영국인에게 법은 신성했다. 파스파르투는 프랑스인의 습속대로 조목조목 따지고 싶었지만 경찰관이 곤봉을 내밀었다. 포그씨는 파스파르투에게 시키는 대로 하라는 신호를 보냈다.

"여기 젊은 부인과 동행해도 됩니까?"

포그 씨가 물었다.

"그러시든지요."

경찰관은 포그 씨와 아우다 부인과 파스파르투를 '팔키가리'가 있는 곳으로 데려갔다. '팔키가리'는 말 두 마리가 끄는 4인승 사륜마차다. 마차가 출발했다. 20여 분을 내리 달리는 동안 아무도 입을 열지 않았다.

마차는 먼저 '암흑가'를 지나갔다. 좁은 거리에 오막살이가 늘어서 있었고 누더기를 걸친 꾀죄죄한 여러 인종의 사람들이 우글거렸다. 그다음에는 유럽인 거주 구역이 나왔다. 벽돌집마다 야자나무 그늘이 우거지고 돛대들이 세워져 있었다. 아침 시간인데도 멋쟁이 사내들이 화려하게 장식한 말을 타고 다녔다.

팔키가리가 어느 소박한 집 앞에 멈춰 섰다. 가정집 같지는 않았다. 경찰관은 죄수들에게 내리라고 했다. 사실 그들은 죄수라고 불러도 이상하지 않을 상황에 놓여 있었다. 경찰관은 쇠창살 창문이 있는 방으로 그들을 데려갔다.

"8시 30분에 오바디아 판사 앞에 출두하게 될 겁니다."

경찰관은 밖으로 나가더니 문을 잠갔다.

"아니! 우리가 체포되다니!"

파스파르투가 소리를 지르고 의자에 털썩 앉았다.

아우다 부인은 바로 포그 씨에게 이렇게 말했다. 그녀는 목소리에 감정을 싣지 않으려고 애썼지만 어쩔 수 없었다.

“저를 두고 가세요! 저 때문에 쫓기고 계신 거예요! 저를 구해주시는 바람에!”

필리어스 포그는 그럴 수 없다고 했다. 사티 일 때문에 쫓기는 거라고? 용납할 수 없는 얘기다! 고발인들이 어떻게 감히 법정에 나설 수 있단 말인가? 뭔가 오해가 있는 게 분명했다. 포그 씨는 무슨 일이 있어도 그녀를 포기하지 않고 홍콩으로 데려다주겠다고 덧붙였다.

“하지만 배가 정오에 떠납니다!”

파스파르투가 일깨웠다.

“정오 전에 배에 탈걸세.”

침착한 신사는 이렇게만 말했다.

그 말이 어찌나 확신에 넘치는지 파스파르투는 저 혼자 중얼거리지 않을 수 없었다.

“그래! 틀림없어! 우리는 정오 전에 배에 탈 거야!”

8시 30분에 방문이 열렸다. 경찰관이 다시 와서 그들을 옆방으로 데려갔다. 그곳은 법정이었다. 유럽인과 인도인으로 이루어진 방청객이 꽤 많이 자리를 차지하고 앉아 있었다.

포그 씨, 아우다 부인, 파스파르투는 재판장석과 서기석 맞은편의 긴 의자에 앉았다.

재판장인 오바디아 판사가 입장하고 서기가 그 뒤를 따라 들어왔다. 판사는 투실투실 살찐 남자였다. 판사는 못에 걸린 가발을 얼른 머리에 얹었다.

“첫 번째 사건.”

그가 입을 열었다.

하지만 이내 손을 머리에 얹었다.

"이런, 내 가발이 아니군!"

"그렇습니다, 오바디아 판사님, 그건 제 것인데요."

서기가 말했다.

"오이스터퍼프 서기, 판사가 서기의 가발을 쓰고서 어떻게 올바른 판결을 내리겠는가!"

판사와 서기는 가발을 바꿔 썼다. 이렇게 재판이 시작되지 않고 시간만 재깍재깍 흘러가자 파스파르투는 초조해서 어쩔 줄을 몰랐다. 그의 눈에는 법정 괘종시계의 커다란 문자반 위에서 바늘이 쏜살같이 움직이는 것처럼 보였다.

"첫 번째 사건."

판사가 다시 한 번 말했다.

"필리어스 포그?"

서기가 이름을 불렀다.

"출석했습니다."

포그 씨가 대답했다.

"파스파르투?"

"출석했습니다."

파스파르투도 대답했다.

"좋소! 두 피고인을 찾으려고 이틀간 뭄바이의 모든 열차를 감시했소."

"저희가 무슨 죄를 지었다는 겁니까?"

파스파르투가 초조하게 소리를 질렀다.

"곧 알게 될 거요."

판사가 대답했다.

"판사님, 저는 영국 시민으로서 마땅한 권리가…."

"체포 당시 부당한 대우를 받았습니까?"

판사가 물었다.

"그런 건 아닙니다."

"그럼 됐습니다! 원고 입장!"

판사가 명령하자 문이 열리고 집행관이 힌두교 승려 세 명을 데리고 들어왔다.

"역시 그랬군! 젊은 부인을 불태워 죽이려 했던 저 못된 놈들!"

파스파르투가 중얼거렸다.

승려들이 판사 앞에 서자 서기가 큰 소리로 고발장을 낭독했다. 필리어스 포그와 그의 하인이 브라만교의 성역을 침범했으니 신성 모독죄를 저질렀다는 내용이었다.

"들었습니까?"

판사가 필리어스 포그에게 물었다.

"네, 판사님, 인정합니다."

포그 씨가 손목시계를 보면서 대답했다.

"아! 인정합니까?"

"저는 인정하는 바이며, 이 자리에 출석한 승려들도 필라지 사원에서 하려고 했던 짓을 시인하기 바랍니다."

승려들이 서로 얼굴을 쳐다보았다. 그들은 필리어스 포그의 말을 전혀 알아듣지 못한 눈치였다.

"암요! 필라지 사원에서 저들은 산 사람을 불태워 제물로 바치려

했습니다!"

파스파르투가 격렬하게 소리쳤다.

승려들은 다시 한 번 어리둥절한 표정을 지었고, 오바디아 판사도 깜짝 놀랐다.

"제물? 산 사람을 제물로 바친다? 뭄바이 시내 한복판에서?"

"뭄바이라뇨?"

파스파르투가 외쳤다.

"그렇소. 필라지 사원이 아니라 뭄바이 말라바르 언덕의 사원 얘기를 하는 거요."

"증거물로 범인이 남기고 간 구두를 제출합니다."

서기가 책상 위에 신발 한 켤레를 올려놓았다.

"내 구두!"

파스파르투는 놀란 나머지 자기도 모르게 큰 소리로 외치고 말았다.

주인과 하인이 무슨 착각을 했는지는 짐작할 수 있을 것이다. 그들은 뭄바이 사원에서 있었던 일을 까맣게 잊었는데, 바로 그 일 때문에 콜카타 법정에 서게 되었던 것이다.

사실은 픽스 형사가 그 일을 자기에게 유리하게 이용하려고 손을 썼다. 그는 출발을 12시간 미루고 말라바르 언덕의 사원에 가서 승려들에게 조언했다. 영국 정부가 종교 모독죄를 엄벌한다는 사실을 알고 있었기에 손해배상을 충분히 받아낼 수 있다고 장담한 것이다. 그리고 나서 다음 차편으로 승려들을 데리고 신성모독죄를 저지른 일행을 뒤쫓았다. 그런데 필리어스 포그 일행이 인도 여인을 구하느라 시간을 지체한 탓에 픽스와 승려들이 먼저 콜카타에 도착했다. 법관들은 전보를 받고 피고인이 열차에서 내릴 때 체포하라는 명령을 내렸다. 콜카타에 필리어스 포그가 아직 도착하지 않았다는 사실을 알고서 픽스 형사가 얼마나 실망했을지는 짐작하고도 남으리라. 그는 은행 절도범이 인도 반도 열차가 정차하는 어느 역에 내려서 북부로 도망갔다고 믿었다. 그래서 24시간 동안 발을 동동 구르며 역을 감시하고 있었다. 그러다 오늘 아침 필리어스 포그가 열차에서 내리는 모습을 보고 픽스는 얼마나 쾌재를 불렀을까. 다만 젊은 여자가 그와 동행하게 된 이유는 알 수 없었다. 픽스는 당장 경찰관 한 명을 보냈다. 그리하여 필리어스 포그와 파스파르투와 분델칸드 토후의 젊은 아내가 오바디아 판사의 법정에 서게 되었던 것이다.

파스파르투가 재판에 정신이 홀딱 팔려 있지 않았다면 방청석 구석에 앉아 있는 픽스의 얼굴을 알아보았을 것이다. 형사가 재판을 주시하는 이유는 쉽게 짐작할 만했다. 뭄바이와 수에즈에서 그랬던 것처럼 콜카타에서도 아직 체포영장을 입수하지 못했으니!

한편 오바디아 판사는 파스파르투의 입에서 튀어나온 고백을 법적으로 인정했다. 파스파르투는 자기가 방심해서 쏟아놓은 말을 주워 담을 수만 있다면 뭐든지 내놓고 싶은 심정이었다.

"기소 내용을 인정합니까?"

"인정합니다."

포그 씨가 냉정하게 대답했다.

판사는 이어서 이렇게 말했다.

"판결하겠습니다. 영국 법이 인도 국민의 모든 종교를 공정하고 엄중하게 보호하는바, 파스파르투 씨가 10월 20일 뭄바이 말라바르 언덕 사원의 바닥돌을 신을 벗지 않은 불경한 발로 침범한 죄를 인정했으므로 15일 금고형과 300파운드의 벌금형에 처한다."

"300파운드?"

파스파르투는 벌금 액수에만 깜짝 놀라서 자기도 모르게 외쳤다.

"정숙!"

집행관이 고함을 질렀다.

"또한 하인과 주인이 공모했다는 구체적 증거는 없으나 주인은 고용인의 모든 행위에 책임이 있으므로 필리어스 포그에게도 8일의 금고형과 150파운드의 벌금형을 선고한다. 자, 서기, 다음 소송으로 넘어가시오!"

판사가 판결문을 마저 읽었다.

구석에 있던 픽스의 만족감은 말로 다 표현할 수 없었다. 필리어스 포그를 콜카타에 여드레나 잡아놓을 수 있다니, 체포영장을 손에 넣기에는 충분한 시간이었다.

파스파르투는 망연자실했다. 이 판결은 주인을 파산시키고 말 것이다. 2만 파운드가 걸린 내기에서 지다니, 이게 다 자신이 구경에 정신이 팔려 그 빌어먹을 사원에 들어갔기 때문 아닌가!

필리어스 포그는 이번 판결이 자기와 상관없는 일인 것처럼 눈썹 하나 찡그리지 않았다. 하지만 서기가 다음 사건으로 넘어가려는 순간, 그가 자리에서 일어나 말했다.

"보석을 신청합니다."

"그건 당신의 권리입니다."

픽스는 등골이 오싹했다. 하지만 판사가 '필리어스 포그와 그의 하인이 외국인임을 감안해' 보석금을 한 사람당 1000파운드로 책정한다고 말하자 자신감이 살아났다.

필리어스 포그가 형을 치르지 않으려면 무려 2000파운드를 내야 하는 것이다.

"지불하겠습니다."

신사가 말했다.

그러고는 파스파르투가 들고 있던 가방에서 은행권 다발을 꺼내 서기의 책상에 내려놓았다.

"이 돈은 당신들이 형을 마치고 출옥할 때 돌려받을 수 있습니다. 어쨌든 보석금을 냈으니 두 사람을 석방합니다."

"가세."

필리어스 포그가 하인에게 말했다.

"적어도 구두는 돌려줘야 하는 것 아닙니까!"

파스파르투가 몸짓으로 분통을 터뜨렸다.

그는 구두를 돌려받았다.

"엄청 비싼 구두로구먼! 한 짝이 1000파운드야! 편하지도 않은데 말이지!"

파스파르투는 울상을 하고서 포그 씨를 따라갔다. 포그 씨는 젊은 인도 여인에게 손을 내밀었다. 픽스는 여전히 이 절도범이 2000파운드나 내놓을 리 없다고, 결국은 금고형을 택할 거라고 믿고 싶었다. 그래서 그는 포그의 뒤를 따라갔다.

포그 씨는 마차를 세우고 아우다 부인, 파스파르투를 먼저 태운 뒤에 올라탔다. 픽스는 뛰어서 마차를 쫓아갔다. 마차는 콜카타 부두에 섰다.

부두에서 1킬로미터 떨어진 정박지에 랑군호가 닻을 내리고 있었고, 돛대에는 출범을 알리는 깃발이 나부끼고 있었다. 11시였다. 포그 씨가 출발 시각보다 한 시간 먼저 도착한 것이다. 픽스는 포그 씨가 마차에서 내려 아우다 부인과 하인을 데리고 보트에 오르는 모습을 보았다. 그는 발을 구르며 분통을 터뜨렸다.

"나쁜 놈! 가버렸어! 2000파운드나 써버리고! 도둑놈답게 돈 귀한 줄 모르고 펑펑 쓰는군! 아! 내가 세상 끝까지라도 쫓아가고 말 테다! 하지만 훔친 돈이어도 저렇게 물 쓰듯 하면 남아나지 않을 텐데!"

픽스 형사가 걱정하는 것도 무리는 아니었다. 필리어스 포그는 런던을 떠난 후로 여행 경비, 사례금, 코끼리 구입 대금, 보석금, 벌금 등으로 이미 5000파운드가 넘는 돈을 길바닥에 뿌렸다. 따라서 훔친 돈을 회수했을 때 그에 비례해 형사의 몫으로 넘어올 사례금도 계속 줄어들고 있었다.

16

픽스가 자기가 아는 이야기를 듣고도
모르는 척하다

랑군호는 인도 반도 및 동양 선박 회사가 중국과 일본 쪽으로 운항하는 여객선으로, 프로펠러가 달린 철제 증기선이다. 이 배는 중량 1770톤에 정격출력 400마력을 자랑한다. 속도로만 따지면 몽골리아호에도 뒤지지 않았으나 시설이 부실했다. 따라서 아우다 부인은 필리어스 포그가 바라던 만큼 쾌적하게 지내지는 못했다. 어쨌든 콜카타에서 홍콩까지 약 5600킬로미터를 11일 또는 12일 안에 도착하는 것만이 중요했고, 아우다 부인은 그리 까다로운 승객이 아니었다.

항해를 시작하고 며칠이 지나자 아우다 부인은 필리어스 포그를 좀 더 잘 알게 되었다. 그녀는 기회가 닿는 대로 열렬한 감사를 표현했다. 침착한 신사는 적어도 겉으로 보기에는 더없이 냉정하게 그녀의 말을 듣는 것 같았다. 그의 말투나 태도는 감정을 조금도 내비치지 않았다. 그는 이 젊은 여인에게 부족한 것이 없는지 살폈다. 몇 시간마다 꼬박꼬박 얼굴을 비췄고, 자신은 말을 거의 하지 않았지만 적어도 그녀의 말에는 귀를 기울였다. 그의 태도는 정중하고 깍듯했지만, 뭔가 그렇게 행동하도록 설계된 자동인형 같았다. 아우다 부인은 어떻게 생각해야 할지 몰랐다. 하지만 파스파르투는 자기 주인이 원래 별난 사람이라고 설명했다. 또한 이 신사가 내기를 걸고 세계 일주 중이라는 사실도 알려주었다. 아우다 부인은 미소를 지었다. 어쨌든 포그 씨는 그녀에게 생명의 은인이었다. 따라서 그가 아무리 별난 사람이라고 해도 감사하는 마음은 변함이 없었다.

아우다 부인은 얼마 전 안내인 청년이 들려주었던 그녀의 안타까운 사연이 다 사실이라고 확인해주었다. 그녀는 인도 원주민 가운데 가장 상위 계층인 파르시 출신이었다. 인도에서 면화 사업으로 큰 부를 일군 파르시 무역상이 여럿 있었다. 제임스 제지브호이 경도 그중 한 사람으로, 영국 정부로부터 귀족 작위까지 받은 거물이었다. 아우다 부인은 뭄바이에 사는 이 부자와 친척 관계였다. 그녀가 홍콩에서 찾아가려는 사람도 제지브호이 경의 사촌인 제지흐 씨였다. 제지흐 씨를 찾아가면 피난처와 도움을 구할 수 있으려나? 아우다 부인도 그건 확신할 수 없었다. 그 말을 듣고 포그 씨는 그녀는 걱정하지 않아도 된다고, 모든 것이 수학적으로 잘 해결될 것이라고 했다! '수학적으로'는 그가 자주 쓰는 말이었다.

아우다 부인은 이 괴상한 부사를 이해했을까? 그건 알 수 없다. 하지만 그녀의 커다란 눈이 포그 씨의 눈을 똑바로 바라보았다. 커다란 눈은 '히말라야의 성스러운 호수'처럼 맑았다. 하지만 만만찮은 포그 씨는 늘 그렇듯 입이 무거웠고, 그 호수에 뛰어들 남자 같지도 않았다.

랑군호의 초반 항해는 순조로운 조건에서 이루어졌다. 날씨도 아주 좋았다. 선원들이 '벵골 물길'이라고 부르는 이 거대한 만은 항해하기에 안성맞춤이었다. 랑군호는 곧이어 안다만제도를 지나 갔다. 주요한 섬들이 모인 곳에서도 눈길을 끄는 새들피크 봉우리 는 해발731미터로, 뱃사람들이 먼 곳에서부터 알아볼 수 있었다.

해안이 제법 가깝게 보였다. 섬에 산다는 미개한 파푸아족은 눈에 띄지 않았다. 그들이 인류의 사다리에서 맨 밑에 있다고 하는 사람들도 있지만, 그들을 식인종 취급해서는 안 된다.

섬의 전경은 환상적이었다. 라타니아나무, 빈랑나무, 대나무, 육두구, 티크나무, 거대한 미모사, 나무처럼 갈래를 뻗은 고사리가 섬 앞쪽을 뒤덮었고, 그 뒤로는 산들이 우아한 능선을 뽐내고 있었다. 해안에는 귀한 바다제비가 수천 마리씩 무리를 이루고 있었다. 이 새의 둥지는 사람이 먹을 수 있는데, 특히 중국 요리에서 귀한 식재 료로 각광받는다. 하지만 안다만제도의 다채로운 풍광은 이내 시야에서 사라지고, 랑군호는 중국해의 관문인 말라카해협을 향해 빠르게 나아갔다.

뜻하지 않게 세계 일주 여행에 말려든 픽스 형사는 항해하는 동안 무엇을 했을까? 그는 콜카타를 떠나면서 체포영장이 도착하면 바로 홍콩으로 보내달라고 요청했고, 파스파르투에게 들키지 않고 랑군호에 승선했다. 그는 행선지에 도착할 때까지 자기 존재를 숨길 수 있기를 바랐다. 파스파르투와 마주친다면 자기가 왜 그 배에 탔는지 해명하기가 쉽지 않을 테니까. 뭄바이에 있다고 생각한 사람을 여기서 만나면 의심을 하지 않겠는가. 그렇지만 픽스 형사는 공교로운 상황에서 그 선량한 청년과 다시 마주칠 수밖에 없었다. 대체 어떻게 된 일일까? 지금부터 알아보자.

형사의 기대와 희망은 이제 세계에서 오직 한 점, 홍콩으로 쏠렸다. 배가 싱가포르에서 정박하는 시간은 너무 짧아서 그 도시에서 무슨 작전을 펼치기란 불가능했다. 따라서 도둑을 체포하는 장소는 홍콩이어야만 했다. 홍콩에서 못 잡으면 도둑은 영영 그의 손을 빠져나가고 말 것이다.

실제로 홍콩은 그래도 영국령이었지만, 이 여정에서 마지막 남은 영국령이기도 했다. 거기서 더 가면 중국, 일본, 미국이 포그 씨에게 다소 안전한 피난처를 제공할지도 몰랐다. 홍콩에서 체포영장을 손에 쥔다면 포그를 체포해서 현지 경찰에 넘기면 된다. 그러면 어려울 것이 없다. 하지만 홍콩에서 벗어나면 영장만 가지고는 안 된다. 범죄인 인도 절차를 밟아야 한다. 그 과정에서 지연되거나 차질이 빚어지면 악당은 그 틈을 타서 도주하고 말 것이다. 홍콩에서 놈을 놓치면 그 뒤로는 체포가 불가능하거나 운이 좀 따라준다 해도 대단히 어려워질 것이다.

'그러니까, 그러니까, 홍콩에서 영장을 받으면 놈을 체포하면 되고, 영장을 못 받으면 어떻게든 출발을 지연시켜야 해! 뭄바이에서도 놓쳤고, 콜카타에서도 놓쳤어! 홍콩에서까지 놓치면 내 평판을 말아먹게 돼! 무슨 수를 써서라도 성공해야 해. 하지만 무슨 수를 써야 저 빌어먹을 포그의 발을 붙잡아놓을 수 있지?'

픽스는 선실에서 몇 시간 동안 꼼짝도 하지 않고 생각을 곱씹었다.

그는 궁여지책으로 모든 것을 파스파르투에게 털어놓고 그가 모시는 주인의 정체를 밝힐까도 생각했다. 그가 보기에 파스파르투는 절대 공범이 아니었다. 파스파르투가 사건의 전모를 알면 공모자로 몰릴까 두려워서라도 픽스에게 협조할 것이다. 그러나 이 방법은 다른 수가 하나도 없을 때 모험 삼아 할 만한 방법이었다. 행여 파스파르투가 주인에게 말을 흘렸다가는 일이 돌이킬 수 없이 틀어지리라.

그래서 형사가 난처해하고 있던 차에 필리어스 포그가 아우다 부인과 함께 랑군호에 탔다는 사실이 새로운 생각의 물꼬를 터주었다.

'저 여자는 누굴까? 어떤 사정으로 포그와 동행하게 되었을까? 두 사람은 뭄바이와 콜카타 사이 어딘가에서 만났을 것이다. 그곳은 인도의 어디쯤이었을까? 필리어스 포그와 저 여인은 그저 우연히 만났을까? 아니면 저 매력적인 여인을 만나기 위해 일부러 인도를 지나가기로 했던 걸까? 매력 있는 여자이긴 해!'

픽스는 법원의 방청석에서 그녀를 보았을 때부터 그렇게 생각했다.

형사가 얼마나 흥미가 동했을지는 이해가 간다. 그는 이번 사건에 납치 범죄도 얽혀 있지 않을까 자문했다. 그래! 납치가 틀림없어! 이 생각이 픽스의 머리에 콕 박혔고, 이 상황에서 끌어낼 수 있는 모든 이점을 파악했다. 그 여자가 유부녀든 아니든, 납치는 납치다. 그렇다면 홍콩에서 놈을 납치범으로 체포할 수 있다. 이번에는 돈으로 쉽게 빠져나가지 못할 것이다.

하지만 랑군호가 홍콩에 도착하기만 기다리고 있을 수는 없었다. 이 포그라는 놈은 이 배에서 저 배로 갈아타는 밉살스러운 습관이 있었으므로 그가 일에 착수하기도 전에 멀리 달아나버릴지 몰랐다.

따라서 랑군호가 홍콩으로 가고 있다고 영국 당국에 알려둘 필요가 있었다. 어려운 일은 아니었다. 싱가포르에 배가 잠시 정박할 때 중국 연안으로 전신을 보내기만 하면 되었다.

하지만 행동에 나서기 전에 확실하게 작전을 펴려면 파스파르투를 캐보는 것이 좋을 듯했다. 픽스는 그 젊은이의 입을 여는 일이 어렵지 않다는 것을 알고 있었으므로 계속 숨어 지내려던 결심을 고쳐먹었다. 그런데 시간을 허투루 보낼 순 없었다. 이미 10월 30일이었고, 내일이면 랑군호는 싱가포르에 닻을 내릴 예정이었다.

그래서 바로 그날, 픽스는 그 배에서 파스파르투를 '처음 본 것처럼' 깜짝 놀라며 다가갈 작정으로 선실에서 나와 갑판에 올라갔다. 파스파르투는 마침 갑판 앞쪽에서 산책 중이었는데 픽스가 외치면서 다가갔다.

"당신을 랑군호에서 만나다니요!"

"픽스 씨가 이 배에 타다니요!"

파스파르투가 몽골리아호의 길동무를 알아보고는 깜짝 놀랐다.

"세상에! 뭄바이에서 헤어졌는데 홍콩으로 가는 길에 또 만나다니! 혹시 선생도 세계 일주를 합니까?"

"아뇨, 아뇨. 저는 홍콩에서 내립니다. 적어도 며칠은 있을 거예요."

"아하! 그런데 콜카타에서 배가 출발한 후로 선생을 한 번도 못 봤는데요?"

파스파르투가 잠시 어리둥절한 얼굴을 했다.

"그게요, 몸이 안 좋아서… 뱃멀미를 했어요…. 선실에 누워 있기만 했지요…. 벵골만은 인도양만큼 여행이 편안하지 않네요. 그런데 당신 주인 필리어스 포그 씨는요?"

"아주 건강하세요. 여행 계획만큼이나 시간을 딱딱 잘 맞추시고요. 단 하루도 늦지 않았다니까요! 아, 픽스 씨, 이건 모르실 겁니다. 우리와 같이 여행하는 젊은 부인이 한 명 있어요."

"젊은 부인?"

형사는 무슨 말인지 모르겠다는 표정으로 물었다.

하지만 파스파르투가 그동안 있었던 일을 다 얘기해주었다. 뭄바이 사원에서 일어난 일, 2000파운드를 주고 코끼리를 산 일, 사티 사건, 아우다 부인을 구출한 일, 콜카타 법정의 판결, 보석으로 풀려난 일까지. 픽스는 후반부의 이야기는 알고 있었지만 아무것도 모르는 척 시치미를 뗐다. 파스파르투는 상대가 관심 있게 귀를 기울여주자 더욱더 신이 나서 떠들어댔다.

"그런데 당신 주인은 그 여자를 유럽까지 데려갈 생각을 하는 겁니까?"

픽스가 물었다.

"아뇨, 픽스 씨, 전혀요! 그 부인 친척이 홍콩에 사는데, 갑부 무역상이래요. 그 친척에게 데려다줄 겁니다."

'그러면 다 틀렸군!'

픽스는 실망을 감추면서 속으로 생각했다.

"진이나 한잔할까요, 파스파르투 씨?"

"그럽시다, 픽스 씨. 랑군호에서 또 만났는데 기념으로 마셔야지요!"

17

싱가포르에서 홍콩으로 가는 동안
이런저런 일이 일어나다

그날부터 파스파르투와 픽스 형사는 자주 얼굴을 보았지만 형사는 극도로 조심성 있게 굴었고, 굳이 상대의 입을 열려고 하지도 않았다. 그는 포그 씨가 랑군호의 휴게실에 눌러앉아 있는 모습을 한두 번 얼핏 보았다. 포그 씨는 아우다 부인과 함께 있든가 그렇지 않으면 변치 않는 습관에 따라 휘스트에 몰두하든가 했다.

파스파르투로 말하자면 주인과 여행하는 중에 픽스를 두 번이나 만난 이 희한한 우연에 대해서 아주 진지하게 생각했다. 사실 누구라도 놀랄 일이었다. 아주 싹싹하고 몹시 호의적인 신사를 수에즈에 내려서 만났는데 뭄바이로 가는 몽골리아호에서 또 만나고, 뭄바이에 있겠다던 사람이 홍콩행 랑군호에 또 나타났다. 요컨대 그 사람은 포그 씨의 여정을 그대로 따라오고 있었으므로 곰곰이 생각을 해볼 만했다. 우연의 일치라기에는 희한했다. 저 픽스라는 사람, 누구에게 원한이라도 있나? 파스파르투는 픽스가 자기네와 함께 홍콩을 떠날 것이고, 그때도 같은 배를 탈 것이라고 소중히 보관 중인 가죽신을 걸고 내기라도 할 수 있었다.

파스파르투는 설령 한 세기 내내 생각을 했더라도 픽스 형사의 임무를 알아차리지 못했을 것이다. 필리어스 포그가 도둑으로서 '미행'을 당하며 세계를 돌고 있을 줄이야. 하지만 매사에 이유를 찾는 것이 인지상정인지라 파스파르투도 불현듯 픽스가 계속 주위에서 얼쩡거리는 이유가 한 가지 떠올랐고, 그 추론이 꽤 그럴싸하다고 느꼈다. 파스파르투는 픽스가 리폼 클럽 회원들이 포그 씨의 뒤를 추적하라고 붙인 탐정이라고 생각할 수밖에 없었다. 세계 일주를 조건에 어긋남 없이 수행하는지 확인하려고 탐정을 붙이지 않았겠는가.

"틀림없어! 뻔해! 리폼 클럽 신사들이 우리를 뒤쫓으라고 스파이를 붙였구먼! 그럴 필요가 있나! 포그 씨는 청렴하고 정직한 분인데! 그런 분에게 탐정까지 붙이다니, 리폼 클럽의 신사들은 호되게 대가를 치르겠구먼!"

파스파르투는 자신의 통찰력에 뿌듯해하며 몇 번이나 이렇게 말했다.

그는 자신이 발견한 사실에 한껏 들떴지만 주인에게는 아무 말도 하지 않기로 했다. 내기 상대가 이렇게까지 신뢰가 없다는 사실을 알면 포그 씨 마음이 좋지 않을 것 같았기 때문이다. 하지만 기회가 오면 픽스를 심하지 않은 선에서 돌려 까주리라 다짐했다.

10월 30일 수요일 오후, 랑군호가 말레이반도와 수마트라섬 사이 말라카해협에 들어섰다. 가파른 산세가 두드러지는 작은 섬들이 그림처럼 아름다워서 승객들은 큰 섬보다 그쪽에 시선을 빼앗겼다.

다음 날 새벽 4시에 랑군호는 석탄을 싣기 위해 규정 시간보다 열두 시간 빨리 싱가포르에 도착했다.

필리어스 포그는 이렇게 번 시간을 여행 일정의 이익 칸에 기입하고, 이번에는 아우다 부인과 함께 육지에 내렸다. 아우다 부인이 몇 시간이라도 걷고 싶다는 바람을 표했기 때문이다.

픽스는 포그 씨의 일거수일투족이 다 수상해 보였으므로 들키지 않게 조심하며 뒤를 밟았다. 한편 파스파르투는 픽스의 행동을 속으로 비웃으면서 평소처럼 심부름을 하러 갔다.

싱가포르섬은 별로 크지 않았고 압도적인 풍광도 없었다. 인상적인 윤곽을 만들어주는 것은 산인데, 그 섬에는 산이 너무 없었다. 하지만 그러한 빈약함에도 불구하고 섬은 아름다웠다. 아름다운 도로들이 나 있는 공원 같다고 할까. 아우다 부인과 필리어스 포그는 오스트레일리아에서 수입한 멋진 말들이 끄는 예쁜 마차를 타고 잎사귀 무성한 종려나무와 꽃봉오리가 살짝 벌어진 정향나무 숲으로 갔다. 유럽의 시골에 가시나무 울타리가 있다면, 그곳에는 후추나무 덤불이 있었다. 사고야자나무와 갈래가 멋지게 뻗어나간 거대 고사리가 열대지방에 다채로운 풍취를 더해주었다. 반들거리는 잎사귀의 육두구나무가 공기를 짙은 향기로 가득 채웠다. 숲속에는 신경을 곤두세우고 인상을 쓰며 떼 지어 돌아다니는 원숭이들이 넘쳐났고, 아마 밀림에는 호랑이들도 있었을 것이다. 비교적 작은 편인 이 섬에서 그 맹수들이 어떻게 살아남을 수 있었는지 놀라는 사람에게는 그 짐승들이 말레이반도에서 해협을 헤엄쳐 왔다고 말해주리라.

아우다 부인과 그녀의 동행은 두 시간 남짓 시골을 돌아보고 시내로 돌아왔다. 그 동행은 시골 풍경도 보는 둥 마는 둥했지만 말이다. 시내는 무겁게 짓눌린 집들의 집합체였다. 정원마다 망고스틴이나 파인애플이나 그 외 세상에서 제일 맛있는 과일들이 나무에 주렁주렁 매달려 있었다.

10시가 되자 두 사람은 배로 돌아갔다. 픽스 형사는 줄곧 그들의 뒤를 밟고도 들키지 않았지만, 마차 삯으로 돈깨나 들었을 것이다.

파스파르투는 랑군호 갑판에서 그들을 기다리고 있었다. 이 선량한 젊은이는 망고스틴을 수십 개나 사 가지고 왔다. 망고스틴은 크기가 능금만 하고, 바깥쪽은 진한 갈색인데 속은 새빨갛다. 입에서 살살 녹는 하얀 과육은 진정한 미식가들에게 비할 데 없는 희열을 안겨준다. 파스파르투는 아우다 부인에게 망고스틴을 줄 수 있어서 기뻤고, 부인은 우아하게 고마움을 표했다.

11시에 랑군호는 석탄을 가득 싣고 닻을 올렸다. 몇 시간 후, 세상에서 가장 아름다운 호랑이들이 사는 숲이 있는 말레이반도의 산들이 승객들의 시야에서 사라져갔다.

싱가포르에서 홍콩섬, 그러니까 중국 연안에서 떨어져 있는 이 작은 영국령까지의 거리는 2000킬로미터 정도다. 필리어스 포그는 아무리 늦어도 6일 안에 홍콩에 도착해야만 11월 6일에 홍콩에서 일본의 주요 항구 중 하나인 요코하마로 떠나는 배를 탈 수 있었다.

랑군호는 만원이었다. 싱가포르에서 인도인, 실론인, 중국인, 말레이시아인, 포르투갈인 등이 많이 탔다. 그들은 대부분 이등칸 승객이었다.

그때까지 온화하던 날씨가 하현달이 되면서 변했다. 파도가 크게 일었다. 때때로 바람도 세게 불었지만 그래도 배의 운항을 돕는 동남풍이라서 천만다행이었다. 항해가 순탄할 때는 선장이 돛을 올리게 했다. 랑군호는 정사각형의 돛이 달린 범선으로, 주로 가운데 큰 돛 두 개와 앞돛을 활용했고, 그렇게 하면 증기와 바람의 이중 작용으로 속도가 훨씬 빨라졌다. 이런 방법으로 배는 격랑을 헤치고 안남[29]과 코친차이나[30] 연안을 따라 나아갔다. 승객에게는 종종 아주 피곤한 항해였다.

하지만 문제는 바다보다 랑군호에 있었다. 승객 대부분이 멀미에 시달리고 피곤해하는 이유는 여객선 때문이었다.

중국 해역을 운항하는 인도 반도 및 동양 선박 회사 소속의 배들은 심각한 구조적 결함이 있었다. 짐을 다 실었을 때의 흘수선[31]과 상갑판 중앙에서 용골龍骨 바닥까지의 높이의 비례가 잘못 계산된 탓에 파도에 대한 저항력이 약했다. 또한 배의 수밀구획水密區劃[32] 용적이 충분하지 못했다. 선원들끼리 하는 말마따나 그 배는 '익사' 상태나 다름없었다. 이 때문에 파도가 덮칠 때마다 배는 중심을 잃고 흔들렸다. 엔진과 증기기관은 어떨지 모르지만 배의 구조로 봐서는 앵페라트리스나 캉보주 같은 프랑스 선박보다 훨씬 못했다.

---

29 安南. 베트남의 한자 이름. 특히 19세기에는 프랑스 보호령이었던 베트남 중부 지역을 가리켰다.

30 Cochin China. 인도차이나반도에 있는 베트남 남부의 옛 지명. 프랑스 식민지 시대에 유럽인들이 부르던 이름이다.

31 배가 물 위에 떠 있을 때, 배와 수면이 만나는 경계선을 가리킨다.

32 배의 내부를 몇 개로 구분해 침수나 화재가 발생했을 때 피해를 그곳에만 한정해서 막을 수 있도록 설계한 구획.

측량기사의 계산에 따르면 프랑스 배는 선박 자체의 무게만큼 물이 실려도 가라앉지 않지만 골콘다호, 코레아호, 랑군호 같은 인도 반도 및 동양 선박 회사의 배는 자체 무게의 6분의 1도 안 되는 물만 뒤집어써도 가라앉을 가능성이 있었다.

따라서 악천후에는 조심스럽게 운항을 해야 했다. 때로는 돛을 걷고 증기 출력도 줄여야 했다. 그러다 보면 시간이 지체되었다. 필리어스 포그는 그러한 시간 손실이 아무렇지도 않은 것 같았지만, 파스파르투는 몹시 짜증을 냈다. 그는 선장, 기관사, 선박 회사까지 흉을 봤고, 승객 수송과 관계된 모든 사람을 저주했다. 어쩌면 새빌로 집 가스등이 자기 계좌의 돈을 태우고 있다는 생각이 그를 더욱 조바심 나게 했을 것이다.

"그런데 홍콩에 급히 가야 하는 겁니까?"

픽스 형사가 어느 날 파스파르투에게 물었다.

"아주 급히요!"

파스파르투가 대답했다.

"포그 씨가 요코하마행 배를 서둘러 탈까요?"

"엄청나게 서두르실 겁니다."

"당신도 이제 이 별난 세계 여행을 진짜로 믿는 겁니까?"

"그럼요. 픽스 씨는요?"

"저요? 전 안 믿지요!"

"농담도 잘하셔!"

파스파르투가 이렇게 말하면서 눈을 찡긋했다.

이 말에 형사는 생각이 많아졌다. 이유는 모르겠지만 마지막 말이 마음에 걸렸다. 이 프랑스인이 눈치를 챘나? 픽스는 어떻게 생각해야 할지 알 수 없었다. 형사 신분을 비밀로 했는데 파스파르투가 어떻게 알아챌 수 있단 말인가? 하지만 파스파르투에게는 분명히 무슨 꿍꿍이가 있는 것 같았다.

그러던 어느 날, 이 선량한 젊은이가 말이 앞서고 말았다. 그건 그의 의지로 다스릴 수 있는 일이 아니었다. 그는 입이 가벼운 사람이었으니까.

"있잖아요, 픽스 씨. 홍콩에 도착하면 당신은 남고 제가 먼저 떠나겠지요?"

파스파르투가 짓궂은 말투로 길동무에게 물었다.

"그야, 저도 모르죠! 어쩌면….'

픽스는 당황해하면서 대꾸했다.

"아! 우리와 계속 여행을 하신다면 저야 좋지요! 하긴! 이 선박 회사 직원이시니 중도에 멈추실 리 없지요! 뭄바이까지만 가신다고 해놓고 지금 홍콩까지 가시잖아요? 미국은 거기서 별로 멀지도 않고, 미국에서 유럽은 엎어지면 코 닿을 거리지요!"

픽스가 상대를 주의 깊게 바라보았다. 상대는 세상에서 제일 호감 가는 얼굴을 하고 있었다. 그래서 함께 웃는 편을 택했다. 하지만 상대는 아주 신이 나서 물었다.

"이런 일을 하면 돈은 많이 버나요?"

"그렇기도 하고, 아니기도 해요. 일이야 잘될 때도 있고 안 될 때도 있지요. 어쨌든 제 돈으로 여행을 하는 건 아닙니다."

픽스는 눈썹 하나 까딱하지 않고 이렇게 대답했다.

"아! 그야 분명히 그럴 거라 생각했습니다!"

파스파르투가 더 호탕하게 웃으며 대꾸했다.

대화가 끝나고 선실로 돌아온 픽스는 생각에 잠겼다. 녀석이 눈치를 챈 게 분명했다. 어떤 식으로든 그 프랑스 녀석은 내가 경찰이라는 사실을 알아차린 게다. 그렇다면 주인한테도 알렸을까? 이 일에서 그가 맡은 역할은 뭘까? 녀석은 공범일까, 아닐까? 나의 계획은 탄로 났으니 실패한 건가? 픽스 형사는 선실에서 몇 시간 내내 괴로워했다. 모든 것이 수포로 돌아갔다고 믿었다가 어느 순간에는 필리어스 포그가 아무것도 모를 거라는 기대에 매달렸다. 그는 결국 어찌해야 할지 알 수가 없었다.

하지만 머릿속이 차차 차분해지자 파스파르투에게 솔직하게 부딪치자는 결심이 들었다. 만약 홍콩에서 포그 씨를 잡을 상황이 안 되고, 포그 씨는 영국령을 영영 벗어날 준비를 한다면 파스파르투에게 다 털어놓을 작정이었다. 하인이 공범이라면 어차피 주인은 모든 상황을 알고 있을 테니 체포 계획은 물 건너간다. 하지만 하인이 이번 절도 사건과 관련이 없다면, 그의 입장에서도 절도범을 버리는 편이 이로울 것이다.

두 사람의 처지는 이러했다. 하지만 필리어스 포그는 위풍당당하고 태연자약하게 그들의 머리 위를 날고 있었다. 그는 이성적으로 세계를 한 바퀴 도는 궤도를 완성했을 뿐, 자기 주위에 끌려오는 소행성들에는 관심이 없었다.

그러나 포그 옆에는 천문학자들의 표현을 빌리자면 섭동攝動[33]을 일으킬 만한 천체가 있었다. 신사의 마음에 교란을 일으켜야 마

---

33 일상어에서 '동요, 혼란'을 뜻하는 퍼터베이션perturbation이 천문학에서는 '섭동', 즉 어떤 천체의 평형 상태가 다른 천체의 인력에 의해 교란되면서, 행성의 궤도가 정상적인 타원을 벗어나는 현상을 말한다.

땅한 천체였다. 그런데 웬걸! 아우다 부인의 매력은 전혀 영향을 미치지 못했고, 파스파르투는 그 사실에 놀랐다. 만약 섭동이란 것이, 어떤 마음의 동요가 포그 씨에게 있었다 해도, 이를 헤아리기란 해왕성을 발견하게 한 천왕성의 섭동력을 계산하는 것보다 어려웠을 것이다.

그렇다! 젊은 여인의 눈에서 주인을 향한 감사의 마음을 보았던 파스파르투로서는 매일매일 놀라 자빠질 노릇이었다. 정말이지, 필리어스 포그는 영웅적인 행동에만 마음이 동하고 사랑에는 마음이 동하지 않는 사람이었다! 그는 여행의 성공 가능성을 두고 초조해하는 모습도 전혀 보이지 않았다. 하지만 파스파르투는 줄곧 불안에 시달렸다. 하루는 기관실 난간에 기대어 그 강력한 기계를 바라보고 있었다. 배가 심하게 흔들리면 프로펠러가 물 밖에서 헛돌았다. 그러면 증기가 밸브에서 새어나왔고, 이 선량한 젊은이는 미친 듯이 화를 냈다.

"이런 젠장! 압력이 모자라잖아! 배가 앞으로 나가질 않네! 영국 놈들이 하는 일이 다 그렇지, 뭐! 만일 이게 미국 배였다면 흔들려서 정신은 없었겠지만 빨리 가기는 했을 거 아냐!"

18

필리어스 포그, 파스파르투, 픽스가
저마다 자기 일에 몰두하다

항해의 마지막 며칠은 날씨가 영 좋지 못했다. 바람이 거세졌다. 바람이 북서풍으로 바뀌면서 배의 진행을 방해했다. 원래 불안정한 랑군호는 무지막지하게 요동쳤다. 승객들이 바람이 쉴 새 없이 일으키는 파도 자락을 원망할 만도 했다.

11월 3일과 4일은 폭풍이 몰아쳤다. 돌풍이 바다를 죽어라 후려갈겼다. 랑군호는 반나절 동안 뱃머리를 바람이 불어오는 쪽으로 돌리고 프로펠러를 10회전으로만 유지하면서 파도와 비스듬한 방향으로 전진했다. 돛을 모두 접었지만 여기저기서 선구船具가 쉭쉭 바람을 가르는 소리가 났다.

배는 속도가 나지 않았다. 이 상태로라면 홍콩에는 예정보다 20시간 늦게 도착할 성싶었다. 행여 폭풍이 그치지 않는다면 그보다 더 지체될지도 몰랐다.

필리어스 포그는 자신과 직접 싸우기라도 할 것처럼 미쳐 날뛰는 바다를 평소처럼 담담하게 지켜보고 있었다. 그의 낯빛은 전혀 어두워지지 않았지만, 예정보다 20시간이 늦어지면 요코하마 배편을 놓치고 여행 일정이 다 꼬일 터였다. 이 냉정한 사내는 초조함이나 불안을 느끼지 않았다. 그 폭풍마저도 다 예상하고 고려해서 계획을 짠 듯했다. 아우다 부인과 이 불의의 사태에 대해서 얘기를 나눌 때도 그는 여느 때와 다름없이 침착했다.

픽스가 이 사태를 바라보는 눈은 달랐다. 아니, 정반대였다. 그는 폭풍에 쾌재를 불렀다. 랑군호가 폭풍을 피해 먼 길을 돌아가야 했다면 아마 더없이 흡족했을 것이다. 이유가 뭐가 됐든 항해가 지연될수록 그는 좋았다. 포그 씨가 요코하마행 비행기를 놓치면 며칠은 꼼짝없이 홍콩에 발이 묶일 테니까. 마침내 하늘이 격랑과 돌풍으로 그를 돕고 있었다. 뱃멀미로 속이 뒤틀려 죽을 지경이었지만 마음만은 끝없는 기쁨으로 가득했다.

파스파르투가 분노를 숨기지 못하고 길길이 날뛰었으리라는 것은 짐작하고도 남는다. 지금까지는 모든 것이 척척 돌아갔는데! 육지와 바다가 주인에게 헌신하는 듯하지 않았던가. 기선도 기차도 그에게 복종하지 않았던가. 바람과 증기가 힘을 합쳐 주인의 여행을 돕지 않았는가. 그런데 마침내 불운의 시간이 왔는가? 파스파르투는 2만 파운드의 판돈이 제 주머니에서 나가기라도 할 것처럼 살아도 사는 게 아니었다. 폭풍은 그를 절망에 몰아넣었고, 돌풍은 그의 화를 돋우었다. 할 수만 있다면 저 반항적인 바다를 마음껏 두들겨 패고 싶었다. 가엾은 녀석! 픽스는 자신의 만족감을 드러내지 않으려고 조심했다. 그러기를 잘했다. 픽스가 은밀히 흡족해하는 기색을 파스파르투에게 들켰다면 경을 치고 말았을 테니까.

파스파르투는 폭풍이 몰아치는 동안 내처 랑군호의 갑판에 남아 있었다. 도저히 선실에서 가만히 있을 수 없었기 때문이다. 그는 돛대를 타고 올라갔다. 선원들은 그가 원숭이처럼 능숙하게 돛대 위를 돌아다니며 이런저런 일을 도와주자 깜짝 놀랐다. 그는 선장, 항해사, 선원들에게 족히 100번은 질문을 던졌고, 그들은 그가 안달복달하는 모습에 웃지 않을 수 없었다. 파스파르투는 폭풍이 언제까지 계속되는지 꼭 알고 싶어 했다. 선원들은 기압계를 보라고 했다. 기압계 눈금은 도무지 올라갈 기미가 없었다. 파스파르투는 기압계를 흔들어댔지만 그래 봤자 소용없었다. 죄 없는 기압계를 붙잡고 흔들어대든 욕을 퍼붓든 무에 달라지랴.

마침내 폭풍우가 가라앉았다. 11월 4일 낮부터 바다의 상태가 변했다. 바람은 남쪽으로 2포인트 움직여 다시 순풍이 되었다.

파스파르투도 날씨와 함께 온화해졌다. 랑군호는 큰 돛과 아래 돛을 다 펴고 속도를 냈다.

하지만 잃어버린 시간을 다 만회하지는 못했다. 피할 수 없는 현실을 받아들여야 했다. 육지는 11월 6일 새벽 5시에야 보이기 시작했다. 필리어스 포그의 여행 계획대로라면 5일에 도착해야 했는데 6일에 도착한 것이다. 요컨대 24시간 지연이 발생했고, 요코하마행 배는 이미 떠났을 터였다.

6시에 수로안내인이 홍콩항으로 배를 인도하기 위해 랑군호에 올라와 선교船橋에 자리를 잡았다.

파스파르투는 요코하마행 배가 홍콩을 떠났는지 그 사람에게 물어보고 싶어 죽을 지경이었다. 그러나 마지막 순간까지 희망의 끈을 놓고 싶지 않아서 감히 물어보지도 못했다. 그는 픽스에게 이러한 걱정을 털어놓았다. 여우처럼 교활한 픽스는 파스파르투를 위로하면서 다음 배편을 이용하면 된다고 했다. 파스파르투는 오히려 이 말에 얼굴이 파래지도록 화를 냈다.

파스파르투는 수로안내인에게 묻지 않았지만 포그 씨는《브래드쇼 여행 안내서》를 참조하고는 홍콩에서 요코하마로 가는 배가 언제 출발하는지 아냐고 수로안내인에게 침착하게 물었다.

"내일 아침 만조에 출발합니다."

수로안내인이 말했다.

"아하!"

포그 씨는 놀라는 기색도 없이 이렇게만 반응했다.

그 자리에 함께 있던 파스파르투는 수로안내인을 끌어안고 싶었겠지만, 픽스는 그 사람의 목을 비틀어버리고 싶었을 것이다.

"배의 이름은 뭡니까?"

포그 씨가 물었다.

"카르나티크호입니다."

"어제가 출발일 아니었습니까?"

"맞습니다. 그런데 보일러 하나가 고장이 나서 수리를 하느라 출발이 내일로 미뤄졌지요."

"고맙습니다."

포그 씨는 이렇게 말하고 자동인형 같은 걸음걸이로 랑군호 휴게실로 향했다.

파스파르투는 수로안내인의 손을 잡고 힘차게 흔들면서 말했다.

"고맙습니다. 안내인 양반은 정말 친절한 분이시군요!"

수로안내인은 자신의 대답이 왜 이렇게 호의적인 반응을 불러

일으켰는지 결코 알 수 없었을 것이다. 뱃고동이 울리자 그는 홍콩 해협을 가득 메운 중국 정크선, 탕카선[34], 어선, 그 외 온갖 종류의 선박 사이로 배를 이끌었다.

오후 1시에 랑군호는 부두에 도착했고, 승객들은 배에서 내렸다.

이번에는 필리어스 포그에게 특별히 운이 따랐다고 봐야 한다. 카르나티크호의 보일러에 아무 문제가 없었다면 그 배는 예정대로 11월 5일에 출발했을 것이고, 그 배를 타고 일본으로 가려고 했던 승객들은 다음 배편이 출발할 때까지 꼬박 일주일을 기다려야 했을 것이다. 포그 씨는 예정보다 24시간이 늦었는데도 여행 일정에 큰 차질을 빚지 않았다.

요코하마에서 태평양을 건너 샌프란시스코로 가는 배는 홍콩에서 출발하는 배와 직접 연결되기 때문에 홍콩발 배가 도착하지 않으면 떠나지 않았다. 요코하마에는 24시간 늦게 도착하겠지만, 태평양을 22일간 횡단하는 다음 구간에서 쉽게 만회할 수 있을 것이다. 따라서 필리어스 포그는 이 24시간 지연만 제외하면 일정표대로, 즉 런던 출발로부터 35일이라는 계산대로 여행을 하고 있었다.

카르나티크호가 다음 날 새벽 5시에 출발할 예정이었으므로 포그 씨는 자기 일, 다시 말해 아우다 부인과 관련된 일을 해결할 시간이 16시간이나 있었다. 포그 씨는 배에서 내린 후 젊은 부인의 팔짱을 끼고 가마가 있는 곳으로 갔다. 가마꾼들에게 호텔을 추천해 달라고 하자 '클럽 호텔'이 좋다고들 했다. 가마가 출발했다. 파스파르투는 그 뒤를 따라 걸었다. 20분 후에 목적지에 도착했다.

---

34 과거 배에서 거주하고 생활하던 사람들이 주로 이용했던 지붕 있는 형태의 삼판선.

필리어스 포그는 젊은 여인을 위해 방을 잡아주고 부족한 것이 없게끔 신경을 썼다. 그러고는 아우다 부인에게 홍콩에서 그녀를 거둬줄 친척을 자신이 만나보겠다고 말했다. 파스파르투에게는 아우다 부인을 혼자 두지 말고 자기가 돌아올 때까지 호텔에 남아 있으라고 일렀다.

신사는 마차를 타고 증권거래소로 갔다. 증권거래소에 드나드는 사람들이라면 홍콩에서 가장 부유한 사업가로 통하는 제지흐 씨를 알 거라고 생각했기 때문이다.

포그 씨가 말을 붙인 주식 중개인은 과연 그 파르시 무역상을 알고 있었다. 그런데 제지흐 씨는 벌써 2년 전부터 중국에서 살지 않는다고 했다. 재산을 크게 모은 후 유럽에, 아마도 네덜란드에 정착했을 거라나. 제지흐 씨의 사업은 네덜란드와 특히 거래가 많았다.

필리어스 포그는 호텔로 돌아왔다. 그는 곧장 아우다 부인에게 잠깐 봤으면 좋겠다고 했다. 그러고는 바로 본론으로 들어가 제지흐 씨가 이제 홍콩에 살고 있지 않고 아마 네덜란드로 건너간 것 같다고 말했다.

아우다 부인은 이 말을 듣고 대꾸도 못한 채 이마에 손을 얹고 생각에 잠겼다. 그녀가 이내 부드러운 음성으로 물었다.

"이제 저는 어떻게 하면 좋을까요, 포그 씨?"

"간단합니다. 우리와 함께 유럽으로 가시지요."

"하지만 너무 폐를 끼치는….'

"폐를 끼치다니요. 부인이 동행하시더라도 제 여행 계획에는 전혀 지장이 없습니다…. 파스파르투?"

"예, 나리?"

"카르나티크호에 선실을 세 개 예약해주게."

파스파르투는 자신에게 그토록 친절한 아우다 부인과 여행을 계속하게 됐다고 기뻐하면서 바로 클럽 호텔을 나섰다.

19

파스파르투가 주인에게
지나치게 관심을 쏟다

홍콩은 1842년 아편전쟁이 끝나고 난징조약을 맺음에 따라 영국령이 된 조그만 섬이다. 몇 년 사이에 영국의 천재적인 식민지 건설 능력이 홍콩을 중요한 도시로 만들고 빅토리아항을 조성했다. 홍콩섬은 중국 남부 광둥성을 지나는 강 하구에 있고, 그 강 건너편에 위치한 포르투갈령 마카오와 97킬로미터쯤 떨어져 있다. 홍콩은 무역 경쟁에서 반드시 마카오를 제압해야만 했고, 지금은 중국 화물 수송의 대부분이 이 영국 도시에서 이루어지고 있었다. 독dock, 병원, 부두, 창고, 고딕 성당, '총독 관저', 머캐덤 도로(포장도로) 등 모든 면이 영국과 비슷했다. 영국의 켄트주나 서리주에 있는 상업 도시 중 하나가 지구를 관통해서 반대편인 중국 지역에 불쑥 튀어나온 것처럼 보일 정도였다.

파스파르투는 양손을 주머니에 찔러넣고 빅토리아항으로 갔다. 가는 길에 가마, 아직도 중국에서 인기가 좋은 장막을 늘어뜨린 수레, 거리에 오가는 중국인과 일본인 그리고 유럽인을 구경했다. 이 건실한 젊은이의 눈에 비친 것은 뭄바이, 콜카타, 싱가르포에서 보았던 도시의 모습과 거의 비슷했다. 지구를 한 바퀴 도는 동안 영국의 도시들이 꼬리에 꼬리를 물고 이어지는 것만 같았다.

파스파르투는 빅토리아항에 도착했다. 광둥성 주장강 하구에는 영국, 프랑스, 미국, 네덜란드 등 온갖 국적의 상선과 전함, 일본이나 중국의 소형선, 중국 정크선, 삼판선, 탕카선, 심지어 물 위에 꽃밭을 이룬 것 같은 꽃배들까지 떠 있었다. 파스파르투가 슬슬 걸어 다니다 보니 노란 옷을 입은 중국인이 여럿 눈에 띄었다. 그들은 대부분 나이가 아주 많아 보였다. 파스파르투는 '중국풍으로' 면도를 하려고 이발소에 들어갔다. 영어를 제법 하는 홍콩의 피가로[35]라고 할 만한 이발사가 그 노인들은 모두 여든 살이 넘었고, 그 나이가 되면 제국을 상징하는 노란색 옷을 입을 특권이 주어진다고 설명해주었다. 파스파르투는 왠지 모르지만 참 재미있다고 생각했다.

면도를 마치고 카르나티크호가 정박해 있는 부두로 갔다. 그곳에서 서성대는 픽스를 보았지만 전혀 놀랍지 않았다. 픽스 형사는 우거지상을 하고 있었다.

'좋았어! 리폼 클럽 신사들에게는 상황이 나쁘게 돌아가고 있구먼!'

파스파르투는 속으로 생각했다.

그는 픽스의 곤혹스러운 표정을 못 본 척, 쾌활하게 웃으면서 다가갔다.

---

35 프랑스의 극작가 피에르 보마르셰Pierre Beaumarchais(1732~1799)의 풍자극 '피가로 3부작'에 등장하는 주인공으로, 소문과 정보에 밝은 이발사다.

그런데 사실 픽스 형사는 자신을 따라다니는 지독한 불운에 성질을 낼 만도 했다. 체포영장이 아직도 도착하지 않았던 것이다! 체포영장이 오고 있긴 했지만 이 도시에 며칠은 머물러야 받아볼 수 있었다. 홍콩은 여행 경로상 마지막 영국령이었으므로 여기서 필리어스 포그를 잡아놓지 못하면 영영 놓쳐버릴지 몰랐다.

"이런, 픽스 씨, 우리와 함께 미국까지 가기로 작정하셨나요?"

"네."

픽스가 이를 악물고 대답했다.

"그것 보세요!"

파스파르투가 들으라는 듯이 큰 소리로 웃으면서 말했다.

"나는 진즉부터 선생이 우리와 헤어질 수 없겠구나 생각했지요. 자, 선실을 예약하러 갑시다!"

그래서 두 사람은 선박 회사 사무실로 들어가 네 사람분의 선실을 예약했다. 회사 직원은 카르나티크호의 수리가 끝나서 이튿날 아침이 아니라 당장 그날 저녁 8시에 출발한다고 알려주었다.

"아주 잘됐네! 주인 나리에게 잘된 일이에요. 얼른 가서 알려드려야지."

파스파르투가 말했다.

그 순간, 픽스는 극단적인 수를 택했다. 그는 파스파르투에게 모든 것을 털어놓기로 했다. 어쩌면 그것만이 필리어스 포그를 홍콩에 며칠 붙잡아놓을 유일한 수였으니까.

픽스는 선박 회사 사무실에서 나오면서 길동무에게 목이나 좀 축이고 가자고 했다. 파스파르투도 바쁘지 않았으므로 그 제안을 받아들였다.

부둣가에 문을 연 술집이 하나 있었다. 썩 괜찮아 보였다. 두 사람은 안으로 들어갔다. 내부는 널찍하니 잘 꾸며져 있었고, 구석에는 쿠션을 여러 개 깔아놓은 야전침대가 보였다. 그 침대 위에서 몇 명이 널브러져 자고 있었다.

서른 명 남짓한 사람이 몇몇씩 작은 등나무 탁자에 둘러앉아 술을 마시고 있었다. 에일이나 포터 같은 영국 맥주를 마시는 사람도 있고 진이나 브랜디처럼 센 술을 마시는 사람도 있었다. 게다가 손님들 대부분은 붉은 도기로 된 긴 담뱃대에 장미 에센스를 섞은 아편을 눌러 담아 피우고 있었다. 그러다 아편에 취한 사람이 스르르 넘어지면 종업원들이 달려와 다리와 머리를 들고 가서 야전침대에 이미 누워 있는 사람들 옆에 눕혔다. 인사불성이 되어 야전침대에 줄줄이 누워 있는 사람만 해도 스무 명은 되어 보였다.

픽스와 파스파르투는 그제야 아편굴에 들어왔음을 알아차렸다. 돈벌이에 혈안이 된 영국은 얼이 다 빠지고 몸은 여위고 머리는 백치가 되도록 아편을 빨아대는 그 가엾은 이들에게 매년 1000만 파운드 넘게 아편이라는 죽음의 마약을 팔아치우고 있었다! 그것은 인간 본성의 가장 해로운 악덕을 이용해 먹는 슬픈 돈벌이였다.

중국 정부는 엄격한 법으로 이러한 폐단을 없애려 했으나 소용없었다. 처음에는 부유층만 즐겼던 아편이 하층 계급까지 퍼지고 사회 전체가 걷잡을 수 없이 피폐해졌다. 중국에서는 언제 어디서나 아편을 피운다. 남녀를 불문하고 이 개탄스러운 취미에 빠져들건만, 일단 습관이 들면 아편 없이 살 수 없어지고 행여 끊는다고 해도 끔찍한 위경련에 시달린다. 아편에 심하게 중독된 사람은 하루 여덟 대까지 피우기도 하지만, 결국 5년 안에 죽는다.

그런데 픽스와 파스파르투가 한잔하러 들어간 술집이 바로 아편굴이었던 것이다. 파스파르투는 수중에 돈이 없었지만 나중에 자기도 답례를 하면 된다는 생각으로 픽스의 '초대'에 기꺼이 응한 터였다.

그들은 포트와인 두 병을 주문했다. 파스파르투는 프랑스인이니만큼 포도주를 즐겼지만, 픽스는 자제하면서 상대의 동정을 조심스레 살폈다. 두 사람은 이런저런 이야기를 나누다가 픽스가 카르나티크호를 타기로 한 것은 멋진 생각이었다는 얘기로 넘어갔다. 배 이야기가 나오자 파스파르투는 출항이 앞당겨진 것이 생각나서 이제 술도 다 마셨겠다, 주인에게 알리러 가야겠다고 일어섰다.

픽스가 그를 붙들었다.

"잠깐만요."

"왜 그럽니까, 픽스 씨?"

"중요한 얘기를 하려고 합니다."

"중요한 얘기라니요!"

파스파르투는 술잔에 남아 있던 포도주 몇 방울까지 들이켜고는 이렇게 말했다.

"내일 얘기합시다. 오늘은 시간이 없어요."

"앉아 있어요. 당신 주인에 대한 얘기니까!"

이 말에 파스파르투는 픽스를 뚫어져라 바라보았다.

픽스의 표정이 심상치 않았다. 파스파르투는 도로 자리에 앉았다.

"그래, 할 얘기가 뭡니까?"

픽스는 파스파르투의 팔을 잡고 목소리를 낮추어 물었다.

"내가 누구인지는 짐작했지요?"

"그럼요!"

파스파르투가 씩 웃었다.

"그래서 전부 얘기하겠는데…."

"이제 나도 다 알아요, 이 양반아! 아! 그렇게 놀라운 일도 아닌데! 그래도 말해봐요. 하지만 이 말은 하고 싶네요. 그 신사분들은 헛돈을 쓰는 겁니다!"

"헛돈? 아무 말이나 하는군요. 얼마나 큰돈인지 몰라서 하는 말이겠지요!"

"모르긴요, 2만 파운드 아닙니까!"

"5만 5000파운드!"

픽스가 파스파르투의 손을 잡으면서 말했다.

"뭐라고요? 포그 씨가 그렇게 큰돈을? 5만 5000파운드라니…! 그렇다면…! 내가 이렇게 꾸물거리고 있을 때가 아니군."

파스파르투는 이렇게 말하면서 다시 일어났다.

"5만 5000파운드라니까요!"

픽스는 파스파르투를 억지로 다시 앉히고 브랜디를 한 병 더 주문했다.

"내가 성공하면 2000파운드를 사례금으로 받아요. 당신이 500파운드를 갖는 조건으로 날 도와줄 생각 있습니까?"

"당신을 도와요?"

파스파르투의 눈이 휘둥그레졌다.

"그래요, 포그 씨를 홍콩에 며칠 붙잡아둘 수 있게 도와달라고요!"

"하! 지금 무슨 소리를 하는 겁니까! 아니, 그 신사들은 우리 주인 나리의 정직성을 의심하는 걸로도 모자라서 이제 대놓고 훼방을 놓겠다는 겁니까? 부끄러운 줄 알라고 해요!"

"아니, 그게 무슨 말이에요?"

"순전히 야비한 짓이라는 말이죠. 포그 씨 옷을 벗기고 주머니를 털어가는 것과 뭐가 다른가요!"

"네, 우리가 꼭 그럴 수 있기를 바랍니다!"

"그건 흉계잖아요!"

파스파르투는 픽스가 따라주는 브랜디를 자기도 모르게 들이켜다 보니 술기운에 취해 떠들었다.

"흉계도 그런 흉계가 어디 있어! 신사들이 뭐 그래! 동료라는 사람들이!"

픽스는 무슨 말인지 알아들을 수가 없었다. 파스파르투는 계속 고함을 쳤다.

"동료 좋아하네! 리폼 클럽 회원씩이나 되면서! 알아두세요, 픽스 씨, 우리 주인은 정직한 사람입니다. 내기를 하면 정정당당하게 이길 생각을 하는 사람이에요."

"댁은 내가 누구라고 생각하는 거요?"

픽스가 파스파르투를 빤히 바라보면서 물었다.

"누구긴요! 리폼 클럽 회원들이 우리 주인을 감시하라고 고용한 탐정 아닙니까? 그것만으로도 모욕적이지요! 당신 정체를 얼마 전부터 짐작하긴 했지만 포그 씨께는 아무 말 안 했습니다."

"포그 씨는 아무것도 몰라요…?"

픽스가 냅다 물었다.

"전혀 모르죠."

파스파르투가 또 잔을 비우면서 말했다.

형사는 손으로 이마를 쓸었다. 다시 입을 열기가 망설여졌다. 어떻게 해야 할까? 파스파르투의 착각은 연기가 아니라 진실이 분명했지만, 그렇기 때문에 그의 계획을 실행하기는 더욱 어려워졌다. 이 젊은이는 솔직하게 나왔다. 픽스가 우려했던 것처럼 그가 주인의 공범일 리는 없었다.

'그래, 공범이 아니라면 날 돕겠지.'

픽스는 속으로 생각했다.

그는 다시 한 번 결단을 내렸다. 더는 기다릴 시간이 없었다. 무슨 수를 써서라도 홍콩에서 포그 씨를 체포해야만 했다.

픽스는 무뚝뚝하게 말했다.

"잘 들으시오. 나는 댁이 생각하는 그런 사람이 아니오. 리폼 클럽이 고용한 탐정이 아니라…."

"흥!"

파스파르투는 그를 놀리듯 바라보며 코웃음을 쳤다.

"나는 런던 경찰에서 파견한 형사요."

"당신이… 형사라니!"

"그래요, 증거도 있소. 이게 내 신분증이오."

픽스 형사는 지갑에서 런던 경찰청장 서명이 들어 있는 신분증을 꺼내 보여주었다. 파스파르투는 깜짝 놀라서 아무 말도 못하고 픽스를 쳐다보았다.

"포그 씨의 내기는 허울에 지나지 않소. 당신이나 리폼 클럽 사람들이나 다 속고 있는 거요. 당신이 아무것도 모른 채 협력을 하는 편이 포그 씨에게는 더 이로웠으니까."

"하지만, 왜?"

파스파르투가 절규했다.

"들어보시오. 지난 9월 28일, 영국은행이 5만 5000파운드를 도난당했습니다. 범인의 인상착의가 나왔는데 바로 다음과 같소. 포그 씨와 인상착의가 조목조목 일치하지요."

"그럴 수가! 우리 주인 나리는 세상에서 제일 정직한 분인데!"

파스파르투가 다부진 주먹으로 탁자를 쾅 소리 나게 내리쳤다.

"그걸 어떻게 압니까? 당신은 포그 씨를 잘 알지도 못하잖소? 하인으로 채용된 바로 그날 여행을 시작했고, 그 사람은 말 같지도 않은 이유로 짐도 꾸리지 않고 돈다발만 들고 출발을 했지요? 그런데도 당신은 그가 정직한 사람이라고 두둔합니까?"

"그래요! 그래요!"

가엾은 젊은이는 기계적으로 이 말만 되풀이했다.

"당신도 공범으로 체포되고 싶소?"

파스파르투는 두 손으로 머리를 감쌌다. 이제 뭐가 뭔지 알 수 없었다. 형사의 얼굴을 감히 바라볼 수가 없었다. 필리어스 포그가 도둑이라고? 아우다 부인을 구해준 너그럽고 용감한 그분이? 그렇지만 포그 씨에게 불리한 정황이 한두 가지가 아니긴 했다! 파스파르투는 머릿속에 파고드는 의심을 떨치려 애썼다. 자기 주인이 그런 죄를 지었다고는 도저히 믿어지지 않았다.

"그럼, 나한테 원하는 게 뭡니까?"

파스파르투는 간신히 마음을 다잡으면서 형사에게 물었다.

"이렇게 합시다. 내가 포그를 뒤쫓아 여기까지 왔는데, 런던에

요청한 체포영장이 아직 도착하지 않았다 이거요. 그러니 포그 씨를 홍콩에 붙들어놓을 수 있게 날 좀 도와주시오."

"내가! 내가…."

"나를 도와주면 사례금 2000파운드를 받아서 당신과 나눠 갖겠소."

"절대 못해요!"

파스파르투는 이렇게 외치며 자리를 박차고 일어나려 했지만 정신이 몽롱하고 기운이 빠져 도로 주저앉았다.

"픽스 씨, 당신 말이 전부 사실이라고 해도… 그러니까 우리 주인이 당신이 찾는 도둑이라고 해도… 그럴 리는 없지만… 내가 예전이나 지금이나 그분 하인이라는 사실은 변하지 않습니다…. 내가 본 주인 나리는 선하고 너그러운 사람입니다…. 그런데 나보고 배신을 하라니…. 절대 못해요…. 세상의 금을 다 안겨준대도 못합니다…. 우리 고향에선 굶으면 굶었지 그렇게 번 돈으로는 못 삽니다…!"

"거절하는 거요?"

"거절합니다."

"그럼 내가 아무 말 안 했다 치고 술이나 마십시다."

"그래요, 마십시다!"

파스파르투는 점점 취기가 올라왔다. 픽스는 어떻게 해서든 그를 주인과 떼어놓아야 했기에 완전히 곯아떨어지게 만들려고 했다. 마침 탁자 위에 아편을 채운 담뱃대들이 널려 있었다. 픽스가 파스파르투의 손에 슬쩍 담뱃대를 쥐어주자 파스파르투는 무심코 그것을 입에 물고 불을 붙여 몇 모금을 빨았다. 그러고는 약 기운에 취해 머리를 가누지 못하고 픽 쓰러졌다.

픽스는 쓰러진 파스파르투를 보고 말했다.

"이제 포그 씨는 카르나티크호의 출항이 앞당겨졌다는 사실을 알 도리가 없겠군. 설령 그 배를 타고 떠난다 해도 이 빌어먹을 프랑스 놈을 데려가지 못할걸!"

그는 술값을 치르고 밖으로 나갔다.

20

픽스가 필리어스 포그와 직접 만나다

포그 씨는 자신의 미래를 위태롭게 할 수도 있는 일이 일어나는 동안 아우다 부인과 함께 홍콩의 거리를 거닐었다. 아우다 부인이 유럽에 데려다주겠다는 그의 제의를 받아들인 이상, 장거리 여행에 필요한 세세한 것들을 다 생각해두어야 했다. 영국 남자라면 가방 하나 달랑 들고도 세계 여행을 할 수 있지만 여성은 그런 식으로 긴 여행을 할 수가 없다. 그래서 여행에 필요한 옷가지와 물품을 구비해야 했다. 포그 씨는 평소처럼 침착하게 일을 처리했다. 아우다 부인이 그러한 배려에 난감해하면서 미안하다거나 괜찮다고 거절을 하면 그는 이렇게 말했다.

"내 여행을 잘하자고 하는 일입니다. 다 예정에 있었습니다."

물건을 다 사고서 포그 씨와 젊은 부인은 호텔에 돌아와 잘 차려진 저녁을 먹었다. 식사를 마치고 아우다 부인은 조금 피곤했던 터라 언제나 흔들림 없는 은인과 '영국식' 악수를 나누고 자기 방으로 올라갔다.

훌륭한 신사는《타임스》와《일러스트레이티드 런던 뉴스》를 읽으면서 저녁 시간을 보냈다.

그가 잘 놀라는 사람이었다면 잠잘 시간이 되도록 하인이 코빼기도 보이지 않는 일을 그냥 넘기지 않았을 것이다. 하지만 요코하마행 배가 다음 날 아침에 출발하는 걸로 알고 있던 그는 그리 신경을 쓰지 않았다. 다음 날 포그 씨가 벨을 눌렀는데도 파스파르투는 나타나지 않았다.

하인이 호텔에 돌아오지 않은 것을 알고 이 훌륭한 신사가 무슨 생각을 했는지는 아무도 모른다. 포그 씨는 그저 가방을 들고, 아우다 부인에게 전갈을 보내고, 가마를 불러오게 했다.

그때가 8시였다. 카르나티크호가 출발할 수 있는 만조는 오전 9시 30분경이라고 했다.

가마가 호텔 앞에 도착하자 포그 씨와 아우다 부인은 그 안에 탔고, 여행 가방들은 수레에 실려 그 뒤를 따라왔다.

30분 후, 두 사람은 부두에 내렸다. 거기서 포그 씨는 비로소 카르나티크호가 전날 출발했다는 사실을 알았다.

부두에 가면 배와 하인을 다 찾을 수 있을 줄 알았는데, 어느 쪽도 찾지 못한 것이다. 하지만 포그 씨는 낙담하는 기색이 없었다. 아우다 부인이 걱정스러운 표정으로 바라보자 그는 이렇게만 대답했다.

"사소한 일입니다. 별것 아니에요."

그때, 포그 씨를 유심히 지켜보고 있던 인물이 다가왔다. 픽스 형사였다. 형사는 그에게 인사를 했다.

"저처럼 어제 랑군호를 타고 오신 분이지요?"

"그렇습니다. 하지만 제가 아는 분인지⋯."

포그 씨가 쌀쌀맞게 대꾸했다.

"실례했습니다. 여기 오면 선생님 하인을 만날 수 있을 줄 알았습니다."

"그 사람이 어디 있는지 아세요?"

아우다 부인이 다급하게 물었다.

"무슨 말씀이세요? 같이 계시지 않았습니까?"

픽스는 놀라는 척했다.

"아뇨, 어제부터 보이지 않아요. 설마 혼자 카르나티크호에 탔을까요?"

아우다 부인이 말했다.

"혼자? 이런 걸 여쭤봐서 죄송합니다만, 그 배에 탈 예정이셨습니까?"

"네."

"저도 마찬가지였던 터라 황망하기 짝이 없네요, 부인. 카르나티크호가 수리를 마치고는 알리지도 않고 열두 시간 먼저 홍콩을 떠났지 뭡니까. 다음 배편은 일주일 후에나 있다고요!"

픽스는 '일주일'이라는 단어를 발음하면서 너무 좋아 심장이 벌렁거렸다. 일주일! 포그를 홍콩에 일주일이나 붙잡아놓을 수 있다! 그사이에 체포영장이 도착할 것이다. 마침내 행운의 여신이 법의 대리인에게 미소를 보내려나 보다.

그러나 필리어스 포그가 침착한 목소리로 대꾸하는 말을 듣고서 픽스 형사는 아마 한 방 맞은 기분이 들었을 것이다.

"하지만 홍콩항에 배가 카르나티크호만 있는 것 같지는 않군요."

포그 씨는 그 말을 남기고 아우다 부인에게 자기 팔을 내민 후 출발하는 배를 찾으러 독 쪽으로 갔다.

픽스가 얼떨떨한 채 그들을 따라갔다. 마치 포그 씨와 실로 연결된 것 같았다.

그러나 그때까지 도움을 주던 행운의 여신이 포그 씨를 영영 저버린 듯했다. 포그 씨는 요코하마까지 가는 배를 빌리겠다며 세 시간 동안 부두를 돌아다녔다. 그러나 짐을 싣거나 내리는 배들만 있고 출항하는 배는 없었다. 픽스는 다시 희망을 품기 시작했다.

그렇지만 포그 씨는 실망하지 않고 마카오까지 가서라도 배를 찾으려고 했다. 그때 외항에 있던 선원 한 명이 그에게 다가왔다.

"나리, 혹시 배를 찾으십니까?"

선원이 모자를 벗으면서 말했다.

"당장 출발할 수 있는 배가 있습니까?"

"네, 나리, 수로 안내선 43호가 있습니다. 성능이 아주 좋은 배입니다."

"속도는 잘 납니까?"

"정확하게는 시속 13~14킬로미터입니다. 한번 보시겠습니까?"

"그럽시다."

"나리도 만족하실 겁니다. 바다 구경을 하시려고요?"

"아뇨, 여행을 할 겁니다."

"여행?"

"요코하마까지 데려다줄 수 있습니까?"

이 말을 듣고 선원은 눈을 번쩍 뜨면서 두 팔을 축 늘어뜨렸다.

"나리, 농담이시지요?"

"아뇨! 카르나티크호를 놓쳤는데, 아무리 늦어도 14일에는 요코하마에 도착해야 샌프란시스코행 배를 탈 수 있습니다."

"죄송합니다만, 그건 불가능합니다."

"하루에 100파운드 내겠습니다. 제때 도착하게만 해주면 사례금으로 200파운드를 더 내겠습니다."

"진담이십니까?"

"대단히 진담입니다만."

선원은 잠시 물러났다. 바다를 물끄러미 응시하는 걸 봐서는, 큰돈을 벌고 싶은 욕심과 먼 곳까지 모험을 감수해야 하는 두려움 사이에서 갈팡질팡하는 듯했다. 픽스는 불안해 죽을 지경이었다.

그동안 포그 씨는 아우다 부인을 돌아보았다.

"두렵지 않으십니까?"

"포그 씨와 함께니까 괜찮아요."

선원이 다시 신사에게 다가와서 두 손으로 모자를 빙글빙글 돌렸다.

"그래, 어떻습니까?"

"글쎄요, 나리. 저와 제 선원들, 그리고 두 분의 목숨까지 위험에 빠뜨릴 순 없습니다. 20톤도 안 되는 배로, 연중 가장 사정이 좋지 않은 이 시기에 그렇게 멀리 갈 수는 없습니다. 게다가 절대 제시간에 못 맞춥니다. 홍콩에서 요코하마까지는 2655킬로미터나 떨어져 있어요."

"2575킬로미터밖에 안 됩니다."

"그게 그거지요."

픽스가 안도의 한숨을 내쉬었다.

"하지만 다른 방법을 써볼 수 있습니다."

선원이 이 말을 덧붙였다.

픽스는 다시 숨을 멈추었다.

"어떤 방법?"

"일본 남단 나가사키까지는 1770킬로미터, 중국 상하이까지는 1287킬로미터만 가면 됩니다. 상하이 같은 경우는 중국 연안에서 멀지 않고 물살도 북쪽으로 흐르기 때문에 가기가 훨씬 더 좋습니다."

"나는 미국행 배를 타려고 요코하마에 가는 겁니다. 나가사키나 상하이에는 볼일이 없습니다."

"왜요? 샌프란시스코행 배의 출발지는 요코하마가 아닙니다. 요코하마와 나가사키는 기항지이고, 원래 출발은 상하이에서 하는 거예요."

"지금 그 말, 확실합니까?"

"확실합니다."

"그렇다면 배가 언제 상하이에서 출발합니까?"

"11일 저녁 7시, 그러니까 나흘 뒤네요. 나흘이면 96시간, 평균 시속 13킬로미터로 달리면 상하이까지 1287킬로미터니까 도착할 수 있습니다. 운이 좋아 동남풍이 불어주고 바다가 잔잔하다면요."

"그럼 떠날 수 있겠습니까?"

"한 시간 후에요. 식량도 사고 출항 준비도 해야 합니다."

"그럽시다…. 당신이 배 주인입니까?"

"네, 존 번스비라고 합니다. 탕카데르호 선주입니다."

"선금을 원합니까?"

"나리가 주실 수 있다면요."

"그럼, 일단 200파운드를 내겠습니다."

포그 씨는 픽스를 돌아보면서 덧붙였다.

"혹시 원하신다면 함께 타시지요."

픽스도 마음을 정했다.

"그러잖아도 부탁드리고 싶었습니다, 선생님."

"좋습니다, 그럼 30분 뒤에 배에서 봅시다."

"하지만 그 딱한 젊은이는 어떡하죠…."

파스파르투가 없어진 것을 무척 걱정하고 있던 아우다 부인이 말했다.

"그 친구를 위해 내가 할 수 있는 일은 다 할 겁니다."

포그가 대꾸했다.

픽스가 초조하고 불안해하며 흥분한 상태로 수로 안내선으로 걸어가는 동안 포그 씨와 아우다 부인은 홍콩 경찰서로 갔다. 경찰서에서 필리어스 포그는 파스파르투의 인상착의서를 작성하고 그가 본국으로 돌아오기에 충분한 금액을 맡겼다. 프랑스 영사관에 가서도 같은 조치를 취했다. 그 후 두 사람은 가마를 타고 호텔에 돌아와 짐을 찾아서 외항으로 갔다.

오후 3시가 되었다. 수로 안내선 43호의 선원들은 식량과 식수를 싣고 출항 준비를 마쳤다.

탕카데르호는 20톤 규모의 예쁘고 아담한 스쿠너였다. 뱃머리가 뾰족해서 날렵해 보이거니와 물에서도 아주 잘 나갔다. 그 배는 경주용 요트와 흡사했다. 반짝이는 구리 부품, 전기도금한 철제 부품, 상아처럼 새하얀 갑판은 선주 존 번스비가 선박 관리에 얼마나 힘쓰는지 보여주었다. 쌍돛대는 약간 기울어져 있었다. 스쿠너에는 뒤돛, 앞돛, 뱃머리의 삼각돛, 위돛이 다 갖추어져 있었고, 뒤에서 부는 바람을 받을 수 있도록 앞돛대 아래 가로돛도 있었다. 속도를 잘 낼 수 있는 배가 틀림없었고, 실제로 수로 안내선 '대회'에서 여러 번 상을 탄 경력도 있었다.

탕카데르호의 선원은 선주인 존 번스비 외에도 네 명이 더 있었다. 모두 배를 항구로 안내하는 일을 하면서 산전수전 다 겪은 대담한 뱃사람들이었고, 이 지역의 바다를 훤히 알았다. 존 번스비는 마흔다섯 살의 건장한 사내였다. 햇볕에 그을린 살갗, 날카로운 눈빛, 기운차 보이는 얼굴, 떡 벌어진 체격, 훌륭한 수완을 갖춘 이 사내는 겁 많은 사람들의 눈에도 더없이 믿음직해 보였다.

필리어스 포그와 아우다 부인이 배에 탔다. 픽스는 이미 배에 타고 있었다. 고물(배의 뒤쪽 부분) 쪽 승강구로 내려가면 네모난 선실이 나왔다. 선실의 내벽은 액자처럼 패어 있고 그 위에 원형 침상이 놓여 있었다. 그리고 흔들리는 램프가 선실 한복판에 있는 탁자를 비추고 있었다. 방은 작지만 깔끔했다.

"더 좋은 방을 드리지 못해 죄송합니다."

포그 씨가 이렇게 말하자 픽스는 말없이 목례를 했다.

형사는 포그 씨에게 신세를 지게 되자 일종의 굴욕감을 느꼈다.

'확실히, 예의는 깍듯한 악당이로구먼. 그래 봤자 악당이지만!'

3시 10분에 돛이 올라갔다. 영국 국기가 활대에서 나부꼈다. 승객들은 갑판 위에 앉았다. 포그 씨와 아우다 부인은 파스파르투가 혹시 나타나지 않을까 해서 마지막으로 부두를 살폈다.

픽스는 걱정이 되지 않을 수 없었다. 자신에게 부당하게 이용당한 그 운 나쁜 젊은이가 이곳에 나타나지 말라는 법은 없었다. 만약 사건의 전말이 밝혀진다면 픽스 형사는 아주 불리한 입장에 처하고 말 터였다. 하지만 프랑스 사내는 끝내 나타나지 않았다. 아직도 마약에 취해 정신을 못 차리는 모양이었다.

드디어 선주 존 번스비가 먼 바다로 배를 몰고 나갔다. 탕카데르호는 뒤돛, 앞돛, 뱃머리의 삼각돛까지 바람을 받으며 물살을 가르고 나아갔다.

21

탕카데르호의 선주가
200파운드의 사례금을 잃을 뻔하다

20톤짜리 배로 1287킬로미터를, 더구나 연중 가장 사정이 좋지 않은 이 시기에 항해하는 것은 상당한 모험이었다. 중국 주변의 바다는 원래도 거친 편인데, 특히 춘분과 추분 무렵에는 바람이 사납게 불었다. 때는 아직 11월 초였다.

승객들을 요코하마까지 데려간다면 일당으로 보수를 받기로 했으니 선주에게 두둑한 돈벌이가 될 터였다. 하지만 바다와 배 사정을 생각하면 이러한 조건에서 그러한 항해는 무모한 도전일 수도 있었다. 실은 상하이까지 가는 것만도 보통 일은 아니었다. 하지만 존 번스비는 갈매기처럼 파도를 타고 나아가는 탕카데르호를 믿었고, 아마 그의 생각에도 일리는 있을 것이다.

출발일에는 늦은 오후 내내 홍콩의 변덕스러운 물길을 지나갔다. 탕카데르호는 순풍과 역풍을 막론하고 모든 바람을 교묘히 이용해 최대한 빠르게 나아갔다.

"전속력을 내달라고 굳이 말할 필요도 없겠군요."

배가 육지에서 제법 먼 바다까지 나오자 필리어스 포그가 말했다.

"나리는 저만 믿으시면 됩니다. 돛은 바람을 최대한 잘 받게 쳐두었습니다. 위돛은 쳐봐야 도움도 안 되고 되레 속력을 떨어뜨리기만 하지요."

"그건 당신 소관이지 내 소관이 아닙니다. 전적으로 당신을 믿고 가겠습니다."

필리어스 포그는 몸을 꼿꼿하게 펴고 두 다리로 떡 버티고 서서 파도가 거칠게 일어나는 바다를 뱃사람처럼 말없이 바라보았다. 고물에 앉아 있던 젊은 여인은 어스름이 깔리기 시작한 바다를 바라보면서 이토록 약한 배 한 척으로 모험에 나섰다는 생각에 감동했다. 머리 위로 펄럭이는 흰 돛들이 마치 그녀를 공중으로 데려가는 커다란 날개 같았다. 스쿠너가 바람을 타고 하늘을 날아가는 듯했다.

밤이 왔다. 상현달이 되어가는 무렵, 희미한 달빛은 수평선의 안개 속으로 사라지려 했다. 구름이 동쪽에서 밀려와 이미 하늘의 일부를 뒤덮고 있었다.

선장이 위치 표시등을 켰다. 육지가 가까워 선박 이동이 많은 구간에서는 반드시 이 등을 켜야 했다. 배가 충돌하는 일이 드물지 않았고, 이렇게 속도를 내는 중에 충돌 사고가 일어난다면 배는 작은 충격에도 부서지고 말 터였다.

픽스는 뱃머리에서 생각에 잠겨 있었다. 포그 씨가 말이 별로 없다는 것을 알고 있었으므로 그는 멀찍이 떨어져 있었다. 포그 씨에게 신세를 졌기 때문에 그다지 대화를 나누고 싶은 마음도 없었다.

픽스는 앞일도 생각했다. 포그 씨는 분명히 요코하마에 머물지 않고 바로 샌프란시스코행 배를 탈 것이다. 땅덩이가 넓은 미국에서야 얼마든지 처벌을 피해 살 수 있으니까. 필리어스 포그의 계획은 더없이 단순해 보였다.

이 작자는 여느 평범한 악당처럼 영국에서 미국으로 직접 도주하는 대신 지구 둘레의 4분의 3이나 되는 먼 길을 돌아가는 방법으로 좀 더 안전하게 미 대륙에 진입하려 했다. 경찰의 추적을 따돌리고 나서 은행에서 훔친 거액을 마음 놓고 쓰려는 것이다. 하지만 미국 땅에 도착해버리면 픽스가 무슨 일을 할 수 있나? 저 인간을 포기해야 하나? 아니, 천만의 말씀! 범죄 인도증을 받기 전까지는 악착같이 따라다닐 테다. 그것이 그의 의무였고, 그는 의무를 끝까지 다할 것이다. 아무튼 이 상황은 나쁘지 않았다. 파스파르투가 제 주인과 떨어져 있지 않은가. 픽스가 모든 것을 털어놓은 마당이니 하인과 주인이 다시는 만나지 않는 것이 중요했다.

필리어스 포그 역시 희한하게 종적을 감춘 하인을 생각하고 있었다. 곰곰이 생각해보니 뭔가 중간에 오해가 생겨서 그 젊은이가 카르나티크호를 막바지에 탄 것은 아닐까 싶었다. 아우다 부인도 같은 생각이었다. 부인은 그 충직한 하인에게 큰 신세를 진 만큼 그의 실종을 마음 깊이 슬퍼했다. 어쩌면 그를 요코하마에서 만날 수 있을지도 모른다. 그가 정말로 카르나티크호를 탔다면 그곳에서 쉽게 알아볼 수 있을 것이다.

10시 즈음부터 바람이 일기 시작했다. 돛을 내리는 편이 나았을지도 모른다. 그러나 선장은 하늘을 살피고는 돛을 그대로 펼쳐두었다. 탕카데르호는 홀수가 꽤 깊어서 돛을 잘 지탱할 수 있거니와 돌풍이 불면 언제든지 돛을 내릴 준비가 되어 있었다.

자정에 필리어스 포그와 아우다 부인은 선실로 내려갔다. 픽스는 이미 침상 하나를 차지하고 누워 있었다. 선장과 다른 선원들은 밤새 갑판에 남아 있었다.

이튿날인 11월 8일 동틀 녘까지 스쿠너는 160킬로미터 이상을 달렸다. 속도측정기를 여러 번 바다에 던져 살펴보니 평균 시속이 13~14킬로미터는 되었다. 탕카데르호는 모든 돛을 펼치고 순풍을 받으며 나아갔기 때문에 최고 속도를 낼 수 있었다. 바람이 이런 식으로만 불어주면 시간을 맞출 수 있을 것 같았다.

탕카데르호는 온종일 해안에서 그리 멀리 떨어지지 않도록 거리를 유지했다. 연안 해류를 타면 항해가 더 쉬웠기 때문이다. 해안에서 벗어난다 해도 8킬로미터를 넘지 않았다. 불규칙한 해안선이 이따금 비치는 햇살에 모습을 드러냈다. 육지에서 바람이 불어왔고, 바다는 상대적으로 잔잔했다. 스쿠너가 항해하기에는 좋은 상황이었다. 중량이 크지 않은 선박들은 높은 파도를 만나면 속도가 떨어졌다. 선원들 표현을 빌리자면 '배를 죽이는' 상황이다.

정오가 되자 바람이 조금 가라앉으면서 동남풍으로 바뀌었다. 선장은 위돛을 펼쳤다가 두 시간 후 바람이 다시 거세지자 도로 내리게 했다.

포그 씨와 젊은 여인은 다행히 멀미에 시달리지 않아서 선원용 통조림과 건빵을 맛있게 먹어 치웠다. 픽스는 함께 먹자는 그들의 권유를 받아들일 수밖에 없었다. 배의 안전을 위해 바닥짐을 실어야 하듯 위장의 바닥도 채울 필요가 있었지만, 분통이 터지는 것은 어쩔 수 없었다! 이 작자 덕에 여행을 하고 이 작자의 식량을 나눠 먹다니, 떳떳지 못한 기분이 들었다. 그래서 깨작거리기는 했지만 먹은 것은 먹은 것이다.

그렇지만 식사가 끝나자 픽스는 포그 씨를 따로 불러 얘기를 해야겠다고 생각했다.

"선생님….."

입이 찢어져도 도둑놈을 '선생님'이라고 부르고 싶지는 않았다. 그는 이 '선생님'의 멱살을 잡고 싶었지만 꾹 참았다.

"선생님, 배에 태워주셔서 얼마나 감사한지 모르겠습니다. 제가 선생님만큼 너그럽게 성의를 표할 수는 없습니다만, 적어도 제 몫의 운임은 지불하고 싶은데….."

"그 얘기는 하지 맙시다."

"하지만 저로서는….."

"아닙니다. 당신을 태우든 말든 비용은 그대로였습니다."

포그 씨는 대꾸를 허용하지 않는 말투로 이렇게 말했다.

픽스는 고개를 숙였고, 숨이 막힐 것 같은 기분을 느꼈다. 그는 뱃머리 쪽에 가서 드러눕고는 온종일 한마디도 하지 않았다.

그동안에도 배는 빠르게 나아갔다. 존 번스비는 희망에 부풀었다. 포그 씨에게도 제시간에 상하이에 갈 수 있겠다고 몇 번이나 말했다. 포그 씨는 기대하겠노라고만 대꾸했다. 작은 스쿠너의 선원들 모두 열심을 냈다. 이 선량한 사내들의 마음은 온통 사례금에 가 있었다. 그러니 정성껏 팽팽하게 묶지 않은 돛줄 하나가 있을쏘냐! 탄탄하게 펼치지 않은 돛 하나가 있을쏘냐! 키잡이의 실수로 진로를 조금이라도 변경하는 일이 있을쏘냐! 로열 요트 클럽 대회에 나간들 이보다 더 일사불란하게 배를 조종하지는 못할 것이다.

저녁에 선장이 속도계를 검침하고 홍콩에서부터 350킬로미터를 왔다고 확인해주었다. 필리어스 포그가 요코하마에 도착해서 일정표에 지연 시간을 기록할 일은 없을 것 같았다. 런던을 떠난 후 처음 경험했을 불상사가 어쩌면 지장을 초래하지 않을지도 몰랐다.

밤을 보내고 새벽녘이 다 되어 탕카데르호는 포르모사와 중국 연안 사이 푸젠해협으로 들어가 북회귀선을 넘었다.[36] 이 해협은 역류들이 맞부딪쳐 소용돌이가 자주 발생하는 난코스였다. 스쿠너는 심하게 흔들렸다. 짧은 파도가 연신 몰아치는 바람에 배는 추진력을 잃었다. 갑판에 서 있는 것조차 몹시 힘들어졌다.

해가 뜨자 바람은 더욱 거세졌다. 하늘에는 강풍이 몰아칠 조짐이 보였다. 기압계도 날씨의 격변을 예고했다. 기압계는 오전부터 불규칙한 움직임을 보였고, 수은주는 변덕스럽게 오르내렸다. '폭풍의 냄새가 나는' 큰 파도가 동남쪽에서 몰려오고 있었다. 전날의 석양도 붉은 안개에 휩싸여 반짝이는 바닷속으로 저물긴 했다.

선장은 한참 동안 불길한 하늘을 바라보더니 이를 악물고 알아들을 수 없는 소리를 중얼거렸다. 그러다 어느 순간, 포그 씨 옆에 서서 목소리를 낮추어 말했다.

"그냥 다 말씀드려도 되겠습니까?"

"다 말해보십시오."

필리어스 포그가 대답했다.

---

36 포르투갈어로 '아름다운 섬'이란 뜻의 '포르모사Formosa'는 지금의 타이완이다. 푸젠해협은 공식 명칭이 아니라 타이완해협에서 푸젠성과 가까운 쪽을 가리키는 듯 보인다.

"강풍을 만날 것 같습니다."

"북풍입니까, 남풍입니까?"

포그 씨는 그것만 물었다.

"남풍입니다. 보세요, 태풍이 몰려오고 있습니다!"

"남풍이면 그대로 갑시다. 바람이 배를 밀어줄 테니까요."

"그렇게 하시겠다면 저는 더 드릴 말씀 없습니다!"

존 번스비의 예감은 틀리지 않았다. 이렇게 늦은 계절이 아니었다면 유명 기상학자의 말마따나 태풍이 빛나는 전기불꽃의 폭포처럼 가라앉았겠지만, 겨울이 다가오는 지금은 맹렬하게 몰아칠 위험이 있었다.

선장은 필요한 조치를 취했다. 스쿠너의 돛을 다 접었고, 활대도 갑판으로 내렸다. 아래 돛대에 연결하는 중간 돛대를 잡아 뺐다. 아래 활대도 집어넣었다. 승강구 덮개도 꼭꼭 닫았다. 그러자 물 한 방울 샐 틈이 없었다. 폭풍우가 불 때 사용하는 삼각돛 하나만 뒷바람을 받기 위해 뱃머리의 위돛 대신 달았다. 그러고는 기다렸다.

존 번스비는 승객들에게 선실로 내려가라고 했다. 하지만 선실은 좁고 공기도 탁하고 파도에 많이 흔들리기 때문에 머물러 있을 만한 곳이 못 되었다. 포그 씨도, 아우다 부인도, 픽스조차도 갑판에서 떠나려 하지 않았다.

저녁 8시경, 거센 비바람이 배를 덮쳤다. 삼각돛 하나만 달랑 달아놓은 탕카데르호가 깃털처럼 가볍게 들렸다. 폭풍이 되어 몰아치는 바람은 정확히 뭐라 형언할 수 없을 것이다. 풍속이 전속력으로 달리는 기관차보다 네 배 빠르다는 말로도 그 실상을 전달하기는 턱없이 부족하다.

배는 온종일 괴물 같은 파도에 시달리면서 북쪽으로 나아갔다. 다행히 배의 속도가 파도의 속도와 비슷하게 유지되었다. 집채만 한 파도가 선박을 뒤에서부터 삼켜버릴 뻔한 적이 수없이 많았지만, 선장은 능숙하게 키를 돌려 재난을 면했다. 승객들은 이따금 물벼락을 뒤집어썼지만 초연하게 받아들였다. 픽스는 속으로 욕을 퍼부었겠지만 용감한 아우다 부인은 존경스러울 만큼 침착하기 그지없는 길동무에게서 눈을 떼지 못한 채 그 길동무 못지않게 의연히 태풍을 견뎌냈다. 한편 필리어스 포그에게는 태풍도 여행 계획의 일부인 것 같았다.

탕카데르호는 계속 북진했지만, 저녁이 되자 우려한 대로 바람의 방향이 나침반으로 3포인트 돌아가 북서풍이 되었다. 스쿠너는 옆구리에 파도를 맞고 심하게 요동쳤다. 배의 모든 부분이 얼마나 탄탄하게 연결되어 있는지 모르는 사람이라면 극심한 공포를 느꼈을 것이다.

어둠이 깊어지면서 폭풍우는 더욱 맹렬해졌다. 어둠과 폭풍이 힘을 합치자 존 번스비마저 심히 불안해졌다. 어느 항구로든 피난해야 할 때가 아닌가 싶어 선원들의 의견도 물었다.

존 번스비는 의논을 마치고 나서 포그 씨에게 다가갔다.

"나리, 제 생각에는 어느 항구라도 들어가야 할 것 같습니다."

"나도 그렇게 생각합니다."

"아! 그럼 어디로 갈까요?"

"내가 아는 항구는 하나뿐이오."

포그 씨가 침착하게 말했다.

"어느 항구를…."

"상하이."

선장은 처음에는 이 말의 의미를, 이 말에 어린 고집과 집념을 잠시 이해하지 못했다. 그러다 이내 큰 소리로 말했다.

"네, 맞습니다! 나리 말씀이 옳아요. 상하이로 갑시다!"

그리하여 탕카데르호는 북진을 고수했다.

무시무시한 밤이었다! 작은 스쿠너가 뒤집히지 않은 것이 기적이었다. 두 번 위기가 있었는데, 만약 밧줄이 없었다면 모든 것이 파도에 휩쓸려갔을 것이다. 아우다 부인은 녹초가 되었지만 불평한마디 하지 않았다. 포그 씨는 몇 번이나 맹렬한 파도에서 그녀를 보호하기 위해 달려가곤 했다.

날이 다시 밝았다. 태풍은 여전히 미쳐 날뛰었다. 하지만 바람이 다시 동남풍으로 바뀌었다. 항해에는 기분 좋은 변화였다. 바람의 방향이 바뀌면서 일어나는 파도와 기존의 파도가 부딪쳐 드높이 일어났다. 탕카데르호는 그 사나운 파도를 헤치고 나아갔다. 배가 작기는 해도 워낙 튼튼했기에 망정이지, 그렇지 않았으면 서로 다른 방향의 파도 사이에 끼여 부서지고 말았을 것이다.

이따금 안개의 틈새로 해안이 보였지만 배는 한 척도 보이지 않았다. 바다에 떠 있는 배는 탕카데르호뿐이었다.

정오 무렵 태풍이 진정될 기미가 보였다. 해가 수평선으로 뉘엿뉘엿 기울기 시작하면서 그러한 기미가 더욱 확실해졌다.

태풍이 워낙 기세가 강했기 때문에 그나마 확 몰아치고 간 것이다. 기진맥진한 승객들은 그제야 뭐라도 조금 먹고 휴식을 취할 수 있었다.

그 밤은 비교적 평온했다. 선장은 다시 돛을 낮게나마 올렸다. 배는 여전히 속도를 잘 내고 있었다. 이튿날인 11일 새벽에는 해안이 보였다. 존 번스비는 상하이까지 160킬로미터도 남지 않았음을 확인했다.

160킬로미터밖에 안 남았다지만 주어진 시간도 그날 하루뿐이었다! 요코하마행 배를 타려면 저녁까지 상하이에 도착해야 했다. 태풍으로 몇 시간 손해를 보지 않았다면 지금쯤 상하이는 48킬로미터도 남지 않았을 것이다.

바람은 눈에 띄게 가라앉았고, 다행히 바다도 그만큼 잠잠해졌다. 스쿠너의 돛이란 돛은 다 펼쳤다. 위돛, 옆돛, 삼각돛이 전부 바람을 받았고, 뱃머리 아래 바다는 흰 거품을 일으키며 갈라졌다.

정오가 되자 상하이까지 72킬로미터가 남았다. 요코하마행 배가 출항하기 전까지는 6시간이 남아 있었다.

배에 탄 사람들은 두려움에 사로잡혔다. 다들 무슨 수를 써서라도 제시간에 도착하기를 바랐다. 필리어스 포그만 빼고, 다들 초조해서 심장이 두근거렸다. 이 작은 스쿠너는 평균 시속 14킬로미터를 유지해야 했건만, 바람이 계속 힘이 빠지고 있었다! 불규칙한 바람, 변덕스러운 돌풍이 해안에서부터 불어오곤 했다. 그러다 바람이 지나가면 바다는 또 주름이 펴지듯 잔잔해졌다.

하지만 배가 워낙 가볍고 올이 촘촘한 돛을 높이 올려 산들바람까지 허투루 보내지 않고 받아낸 덕분에 저녁 6시에 존 번스비는 상하이 연안까지 16킬로미터를 남겨두었다고 계산했다. 그 도시는 하구에서 19킬로미터 거슬러 올라간 지점에 있었다.

7시가 되었지만 상하이까지는 여전히 5킬로미터가 남아 있었다. 선장의 입에서 심한 욕이 튀어나왔다. 사례금 200파운드가 날아갈 판국이었다. 그는 포그 씨를 바라보았다. 신사는 태연해 보였다. 전 재산이 날아갈 위험에 처했는데도….

바로 그때, 검은색의 방추형 물체가 연기를 휘날리며 바다 위에 나타났다. 예정된 시각에 항구에서 출발하는 미국 배였다.

"제길!"

존 번스비가 필사적으로 키를 밀면서 소리쳤다.

"신호탄!"

필리어스 포그는 그렇게만 말했다.

탕카데르호의 앞 갑판에는 작은 청동 대포가 놓여 있었다. 안개가 심할 때 신호탄을 쏘는 대포였다.

당장 대포에 화약을 채워넣었다. 선주가 활활 타는 석탄으로 불을 붙이려는 순간, 포그 씨가 말했다.

"깃발을 반기半旗로."

깃발이 돛대 중간까지 내려왔다. 반기는 조난신호였다. 미국 여객선이 이 신호를 보고 탕카데르호를 구조하러 와주기를 기대한 것이다.

"발사!"

포그 씨가 말했다.

작은 청동 대포의 포성이 하늘에 울려 퍼졌다.

22

파스파르투가 지구 반대편에서도
돈을 좀 소지하고 있는 편이 좋다고 깨닫다

카르나티크호는 11월 7일 오후 6시 반에 홍콩을 떠나 일본을 향해 전속력으로 달렸다. 배는 화물과 승객으로 꽉 찼다. 고물 쪽 선실두 개만 비어 있었다. 필리어스 포그 이름으로 예약된 방이었다.

이튿날 아침, 갑판 앞쪽에 있던 사람들은 눈에 초점이 없고 까치집 머리를 한 사내가 비틀거리며 걸어오는 것을 보고 질겁했다. 그 사내는 이등칸 계단에서 나타나 갑판에 쌓인 비품 더미를 털썩 깔고 앉았다.

그 승객은 다름 아닌 파스파르투였다. 그때까지의 일은 다음과 같았다.

픽스가 아편굴을 떠나고 나서 종업원 두 명이 곯아떨어진 파스파르투를 들어다가 아편쟁이들을 위한 침대에 눕혔다. 하지만 악몽 속에서도 머리를 떠나지 않는 한 가지 생각에 시달리던 파스파르투는 세 시간 뒤에 깨어나 약 기운과 싸웠다. 의무를 다하지 못했다는 생각이 그의 마비된 몸을 뒤흔들었다. 그는 아편굴 침대에서 일어나 벽을 짚고 비틀거리면서 그곳을 나왔다. 쓰러졌다 일어나기를 반복하면서도 일종의 저항할 수 없는 본능에 떠밀리는 사람처럼 발길을 옮겼고, 잠꼬대라도 하듯 "카르나티크호! 카르나티크호!"를 외쳤다.

카르나티크호는 연기를 날리며 막 출발할 태세였다. 파스파르투는 몇 걸음만 더 떼면 배에 도착할 수 있었다. 그는 배에 연결된 가교假橋로 몸을 날렸고, 탑승과 동시에 갑판에 쓰러져 정신을 잃었다. 바로 그 순간 카르나티크호는 닻을 올렸다.

이런 광경에 익숙한 선원들이 이 딱한 젊은이를 이등칸 선실까지 옮겨주었다. 다음 날에야 파스파르투는 중국 땅에서 240킬로미터나 떨어진 곳에서 잠을 깨고 일어났다.

이렇게 해서 그날 아침 파스파르투는 카르나티크호의 갑판에 올라와 시원한 바닷바람을 맞을 수 있었던 것이다. 맑은 공기에 정신이 들었다. 그는 생각을 정리하기 시작했지만 쉽지 않았다. 그러다 마침내 전날의 장면들, 픽스의 고백, 아편굴 등이 기억났다.

'어지간히 취했었나 봐! 포그 씨가 뭐라고 하겠어? 어쨌든 배는 놓치지 않았어. 그게 중요하지.'

그러고는 픽스를 생각했다.

'그 작자는 따돌렸나 보군. 하긴, 나한테 그런 말을 해놓고 감히 카르나티크호에 타지는 못하겠지. 자기가 우리 주인 나리를 뒤쫓는 형사라니! 주인 나리가 영국은행에서 돈을 훔쳤다니! 웃기고 있네! 포그 씨가 도둑이면 난 살인범이겠다!'

하지만 주인에게 그 이야기를 해야 할까? 픽스가 이 일에서 어떤 역할을 했는지 다 말해야 할까? 런던에 도착할 때까지 기다렸다가 런던 경찰청 형사가 주인을 따라 세계를 일주했다고 말하고 그냥 웃고 넘길까? 그게 나을 성싶었다. 어쨌든 잘 생각해보자. 일단은 주인 나리께 용서를 구하는 일이 먼저였다.

파스파르투는 일어났다. 파도가 거칠고 배는 흔들렸다. 건실한 젊은이는 아직도 다리가 후들거렸지만 간신히 뱃고물 쪽으로 이동했다.

하지만 갑판에서 주인이나 아우다 부인 같은 사람은 보이지 않았다.

'아우다 부인은 아직 주무실 테고, 주인 나리야 언제나 휘스트 상대를 찾아서….'

파스파르투는 그렇게 중얼거리면서 휴게실로 내려갔다. 그러나 포그 씨는 그곳에도 없었다. 이제 파스파르투가 할 수 있는 일은 사무장을 만나 포그 씨의 선실 위치를 물어보는 것뿐이었다. 하지만 사무장은 그런 이름의 손님은 모른다고 했다.

"죄송합니다만, 포그 씨는 키가 크고 침착하고 말수가 적은 신사분인데 젊은 부인을 동반하고 계실 겁니다."

파스파르투는 물러서지 않았다.

"승객 가운데 젊은 부인은 한 분도 없습니다. 승객 명단이 여기 있으니 확인해보시지요."

파스파르투는 명단을 살펴보았고…, 주인의 이름은 거기 없었다.

현기증이 일어나는 것 같았다. 잠시 후 어떤 생각이 뇌리를 스쳤다.

"아, 그래! 이 배가 카르나티크호 맞습니까?"

"그렇습니다."

"요코하마행?"

"맞습니다."

파스파르투는 잠깐이지만 자기가 배를 잘못 탄 줄 알았던 것이다. 하지만 자신은 카르나티크호에 있고 주인은 그 배에 타지 않은 것이 자명했다.

파스파르투는 안락의자에 털썩 주저앉았다. 벼락을 맞은 기분이었다. 그러다 불이 번쩍 들어오듯 모든 기억이 되살아났다. 카르나티크호의 출항 시각이 앞당겨져서 주인에게 알려야 했는데 그러지 못했다! 포그 씨와 아우다 부인이 이 배를 타지 못했다면 그건 전부 그의 잘못이었다.

그래, 그의 잘못이었다. 하지만 그 배신자의 잘못이 더 컸다. 그놈은 주인을 홍콩에 잡아둘 속셈으로 그를 따로 불러다가 술을 진탕 먹였다! 파스파르투는 마침내 형사의 술책을 알아차렸다. 이제 포그 씨는 망하게 생겼다. 내기에서 지고, 체포되고, 옥살이까지 할지도 몰랐다! 파스파르투는 그런 생각을 하면서 머리를 쥐어뜯었다. 젠장! 픽스 이 자식, 걸리기만 해봐라, 반드시 갚아줄 테다!

마침내 절망적인 첫 단계가 지나고 파스파르투도 침착하게 상황을 검토하기 시작했다. 녹록지 않은 상황이었다. 프랑스 사내는 일본으로 가는 배에 타고 있었다. 일본에야 확실히 도착하겠지만 홍콩으로 돌아가려면 어떻게 해야 할까? 그는 무일푼이었다. 단돈 1실링, 1페니도 없었다! 뱃삯과 식대는 선불로 치러두었다. 그러니까 앞으로 5, 6일은 시간이 있다. 배에 타고 있는 동안 그가 얼마나 먹어 치우고 마셔댔는지는 이루 다 말할 수 없다. 주인의 몫, 아우다 부인의 몫, 자기 몫을 다 먹었다. 일본이라는 나라가 먹을 것 없는 황무지라도 되는 양 배를 꽉 채웠다.

13일 아침 만조를 기해 카르나티크호는 요코하마에 입항했다.

이곳은 태평양의 중요한 기항지로 북미, 중국, 일본, 말레이제도를 오가며 우편물과 승객을 수송하는 증기선은 전부 들렀다 간다. 요코하마는 에도만에 있다. 그곳에서 멀지 않은 대도시 에도(지금의 도쿄)가 일본 제국의 제2수도이자 세속적 황제인 쇼군이 사는 곳이라면, 교토는 신의 후손이라는 종교적 황제 천황이 사는 대도시로서 서로 경쟁 관계에 있다.

카르나티크호는 세계 각국의 배들이 모여 있는 요코하마 부두에 정박했다. 방파제와 세관 창고가 가까이 있었다.

파스파르투는 태양의 후손이 산다는 이 신기한 나라에 아무 감흥 없이 내렸다. 이제는 우연을 길잡이 삼아 발길 닿는 대로 거리를 헤매는 수밖에 없었다.

맨 먼저 발길이 닿은 곳은 완전한 유럽풍 동네였다. 높이가 낮은 집에는 베란다가 딸려 있고, 그 아래는 우아한 기둥이 떠받치고 있었다. 거리, 광장, 독, 창고 등이 개항 조약에 따라 개방된 곳과 강 사이에 자리 잡고 있었다. 홍콩이나 콜카타처럼 미국인, 영국인, 중국인, 네덜란드인 등 다양한 인종이 섞여 있었다. 그들은 뭐든지 팔고 뭐든지 살 준비가 되어 있는 상인들이었다. 프랑스 사내는 아프리카 호텐토트족의 땅에 뚝 떨어진 것처럼 모든 것이 낯설기만 했다.

파스파르투가 기댈 방법이라고는 단 하나, 요코하마에 있는 프랑스나 영국 영사관을 찾아가는 것이었다. 하지만 주인과 긴밀하게 얽혀 있는 개인적인 사연까지 말하기는 싫었다. 그래서 이 마지막 수단에 기대기 전에 다른 기회들을 모두 시험해보고 싶었다.

유럽인 구역을 다 지나갈 때까지 우연은 그를 전혀 돕지 않았다. 그래서 일본인 구역으로 들어갔다. 필요하다면 에도까지라도 걸어갈 작정이었다.

요코하마의 현지인 구역은 '벤텐'이라고 하는데, 이는 인근 섬에서 숭배하는 바다의 여신 이름이었다. 전나무와 삼나무가 늘어선 가로수 길, 건축 양식이 특이한 성스러운 문, 대나무와 갈대숲 깊은 곳에 숨은 다리들, 수백 년 된 삼나무들의 거대하고도 음울한 그늘 속에 있는 사원들이 보였다. 그러한 사찰에는 불교 승려들과 유교 신도가 조용히 살고 있었다. 끝이 보이지 않는 거리에는 분홍빛 살갗에 볼이 빨간 아이들만 모아놓기라도 한 것처럼, 일본 병풍에서 오려낸 것 같은 아이들이 다리 짧은 개들과 게으르고 응석 많은 꼬리 없는 노란 고양이들과 어울려 놀고 있었다.

거리는 복작복작하니 행인들이 끊이지 않았다. 목탁을 단조롭게 두드리면서 걸어가는 승려들, 칠기 장식이 들어간 뾰족모자를 쓰고 허리에 칼을 두 자루나 찬 세관원이나 경찰관 같은 관리들, 파란 바탕에 흰 줄무늬가 쳐진 무명옷 차림에 격발총으로 무장한 군인, 통 넓은 비단 웃옷에 쇠사슬 갑옷을 덧입은 천황 근위병, 그 외 온갖 계급의 군인들이 돌아다녔다. 군인이 이렇게 많은 이유는 군인을 천대하는 중국과 달리 일본에서는 군인이 무척 존경을 받았기 때문이다. 그다음에는 기부금을 모으는 수사들, 긴 옷을 입은 순례자, 평범한 시민들이 보였다. 그들은 윤기 나는 검은 머리에 얼굴이 크고 몸통이 길쭉하고 다리는 가늘고 키가 작았다. 피부색은 진한 구릿빛에서 윤기 없는 백색까지 다양했으나 중국인처럼 누르스름하지는 않았다. 일본인은 그 점에서 중국인과 기본적으로 달랐다. 마차와 말과 짐꾼들, 장막을 친 수레, 옻칠을 한 인력거 '노리몽', 대나무에 매달린 푹신한 '캉고'[37] 사이로 헝겊신, 짚신, 나막신을 신은 여자들이 작은 발로 종종 걸어 다녔다. 여자들은 눈이 가늘고, 가슴은 납작하고, 치아를 유행에 따라 검게 물들였는데, 그리 예쁘지는 않았다. 하지만 일본의 전통의상 '기모노'를 입은 모습은 아름다웠다. 잠옷 가운 같은 옷을 여미서 허리에 넓은 비단 띠를 둘러 뒤쪽에 커다란 매듭을 짓는 이 옷이 아무래도 현대적인 파리 여성들의 패션에 영향을 준 것 같았다.

파스파르투는 이 잡다한 인파 속을 몇 시간이나 돌아다니며 희한하고 화려한 상점, 번쩍거리는 세공품을 쌓아놓은 시장, 발이나 깃발로 장식한 요릿집을 보았지만 그 안에 들어갈 수는 없었다. 찻집에서는 손님들이 향긋하고 따뜻한 차와 쌀을 발효시켜 만든 '사케'를 마시고 있었다. 아편이 아니라 고급 담배를 피우는 안락한 흡연실도 있었다. 일본에는 아편을 피우는 사람이 거의 없었다.

이윽고 파스파르투는 넓은 논으로 둘러싸인 평원에 이르렀다. 흐드러지게 만발한 꽃들이 마지막 색깔과 향기를 뿜내고 있었다. 눈부신 동백은 관목이 아니라 교목 같았고, 대나무 울타리 안에는 벚나무, 자두나무, 사과나무가 자라고 있었다. 일본인들은 이런 나무들을 열매보다 꽃을 보려고 심었다. 험악한 인상의 허수아비, 끽끽 소리 나는 바람개비가 참새, 비둘기, 까마귀를 비롯한 새들의 공격에서 나무를 보호해주었다. 큰 독수리가 차지하지 않은 아름드

---

37 cangos. 기다란 대나무를 두 사람이 앞뒤로 메고 그 사이에 해먹처럼 천을 매달아 사람을 태우는 가마의 한 종류.

리 삼나무가 없었고, 왜가리가 슬픈 듯 한쪽 다리로 서 있지 않은 버드나무 그늘이 없었다. 어디든 까마귀, 오리, 매, 기러기가 있었고, 장수와 복을 상징해 일본인들이 '영주'처럼 여기는 두루미가 엄청나게 많았다.

파스파르투는 정처 없이 돌아다니다가 풀숲에서 제비꽃 몇 송이를 발견했다.

'좋아! 이거라도 먹자.'

냄새를 맡아보니 아무 향도 나지 않았다.

'재수가 없군!'

이 선량한 젊은이는 카르나티크호에서 내리기 전에 음식을 먹을 수 있는 양껏 먹어두었다. 하지만 종일 걸었더니 위장이 텅 빈 것 같았다. 일본의 푸줏간 진열대에는 양고기나 염소고기나 돼지고기가 보이지 않았다. 또한 농사일에 부리는 소를 죽이는 것은 신성모독이라고 알고 있었으므로 일본에는 고기가 귀하겠거니 짐작했다. 그의 생각은 틀리지 않았다. 하지만 푸줏간에서 고기를 구할 수 없어도 멧돼지, 사슴, 자고새나 메추라기, 가금류 혹은 일본인들이 끼니마다 밥에 곁들여 먹는 생선이라도 먹을 수 있었으면 그의 위장은 만족했을 것이다. 하지만 씩씩하게 불운에 맞서야 했다. 먹을 것을 구하는 일은 내일로 미뤘다.

밤이 왔다. 파스파르투는 현지인 구역으로 돌아와 색색의 등이 매달린 거리를 누비고 다니며 재주를 부리는 떠돌이 광대 무리, 야외에서 확대경을 내놓고 행인들을 끌어모으는 점쟁이들을 구경했다. 그다음에는 다시 바다가 보였다. 어선에서 고기 떼를 유인하려고 송진으로 밝혀놓은 불빛들이 점점이 번득이고 있었다.

이윽고 거리는 인적이 끊기기 시작했다. 인파는 사라지고 관리들의 순찰이 시작되었다. 근사한 옷을 입고 수행원들까지 거느린 순찰대 장교들은 마치 외교사절 같았다. 파스파르투는 그 화려한 행렬을 볼 때마다 농담처럼 이 말을 되풀이했다.

"아, 그렇지! 유럽으로 떠나는 일본 대사가 또 한 명 납시셨구먼!"

23

파스파르투의 코가 어마어마하게 길어지다

다음 날 배가 고파서 기운이 하나도 없었던 파스파르투는 무슨 수를 써서라도 배를 채워야 하고, 빠르면 빠를수록 좋겠다고 생각했다. 시계를 팔면 돈을 구할 수 있지만 그럴 바엔 굶어 죽는 게 나았다. 지금은 이 선량한 젊은이가 타고난 우렁차고 구성진 목소리를 사용할 절호의 기회였다.

그는 자기가 아는 프랑스와 영국의 유행가 몇 곡을 부르기로 마음먹었다. 일본인들이 매사에 심벌즈, 징, 북을 울려대는 걸 봐서는 다들 음악을 무척 좋아하는 것 같았다. 그렇다면 유럽에서 온 명창의 재능을 높이 평가할 것이다.

하지만 음악회를 열기에는 너무 이른 시각이지 싶었다. 아무리 음악을 좋아한들 느닷없는 노랫소리에 잠을 설친다면 천황의 초상이 새겨진 돈을 내놓지 않을 것이다.

파스파르투는 몇 시간 더 기다리기로 했다. 그런데 거리를 걷다가 문득 자신이 유랑 가수치고는 옷을 너무 잘 차려입었다는 생각이 들었다. 그는 자기 처지에 맞게 좋은 옷은 팔고 낡은 옷을 걸치기로 마음먹었다. 그러면 푼돈이라도 좀 생길 테니 당장 허기를 채울수도 있을 터였다.

결심을 했으니 행동에 나서야 했다. 파스파르투는 한참을 돌아다니다가 일본인이 운영하는 고물상을 발견하고 자기 옷을 보여주었다. 고물상 주인은 유럽 옷을 마음에 들어 했다. 파스파르투는 낡은 일본 옷을 걸치고 머리에는 색 바랜 터번 같은 것을 삐뚜름하게 쓰고 나왔다. 하지만 그 대가로 은전 몇 푼이 주머니에서 짤랑거렸다.

'좋아, 카니발에 왔다고 생각하는 거야!'

일본인 옷을 입은 파스파르투가 맨 먼저 한 일은 수수해 보이는 '찻집'에 들어가는 것이었다. 거기서 팔다 남은 닭고기와 밥 몇 줌으로 배를 채웠다. 저녁도 어떻게 먹을 수 있을지 모르는 사람다운 식사였다. 그는 배불리 먹고 나서 속으로 생각했다.

'이제 정신 똑바로 차려야 해. 이 헌 옷을 팔아서 또 다른 일본 옷을 살 수는 없어. 그러니 최대한 빨리 이 태양의 나라를 떠날 방법을 찾아보자. 어차피 여기선 비참한 추억밖에 남지 않을 거야!'

파스파르투는 미국행 배를 찾아보기로 했다. 배에 태워주고 밥만 먹여준다면 요리사든 하인이든 잘할 수 있다고 말해볼 작정이었다. 일단 샌프란시스코에 가서 방법을 찾아야 했다. 중요한 것은 일본에서 미 대륙까지 약 7600킬로미터의 태평양을 건너는 일이었다.

파스파르투는 한 가지 생각을 오래 끄는 사람이 아니었으므로 바로 요코하마항으로 향했다. 그러나 독에 가까워질수록 처음에는 간단해 보였던 계획이 점점 실현 불가능해 보였다. 미국 여객선이 왜 갑자기 새로운 요리사나 하인을 고용하겠으며, 이런 옷차림으로 어떻게 신뢰감을 줄 수 있겠는가? 실력을 입증할 추천서는? 신원보증서는?

그런 생각을 하고 있는데, 요코하마 거리를 돌아다니는 광대 같은 사람이 들고 있던 포스터에 눈길이 멈추었다. 영어로 된 포스터의 내용은 다음과 같았다.

명망 있는 윌리엄 배털카 단장의
일본 곡예단!
미국으로 떠나기 전 마지막 공연!
텐구 신의 보호를 받는
코쟁이[38]들의 한바탕 쇼!

"미국이라니! 나에게 딱 맞는 일이네!"
파스파르투가 소리쳤다.

그는 포스터를 몸에 걸고 다니는 광대를 따라 곧 일본인 구역으로 돌아갔다. 15분 후, 색색의 깃발로 장식된 가설극장이 나타났다. 외벽에는 곡예사들의 모습이 강렬한 색감으로 원근법을 무시한 채 그려져 있었다.

---

38 '텐구'는 일본의 전설 속 요괴로, '코쟁이'는 코가 긴 것이 특징인 오오텐구 혹은 다이텐구를 가리키는 것으로 보인다. 중세 일본과 교역했던 서양인들의 이미지가 텐구에 더해진 것으로 추정된다.

그곳은 명망 있는 윌리엄 배틸카의 극장이었다. 미국의 유명 서커스 단장이었던 바넘과 마찬가지로 배틸카도 재주넘는 곡예사, 저글러, 광대, 공중그네 곡예사, 줄타기 곡예사, 체조 묘기꾼들을 데리고 포스터에 소개된 대로 미국으로 떠나기 전 마지막 공연을 올리고 있었다.

파스파르투는 극장 입구에 늘어선 기둥들을 따라 들어가 배틸카 씨를 찾았다. 이윽고 배틸카 씨 본인이 나타났다.

"무슨 일이오?"

배틸카 씨는 파스파르투를 일본인으로 착각하고 물었다.

"하인 필요 없으십니까?"

"하인?"

배틸카는 턱 아래 덥수룩하게 자란 희끗희끗한 수염을 쓰다듬으면서 말했다.

"말 잘 듣고 충직한 하인이 한 명도 아니고 둘이나 있소. 밥만 먹여주면 늘 내 곁에 붙어서 사소한 일도 다 챙겨주지…. 바로 이 녀석들이오."

그는 콘트라베이스 현처럼 굵은 핏줄이 두드러져 보이는 튼튼한 두 팔을 내밀었다.

"그럼 제가 할 수 있는 일은 없습니까?"

"아무것도 없소."

"젠장! 단장님과 함께 떠날 수 있으면 좋으련만."

"이보시오! 내가 원숭이가 아닌 것처럼 자네도 일본인이 아니잖소! 그런데 왜 그런 차림을 하고 있소?"

"입을 수 있는 대로 입다 보니 그렇게 됐습니다!"

"그건 그래, 당신 프랑스 사람이오?"

"네, 파리 토박이입니다."

"그럼, 인상은 쓸 줄 알겠구먼?"

파스파르투는 프랑스인이라는 이유로 이런 질문을 받자 발끈해서는 외쳤다.

"암요, 프랑스인도 인상 쓰기에는 일가견이 있지요. 하지만 어디 미국 사람들만 하겠습니까!"

"맞소. 그렇다면 하인이 아니라 광대로 쓸 수도 있겠군. 무슨 말인지 알아들었을 거요, 젊은이. 프랑스에서는 외국에서 온 광대가 인기지만, 외국에서는 프랑스 광대를 써야 한다네!"

"아하!"

"힘은 좀 쓰나?"

"배를 채우고 난 후에는 특히 잘 쓰지요."

"그럼, 노래는 좀 하고?"

"네."

파스파르투는 길거리에서 노래를 불러본 적이 있었으므로 이렇게 대답했다.

"하지만 물구나무를 서서 왼쪽 발로는 팽이를 돌리고 오른쪽 발에는 칼을 올려놓고도 노래를 부를 수 있겠나?"

"당연하죠!"

파스파르투는 어릴 적에 처음 했던 묘기를 떠올리면서 대답했다.

"그럼, 다른 문제는 없군!"

명망 있는 배틸카 씨가 대꾸했다.

계약은 그 자리에서 성사되었다.

마침내 파스파르투는 일자리를 찾았다. 그는 일본의 유명 서커스단에서 재주를 부리게 되었다. 달가운 일은 아니었지만 일주일 후 샌프란시스코행 배를 탈 길이 열렸다.

명망 있는 배털카 씨가 대대적으로 홍보한 공연은 3시에 시작될 예정이었다. 일본 악단은 북과 징과 그 외 멋진 악기로 입구에서부터 풍악을 울렸다. 파스파르투는 배역을 연구할 시간이 없었지만 텐구 신의 코쟁이들이 '인간 피라미드'를 쌓을 때 자신의 든든한 어깨를 받침대로 내주기로 했다. 이 '한바탕 쇼'가 공연의 대미를 장식할 예정이었다.

3시가 되기 전부터 관객들이 몰려왔다. 유럽인과 현지인, 중국인과 일본인, 남녀노소를 가리지 않고 좁고 긴 의자들과 무대 건너편 특별석을 차지하기 바빴다. 악사들이 극장 안으로 들어왔다. 바라, 징, 딱따기, 피리, 탬버린, 큰북을 갖춘 악단이 쩌렁쩌렁하게 음악을 연주했다.

이 공연은 온갖 종류의 곡예를 선보였다. 하지만 줄타기는 일본인이 세상에서 제일 잘한다고 인정해야 한다. 한 사람이 부채와 종잇조각을 가지고 우아한 나비와 꽃을 나타내는 연기를 해 보였고, 다른 사람은 담뱃대에서 피어오르는 향기로운 연기로 푸르스름한 글씨를 써서 관객들에게 인사말을 전했다. 또 다른 사람은 불이 붙은 초들을 허공에 날리면서 초가 입 앞으로 떨어지면 촛불을 입으로 불어 끄고, 그다음 초에 재빨리 불을 붙여서 그 놀라운 저글링이 끊어지지 않도록 했다. 또 이 곡예사는 눈으로 봐도 믿기지 않는 솜씨로 팽이들을 돌렸다. 그의 손 아래서 쌩쌩 도는 팽이들은 마치 살아 움직이는 생명체 같았다. 팽이는 담뱃대 위에서, 칼날 위에서,

무대를 가로지르는 머리카락 굵기의 철사 위에서 빙글빙글 돌면서 내달렸다. 커다란 유리병 주위도 돌고, 대나무 사다리 위도 오르고, 서로 다른 소리를 내면서 사방으로 흩어지는데 그 소리가 한데 어우러져 묘한 음악이 되기도 했다. 곡예사들이 돌리는 팽이는 허공을 가르며 날아다녔다. 그들이 배드민턴 치듯 나무 라켓으로 받아쳐도 팽이는 계속 돌았다. 심지어 곡예사들이 주머니에 쑤셔넣었다가 다시 꺼내도 팽이는 멈추지 않았다. 그러다 용수철이 다 풀리면 팽이는 조명탄처럼 확 터졌다!

서커스단의 놀라운 묘기를 일일이 설명할 필요는 없을 것이다. 사다리, 장대, 공, 큰 통 등을 한 치의 오차 없이 활용하는 묘기들이 무대에 올랐다. 하지만 가장 큰 관심을 끈 공연은, 유럽에서는 찾아볼 수 없는 코쟁이들의 줄타기 공연이었다.

코쟁이들은 텐구 신의 가호를 받는 특별한 무리다. 이들은 중세 일본의 전령으로 화려한 날개를 달고 있었다. 하지만 이들이 무엇보다 특별해 보이는 이유는 얼굴에 자리 잡은 기다란 코와 그 코의 용도 때문이었다. 코는 길이가 대여섯 자, 길게는 열 자까지 되는 대나무였고, 모양이 똑바른 것이 있는가 하면 휘어진 것도 있고, 매끄러운 것이 있는가 하면 울퉁불퉁한 것도 있었다. 그런데 얼굴에 단단하게 고정된 이 코 위에서 별의별 묘기가 펼쳐졌다. 텐구를 섬기는 코쟁이 열두 명이 바닥에 드러누우면 다른 곡예사들이 피뢰침처럼 우뚝 솟은 코 위에서 껑충 뛰어오르기도 하고, 이 코에서 저코로 옮겨 다니기도 하고, 온갖 믿을 수 없는 재주를 보여주었다.

공연의 대미를 장식하는 인간 피라미드는 50여 명의 코쟁이가 '크리슈나의 전차' 대형을 만드는 곡예였다. 그런데 명망 있는 배털카의 서커스 단원들은 사람 어깨가 아니라 대나무 코 위에 올라가 버텨야 했다. 마침 이 피라미드의 바닥을 맡아주던 단원 한 명이 떠날 참이었기에 힘세고 요령 있는 파스파르투가 그 자리에 대신 들어온 것이다.

이 건실한 젊은이는 중세 복식을 걸치고 색색의 날개를 달고 길이가 여섯 자나 되는 코를 붙이자 어릴 적 추억이 생각나서 서글퍼졌다! 하지만 그 코가 밥줄이 된 지금은 꾹 참아야 했다.

파스파르투는 무대로 올라가 '크리슈나의 전차' 바닥을 맡은 다른 단원들과 열을 맞췄다. 모두 등을 바닥에 대고 눕고, 코는 하늘을 향해 솟아올랐다. 두 번째 층을 만들 단원들이 와서 그 긴 코 위에 자리를 잡았고, 다시 세 번째 층이 그 위에 자리를 잡고, 마지막으로 네 번째 층이 올랐다. 코끝으로만 연결된 인간들의 구조물이 금세 극장의 천장까지 올라갔다.

그런데 관중의 박수갈채가 터지고 악단이 풍악을 울리는 순간, 피라미드가 문득 흔들리더니 어그러지기 시작했다. 아래쪽에 있던 코 하나가 비틀거리면서 구조물 전체가 카드로 만든 성처럼 와르르 무너졌다.

원흉은 파스파르투였다. 그는 제 위치에서 이탈하더니 날갯짓도 하지 않고 난간을 뛰어넘어 오른쪽 관람석으로 기어 올라가 어느 관객의 발치에 엎어지면서 외쳤다.

"아! 주인 나리! 주인 나리!"

"당신은?"

"접니다!"

"아, 그렇군! 여객선으로 가세!"

    포그 씨와 아우다 부인과 파스파르투는 복도를 따라가 극장 밖
으로 나갔다. 하지만 거기서 명망 있는 배털카 씨를 마주쳤다. 그는
화가 머리끝까지 나서는 '피라미드 붕괴'에 대한 손해배상을 청구
했다. 필리어스 포그는 돈다발 한 움큼을 내밀어 그의 분노를 무마
했다. 그리고 출발 시간인 6시 30분, 포그 씨와 아우다 부인은 미국
여객선에 발을 들였고, 그 뒤를 파스파르투가 아직도 등의 날개와
얼굴의 여섯 자짜리 긴 코를 떼지 못한 채 따라 올랐다!

24

태평양을 횡단하다

상하이를 눈앞에 둔 바다에서 일어난 일은 이러했다. 탕카데르호가 보낸 신호를 요코하마행 여객선이 알아챘다. 여객선 선장은 조난신호인 반기를 보고 작은 스쿠너 쪽으로 방향을 틀었다. 잠시후, 필리어스 포그는 약속한 대로 돈을 계산해 550파운드를 선장 존 번스비의 주머니에 넣어주었다. 그러고 나서 이 명망 높은 신사와 아우다 부인과 픽스는 증기 여객선으로 옮겨 탔다. 여객선은 나가사키와 요코하마를 향해 출발했다.

예정대로 11월 4일 요코하마에 도착한 필리어스 포그는 픽스가 자기 볼일을 보러 가게 내버려두고 카르나티크호를 찾아갔다. 그래서 프랑스인 파스파르투도 그 전날 요코하마에 도착했다는 사실을 확인했다. 아우다 부인은 이 말을 듣고 몹시 기뻐했고, 포그 씨본인도 아마 기뻐했겠지만 그런 내색은 하지 않았다.

필리어스 포그는 그날 저녁 샌프란시스코로 출발해야 했기에 바로 하인을 찾아 나섰다. 프랑스 영사관과 영국 영사관에 알아보았지만 허사였다. 요코하마 거리를 돌아다녀도 소득이 없어서 파스파르투를 못 만나겠구나 했는데 바로 그때, 우연 또는 어떤 예감이 그를 명망 있는 배틸카의 극장으로 인도한 것이다. 포그 씨는 괴상한 전령의 옷을 입은 하인을 알아보지 못했지만, 하인은 무대 바닥에 드러누워 있었으므로 관람석에 앉아 있던 주인을 알아보았다. 그는 코를 가만히 두지 못했고, 그래서 전체 대형의 균형이 무너지며 앞에서 본 것과 같은 일이 생긴 것이다.

파스파르투는 아우다 부인에게서 홍콩에서 상하이까지 픽스라는 사람과 탕카데르호라는 작은 배를 타고 왔다는 얘기를 들었다.

픽스라는 이름을 듣고도 파스파르투는 눈 하나 까딱하지 않았다. 아직은 그 형사와 자신의 일을 주인에게 얘기할 때가 아니라고 생각했다. 그래서 그동안의 일을 얘기하면서 자신이 아편굴에서 갑자기 취해 쓰러졌다고만 말하고 용서를 구했다.

포그 씨는 냉정하게 얘기를 듣기만 하고 아무 말도 하지 않았다. 그런 다음 배에서 좀 더 변변한 옷을 입고 다니라면서 넉넉하게 돈을 주었다. 한 시간도 채 지나지 않아 건실한 젊은이는 코와 날개를 떼어내고 텐구의 추종자와는 영 딴판인 차림새가 되었다.

요코하마에서 샌프란시스코로 가는 배는 '태평양 우편 증기선' 소속의 제너럴그랜트호였다. 적재량이 2500톤에 달하는 이 거대 외륜선은 속도가 빨랐다. 거대한 지렛대가 갑판 위에서 쉴 새 없이 흔들거렸다. 지렛대의 한쪽 끝은 피스톤축과 연결되고, 다른 끝은 크랭크축에 연결되어 있었다. 외륜의 축과 연결된 크랭크축은 왕복 직선운동을 회전운동으로 전환하는 역할을 한다. 제너럴그랜트호는 돛대가 세 개인 스쿠너로 커다란 돛이 증기기관에 힘을 더해주었다. 시속 19킬로미터로 21일을 달리면 태평양을 횡단할 수 있었으므로 필리어스 포그는 12월 2일 샌프란시스코에 도착하고, 11일에는 뉴욕에, 20일에는 런던으로 돌아갈 수 있으리라 생각했다. 그렇게만 되면 약속의 날인 12월 21일보다 몇 시간 먼저 세계 일주를 마치는 셈이다.

여객선에 탄 승객은 아주 많았다. 영국인, 가장 많아 보이는 미국인, 미국으로 이주하려는 중국과 인도의 노동자들, 휴가를 이용해 세계를 돌아보는 중인 인도의 장교들까지.

이 항해 중에는 선박 사고가 한 번도 발생하지 않았다. 여객선은 커다란 외륜이 지지하고 힘센 돛이 균형을 잡아주기 때문에 흔들리는 일이 거의 없었다. 태평양은 과연 그 이름처럼 크게 평화로웠다. 포그 씨는 늘 그렇듯 침착하고 말수가 적었다. 젊은 여인은 날이 갈수록 이 동행에게 고마움과는 다른 감정으로 애착을 느끼게 되었다. 조용하지만 더없이 너그러운 성품은 생각보다 훨씬 인상적이었고, 그녀는 자기도 모르게 마음이 깊어갔다. 그래도 수수께끼 같은 포그 씨는 아무런 영향을 받지 않는 것 같았다.

게다가 아우다 부인은 이 신사의 계획에도 깊은 관심을 보였다. 그녀는 여행의 성공을 위협하는 불상사가 일어날까 봐 노심초사했다. 그녀는 파스파르투와 얘기를 많이 나누었고, 그러다 보니 파스파르투는 아우다 부인의 마음을 읽을 수 있었다. 이 선량한 젊은이는 이제 주인을 카르보나리[39] 당원처럼 열렬하게 신봉했다. 그는 필

---

39 Carbonari. 19세기 초 이탈리아에서 조직된 자유주의 애국 비밀결사. 이탈리아어로 '숯 굽는 사람'이라는 뜻이며, 결사단원이 숯쟁이로 위장했기 때문에, 혹은 스스로

리어스 포그의 정직과 관대함과 헌신을 입에 침이 마르도록 찬양했다. 그리고 아우다 부인에게는 중국이나 일본 같은 희한한 나라들을 여행하는 것이 가장 어려운 관문인데, 이미 그 단계를 지나 문명국들로 돌아가고 있으니 걱정할 필요 없다고 했다. 샌프란시스코에서부터 뉴욕까지 열차를 타고, 뉴욕에서 런던까지 대서양을 건너면 불가능해 보였던 세계 여행을 약속한 기한에 충분히 마칠 수 있을 거라 설명했다.

필리어스 포그는 요코하마에서 출발한 지 아흐레 되던 날 정확히 지구 둘레의 절반을 돌았다.

실제로 제너럴그랜트호는 11월 23일에 경도 180도 선을 지났다. 이 선을 따라 남반구로 내려가면 런던의 대척점에 있게 된다. 포그 씨는 80일 가운데 52일을 소요했고, 이제 28일 안에 여행을 완료해야 했다. 하지만 그는 '경선의 차이'로 따져서 절반을 온 것이지 실은 전체 경로의 3분의 2 이상을 돌았다고 봐야 했다. 런던에서 아덴, 아덴에서 뭄바이, 뭄바이에서 콜카타, 콜카타에서 싱가포르, 싱가포르에서 요코하마까지는 아주 먼 길을 우회해서 왔다. 런던에서 북위 50도 선을 따라 지구를 돌았다면 거리는 대략 1만 9300킬로미터밖에 되지 않았을 것이다. 그런데 필리어스 포그는 교통수단들이 차질을 일으키는 바람에 총 4만 1840킬로미터 중에서 2만 8160킬로미터를 돌아야 했다. 하지만 이제부터는 직선 경로였고, 여행을 훼방놓을 픽스도 없었다.

그리고 11월 23일에 파스파르투는 큰 기쁨을 느꼈다. 가보로 내

숯쟁이라는 사회의 최하층을 자처했기 때문에 이런 이름이 붙은 것으로 알려져 있다.

려오는 시계를 런던 시각에 맞춰놓은 탓에 다른 나라에 갈 때마다 시차가 있었는데, 이날은 그의 시계가 정밀 시계와 딱 맞아떨어졌다.

파스파르투가 뿌듯해할 만도 했다. 그는 픽스가 옆에 있었다면 뭐라고 했을지 궁금했다.

'그 나쁜 놈은 자오선이니 태양이니 달이니 주워섬기며 떠들었지! 흥! 그런 사람들이 있지! 그런 사람들 말을 듣고 좋은 시계를 만들 수 있겠어? 나는 언젠가 태양이 알아서 내 시계에 맞춰줄 줄 알았다고!'

파스파르투가 모르는 것이 있었다. 그의 시계가 이탈리아 시계처럼 24시간이 다 표시되는 종류였다면 뿌듯해할 이유가 없었을 것이다. 배의 시계는 오전 9시로 되어 있는데 그의 시계는 저녁 9시, 다시 말해 21시를 가리키고 있었을 테니까. 런던과 경도 180도 지점의 시차가 그러하니까.

하지만 어차피 픽스가 순전히 물리적인 이 결과를 설명했더라도 파스파르투는 알아듣지 못했든가, 적어도 받아들이지는 않았을 것이다. 그럴 리 없지만 픽스 형사가 이 순간 나타난다면 파스파르투는 그에게 원한이 있으니, 이런 얘기나 주고받을 분위기도 아니겠지만 말이다.

그런데 픽스는 그 무렵 어디에 있었을까?

사실은 픽스도 제너럴그랜트호에 타고 있었다.

픽스 형사는 요코하마에 도착해 포그 씨를 다시 만날 수 있으리라 생각하고 영국 영사관으로 갔다. 그곳에서 드디어 체포영장을 손에 넣었다. 그런데 그 영장은 뭄바이에서 홍콩에 갔다가 거기서 다시 그가 원래 타려 했던 카르나티크호를 통해서 온 것으로, 40일 전에 발급된 상태였다. 픽스 형사가 얼마나 실망했으리라는 짐작이 가고도 남는다! 그 영장은 쓸모가 없었다! 포그 씨가 이미 영국령에서 벗어났으니까! 이제 그를 잡으려면 범죄자 인도 허가가 필요했다!

픽스는 분통을 터뜨렸지만 조금 지나서는 이렇게 생각했다.

'할 수 없지! 영장이 여기선 쓸모가 없어도 영국에 가면 쓸모가 있다. 저 악당은 경찰을 따돌렸다고 생각하고 영국에 돌아갈 작정 같으니까. 그래, 영국까지 쫓아가고 만다. 돈이나 제발 남기를! 하지만 여행 경비, 사례금, 소송, 벌금, 코끼리까지 놈이 길에 뿌린 돈이 이미 5000파운드가 넘었어. 어쨌든 은행은 부자니까 괜찮겠지!'

그는 마음을 정하고 곧바로 제너럴그랜트호에 올랐다. 포그 씨와 아우다 부인이 도착했을 때 그는 이미 배에 타고 있었다. 전령의 옷차림을 한 파스파르투를 알아보았을 때는 놀라 자빠질 뻔했다. 그는 해명을 해야 하는 상황을 피하려고 얼른 선실로 숨었다. 승객이 많은 배이니만큼 눈에 띄지 않고 버틸 수 있을 줄 알았는데, 그날은 갑판 앞쪽에서 정면으로 부딪치고 말았다.

파스파르투는 냅다 달려들어 픽스의 멱살을 잡았다. 갑판에 있던 몇몇 미국인이 파스파르투가 이기는 쪽에 내기를 걸었고, 파스파르투는 형사를 보기 좋게 때려눕혀 그들에게 즐거움을 주면서 권투는 프랑스가 영국보다 한 수 위임을 증명해 보였다.

파스파르투는 주먹을 휘두르고 나자 훨씬 마음이 진정되고 후련해졌다. 픽스는 볼썽사나운 꼴로 일어나더니 상대를 바라보고 침착하게 말했다.

"끝났나?"

"그래, 일단은."

"그럼, 얘기 좀 하지."

"무슨….'

"자네 주인에게 도움 될 얘기."

파스파르투는 상대의 침착한 태도에 홀린 듯 형사를 따라가 앞 갑판에 앉았다.

"자네는 나를 두들겨 팼어. 뭐, 좋아. 이제 내 얘기를 좀 들어봐. 나는 지금까지 포그 씨의 적이었지만 이제부터는 한편이야."

"드디어! 당신도 우리 나리가 정직한 사람이라는 걸 알았나 보 군?"

"아니."

픽스가 차갑게 대꾸하고 이렇게 덧붙였다.

"여전히 그가 악당이라고 생각해…. 쉿! 움직이지 말고 내 말을 듣기만 해. 포그 씨가 영국령에 있는 동안은 체포영장이 도착하기 를 기다렸다가 잡을 생각이었지. 그래서 내가 할 수 있는 일은 다 했 어. 뭄바이에서는 승려들에게 그를 고발하라고 부추겼고, 홍콩에 서는 자네를 취하게 만들어 주인과 떼어놓았고, 결국 그가 요코하 마행 배를 놓치게 만들었지…."

파스파르투는 이 말을 들으면서 주먹에 힘이 들어갔다.

"이제 포그 씨는 영국으로 돌아가겠지? 그럼 나도 따라갈 거야. 지금까지는 여행을 방해하려고 안간힘을 썼지만 이제부터는 영국 으로 속히 돌아갈 수 있게끔 안간힘을 쓰겠네. 보다시피 내 방식이 바뀌었다고. 그편이 나에게 이익이어서 바꾼 거야. 그리고 자네 이익도 나의 이익과 일치한다는 말을 덧붙이고 싶군. 영국에 도착하면 자네 주인이 범죄자인지 정직한 남자인지 알게 될 테니까!"

파스파르투는 픽스의 말을 집중해서 듣고 그 말이 진심이라는 것을 알았다.

"우리는 친구지?"

"친구는 무슨. 그래, 동맹은 맞지. 나중에 확인한다는 조건으로. 조금이라도 배신의 기미가 보이면 당장 목을 졸라버릴 거요."

"그러시든지."

형사가 차분하게 말했다.

11일 뒤인 12월 3일, 제너럴그랜트호는 골든게이트만으로 들어가 샌프란시스코에 도착했다.

포그 씨는 여전히 일정에서 하루도 벌지 못했지만, 하루를 잃지도 않았다.

25

선거 집회 날의 샌프란시스코 풍경

필리어스 포그와 아우다 부인과 파스파르투가 아메리카대륙에 첫발을 내디딘 때가 오전 7시였다. 실상은 물에 떠 있는 잔교에 상륙한 것뿐이지만 거기도 미국 땅이기는 했다. 잔교는 밀물이나 썰물과 함께 오르내리기 때문에 짐을 싣거나 내리기에 편리했다. 그곳에는 크고 작은 쾌속 범선, 전 세계의 증기선, 새크라멘토강과 그 지류를 오가는 여러 층짜리 기선이 나란히 묶여 있었다. 또한 멕시코, 페루, 칠레, 브라질, 유럽, 아시아 및 태평양의 모든 섬에서 온 무역 상품이 집채처럼 쌓여 있었다.

파스파르투는 드디어 아메리카대륙을 밟는 기쁨에 들뜨며 조금 위험하더라도 최대한 멋진 동작으로 상륙해야겠다고 생각했다. 하지만 하필 벌레 먹은 나무판자에 뛰어내리는 바람에 판자가 부서져 바다에 빠질 뻔했다. 신대륙에 볼썽사납게 '발을 내디딘' 이 건실한 젊은이가 불만 섞인 고함을 지르자 잔교에 앉아 있던 가마우지와 펠리컨 떼가 놀라서 퍼드덕 날아올랐다.

포그 씨는 바로 배에서 내려 뉴욕행 열차 시각을 알아보았다. 가장 빠른 열차가 그날 저녁 6시에 있었다. 따라서 포그 씨는 캘리포니아의 주도에서 한나절을 보낼 수 있었다. 그는 아우다 부인과 함께 탈 마차를 불렀다. 파스파르투는 마부의 옆자리에 앉았다. 한 번 타는 값이 3달러인 마차가 인터내셔널 호텔로 출발했다.

파스파르투는 높은 마부석에 앉아서 미국의 대도시를 호기심 어린 눈으로 구경했다. 널찍한 도로, 반듯하게 늘어선 나지막한 주택들, 앵글로색슨 고딕양식의 성당과 교회, 거대한 독, 나무 또는 벽돌로 지은 궁전 같은 창고가 보였다. 거리에는 승합마차, 전차 등 차가 많았다. 그리고 혼잡한 보도에는 미국인과 유럽인뿐만 아니라 중국인과 인도인도 꽤 눈에 띄었다. 인구가 20만 명 넘는 도시다운 모습이었다.

파스파르투는 자기 눈에 비치는 광경에 적잖이 놀랐다. 아직도 1849년의 전설적인 도시, 금을 찾아 몰려든 강도와 방화범과 살인마들의 도시, 총과 칼을 양손에 들고 필사적으로 금가루를 찾아 나서는 낙오자들의 거대한 잡탕이 거기 있었다. 하지만 그 '좋았던 시절'은 갔다. 이제 샌프란시스코는 거대 상업 도시의 면모를 보였다. 보초가 서 있는 시청의 높은 망루는 직각으로 교차하는 도로를 굽어보고 있었다. 도로 사이로 녹지가 조성된 소광장들이 보였다. 이어서 중국을 장난감 상자에 담아낸 것처럼 보이는 중국인 구역이 있었다. 이제는 솜브레로[40]도, 금맥을 찾아 나선 이들에게 유행하

---

40 sombrero. 멕시코 등 라틴아메리카 국가에서 자주 쓰는 챙이 넓은 모자.

던 붉은 셔츠도, 깃털 장식을 한 인디언도 없었지만, 대신 실크해트와 검은 정장이 있었다. 왕성하게 활동하는 젊은 신사들이 그러한 복장을 했다. 몽고메리 스트리트 같은 곳은 전 세계 물건을 다 구입할 수 있는 화려한 상점가로 런던의 리전트 스트리트나 파리의 이탈리앙 대로, 뉴욕의 브로드웨이에 견줄 만했다.

인터내셔널 호텔에 도착하자 파스파르투는 마치 런던을 떠난 적이 없는 기분이 들었다.

호텔 1층에는 커다란 '바'가 있었다. 이 호텔을 거쳐가는 손님은 누구나 자유로이 육포, 굴 수프, 비스킷, 체스터 치즈를 먹을 수 있었다. 단, 음룟값은 별도였다. 에일맥주, 포트와인, 셰리 와인을 마시고 싶으면 그 비용만 냈다. 파스파르투에게는 이런 것이 아주 '미국적으로' 보였다.

식당은 안락했다. 포그 씨와 아우다 부인이 자리를 잡고 앉자 피부색이 아주 까만 흑인들이 작은 접시에 담긴 요리를 차례차례 내왔다.

점심 식사가 끝나고 필리어스 포그는 영국 영사관에서 여권에 비자 날인을 받으려고 아우다 부인과 함께 호텔을 나섰다. 거리에서 만난 파스파르투는 그에게 퍼시픽 열차를 타기 전에 소총과 권총을 잔뜩 사두어야 하지 않겠냐고 물었다. 수Sioux족이나 포니족 같은 인디언이 스페인 산적처럼 열차를 세우곤 한다는 얘기를 들었기 때문이다. 포그 씨는 쓸데없는 걱정이라고 하면서도 하인에게 마음대로 하라고 했다. 그러고서 자신은 영사관으로 향했다.

필리어스 포그는 200보도 못 가서 '우연도 이런 우연이 없다는 듯' 픽스와 정면으로 맞닥뜨렸다. 픽스는 몹시 놀라는 기색이었다.

세상에나! 포그 씨와 픽스 형사는 태평양을 함께 건넜지만 한 번도 배에서 마주친 적이 없었다! 어쨌든 픽스는 고마운 신사를 영광스럽게도 또 만났다면서 자기도 일 때문에 유럽으로 돌아가게 됐는데 포그 씨처럼 기분 좋은 상대와 여행길을 함께한다면 더없이 기쁘겠다고 말했다.

포그 씨는 오히려 자기가 영광이라고 답했다. 픽스는 그를 시야에서 놓치고 싶지 않았기 때문에 자기도 샌프란시스코를 함께 구경해도 되겠냐고 물었다. 포그 씨는 그러라고 했다.

그리하여 필리어스 포그와 아우다 부인과 픽스가 함께 거리를 거닐게 되었다. 머지않아 복작복작한 몽고메리 스트리트가 나왔다. 인도와 차도는 물론이요 전차 선로 위까지, 4인용 마차와 승합 마차가 쉴 새 없이 오가는 와중에도 상점 입구까지, 집집의 창문에까지, 심지어 지붕 위에까지 사람들이 나와 있었다. 광고판을 앞뒤로 멘 샌드위치맨이 인파 속을 헤치고 다녔다. 깃발과 플래카드가 여기저기 나부꼈다. 함성도 여기저기서 터졌다.

"캐머필드 만세!"

"맨디보이 만세!"

정치 집회 현장이었다. 적어도 픽스는 그렇게 생각했다. 그는 포그 씨에게 자기 생각을 말했다.

"이 난리판에는 끼지 않는 게 좋겠습니다. 괜히 얻어맞을 수도 있어요."

"맞습니다. 정치를 위한 주먹다짐도 주먹다짐일 뿐이지요!"

픽스는 포그 씨의 말에 미소를 지어야 한다고 생각했다. 아우다 부인과 필리어스 포그와 픽스는 소동에 휘말리지 않게끔 몽고메리스트리트에서 올라가는 계단 위 테라스처럼 평평하고 넓은 곳에 자리를 잡았다. 길 건너편 석탄 창고와 석유 상점 사이에 옥외 집회장이 있었는데, 인파가 그곳으로 몰려드는 듯 보였다.

지금 왜 이런 집회가 열리는 것일까? 무슨 일로? 필리어스 포그는 알 수 없었다. 군 장교나 공무직 혹은 주지사나 국회의원을 지명하는 자리일까? 도시 전체가 흥분에 휩싸인 것을 보면 그럴 것도 같았다.

바로 그때 군중이 크게 움직였다. 모두 팔을 쳐들었다. 함성과 함께 힘찬 주먹이 허공으로 솟아올랐다가 내려왔다가 하는 것 같았다. 지지 의사를 원기 왕성하게 표현하는 방법이지 싶었다. 소란이 일면서 군중이 물러났다. 깃발이 흔들리다가 잠깐 사라지더니 너덜너덜해져서 다시 나타났다. 인파는 계단까지 퍼졌다. 마치 바다가 돌풍에 떠밀리듯 사람들의 머리가 물결처럼 굽이쳤다. 검정 모자의 수가 딱 보기에도 줄어들었는데, 대부분은 찌그러져서 평소 높이보다 낮아진 듯했다.

"정치 집회 맞네요. 뭔가 예민한 사안 같은데요. 앨라배마호 사건[41]이 또 문제가 되었다고 해도 놀랍지 않을걸요. 이미 종결된 사건이지만요."

"그럴지도 모르겠군요."

포그 씨는 그렇게만 말했다.

"어쨌든 명망 높은 두 챔피언이 맞붙었군요. 캐머필드 대 맨디보이."

---

41 남북전쟁이 끝난 뒤 미국이 남부를 지지했던 영국에 대해서 손해배상을 청구한 사건.

픽스가 말했다.

아우다 부인은 필리어스 포그의 팔을 잡고 그 소동을 놀라서 바라보았다. 픽스가 마침 옆에 있던 사람들에게 이게 다 무슨 일인지 물으려는 순간, 소동이 한층 더 커졌다. 환호와 욕설이 뒤섞여 더욱 소란스러워졌다. 깃대가 공격 무기로 변했다. 이제 다들 주먹을 쥐고 있었다. 인파에 막혀 꼼짝달싹 못 하게 된 마차 지붕에서까지 주먹이 오갔다. 별의별 물건이 다 날아다녔다. 장화와 구두가 허공에 포물선을 그렸다. 사람들의 아우성 속에서 시민 몇몇이 쏘는 총성이 들리는 것 같기도 했다.

계단으로 밀려오던 사람들이 한두 칸씩 올라왔다. 한쪽 진영이 밀리는 것이 분명했지만 일개 구경꾼이 봐서는 맨디보이와 캐머필드 중 어느 쪽이 우세한지 알 수 없었다.

픽스는 '자기가 쫓는 남자'가 부상을 입거나 골치 아픈 일에 말려들까 봐 이렇게 말했다.

"자리를 뜨는 게 좋겠습니다. 만약 영국과 관련이 있는 문제인데 우리가 영국인이라는 사실이 알려지면 골치 아파질 수도 있어요."

"영국 시민이⋯."

필리어스 포그는 말을 다 맺지 못했다. 그의 뒤 테라스 쪽에서 지독한 소란이 일어났기 때문이다. 사람들은 "만세! 만세! 맨디보이 만세!"를 부르짖었다. 한 떼의 유권자가 캐머필드 진영의 측면으로 우르르 파고든 것이다.

포그 씨와 아우다 부인과 픽스는 두 진영 사이에 끼여버렸다. 빠져나가기에는 이미 너무 늦었다. 징 박힌 지팡이와 곤봉으로 무장한 인파에는 도저히 당해낼 수 없었다. 필리어스 포그와 픽스는 젊은 부인을 감싸고 선 채로 정신없이 떠밀렸다. 포그 씨는 평소처럼 차분하게, 자연이 모든 영국인의 팔 끝에 달아준 무기로 방어하려 했지만 역부족이었다. 발그레한 얼굴에 붉은 수염을 기르고 어깨가 떡 벌어진 우락부락한 사내가 포그 씨를 향해 위압적인 주먹을 쳐들었다. 그 사내가 무리를 이끄는 대장 같았다. 픽스가 헌신적으로 몸을 날려 가로막지 않았다면 포그 씨는 크게 다쳤을 것이다. 픽스 형사의 납작해진 실크해트 아래로 커다란 혹이 부풀어 올랐다.

포그 씨가 경멸에 찬 눈으로 상대에게 말했다.

"양키 주제에!"

"영국 놈 주제에!"

상대가 대꾸했다.

"두고 봅시다!"

"언제든지. 이름이 뭐요?"

"필리어스 포그요. 당신은?"

"스탬프 W. 프록터 대령이오."

이 말이 끝나고 인파가 지나갔다. 나자빠졌던 픽스도 다시 추스르고 일어났다. 옷이 너덜너덜해져서 그렇지 크게 다치지는 않았다. 걸치고 있던 여행용 외투는 두 갈래로 찢어지고 바지는 일부 인디언들이 즐겨 입는 엉덩이 부분이 뚫린 반바지 비슷해졌다. 그래도 아우다 부인은 무사하고 픽스 한 명만 맞고 끝난 셈이었다.

"고맙습니다."

인파에서 빠져나온 뒤 포그 씨가 픽스에게 말했다.

"별말씀을요, 가십시다."

"어디로요?"

"양복점."

사실 양복점에 가야 하긴 했다. 필리어스 포그와 픽스의 옷은 너덜너덜했다. 마치 두 사람이 각기 캐머필드와 맨디보이 지지자가 되어 한판 싸운 것 같았다.

한 시간 뒤, 그들은 다시 멀끔한 옷과 모자를 갖추고 인터내셔널 호텔로 돌아갔다.

호텔에서는 파스파르투가 6연발 센터파이어권총 여섯 자루로 무장하고 주인을 기다리고 있었다. 포그 씨와 픽스가 함께 들어오자 파스파르투의 낯빛이 어두워졌다. 하지만 아우다 부인에게 자초지종을 간략히 듣고는 다시 편안한 얼굴이 되었다. 분명히 픽스는 이제 훼방꾼이 아닌 조력자였다. 픽스는 약속을 지켰다.

저녁 식사 후에 여행객들과 짐을 역까지 실어다줄 마차가 왔다. 포그 씨가 마차에 오르면서 픽스에게 물었다.

"프록터 대령은 다시 못 보았습니까?"

"네."

"나중에 미국에 다시 와서 대령을 만나야겠군요. 영국 시민으로서 그런 대우를 받고서 가만히 있을 수는 없지요."

픽스 형사는 말없이 미소만 지었다. 하지만 포그 씨는 명예를 지키기 위해서라면 자국에서 금지된 결투를 외국에서 강행할 수 있는 천생 영국인이었다.

6시를 15분 남겨두고 여행자들은 역에 도착해서 출발 준비 중인 기차를 찾았다.

포그 씨는 탑승을 하려다가 역무원을 발견하고는 다가갔다.

"오늘 샌프란시스코에서 무슨 소동 없었습니까?"

"집회가 있었지요."

"하지만 거리에서 난리가 난 것 같던데요."

"선거 집회였을 뿐입니다."

"총사령관이라도 뽑았나 봅니다."

포그 씨가 말했다.

"아뇨, 치안판사를 뽑았습니다."

이 대답을 듣고 필리어스 포그는 열차에 올랐다. 열차는 전속력으로 출발했다.

26

퍼시픽 철도 특급열차를 타다

미국인들이 말하는 '대양에서 대양까지'는 일반적으로 미 대륙을 횡단하는 '대간선철도'를 가리킨다. 하지만 실제 '퍼시픽 철도'는 샌프란시스코와 오그던을 연결하는 '센트럴 퍼시픽 철도'와 오그던과 오마하를 연결하는 '유니언 퍼시픽 철도'로 나뉜다. 그리고 오마하에서 뻗어나가는 5개 지선이 뉴욕을 자주 오간다.

그러므로 이제 뉴욕과 샌프란시스코는 약 6100킬로미터에 달하는 금속 띠로 쭉 연결되어 있다. 태평양과 오마하 사이의 철도는 아직도 인디언과 야생동물이 출몰하는 고장을 가로지른다. 일리노이주에서 추방된 모르몬교도들이 1845년경부터 이 드넓은 땅에 거주하기 시작했다.

옛날에는 뉴욕에서 샌프란시스코까지 가려면 아무리 조건이 따라줘도 여섯 달은 걸렸다. 지금은 일주일이면 충분하다.

1862년, 남부 국회의원들이 철도가 좀 더 남쪽으로 지나가야 한다면서 항의했지만, 노선은 북위 41도와 42도 사이로 정해졌다. 안타깝게도 고인이 된 당시 대통령 링컨이 직접 네브래스카주 오마하를 새로운 철도의 출발점으로 정했다. 공사는 즉시 시작되었고, 탁상행정이나 관료주의가 없는 미국식 실행력으로 진행되었다. 작업은 빠르게 진전되면서도 더없이 건실했다. 초원에서 매일 2400킬로미터씩 철로가 놓였다. 기관차는 바로 전날 깔린 철로를 따라 다음 날 공사할 레일을 날랐고, 레일이 놓이면 다시 또 그만큼 더 나아갔다.

퍼시픽 철도에는 아이오와주, 캔자스주, 콜로라도주, 오리건주로 뻗어나가는 지선이 있다. 오마하에서 출발하는 노선은 플랫강의 왼쪽 기슭을 따라 북쪽 지류의 어귀까지 가서 남쪽으로 갈라지는 지류를 따르고, 래러미평야과 워새치산맥을 넘어 그레이트솔트호를 돌아 모르몬교도들의 수도 솔트레이크시티에 다다른다. 여기서 다시 투일라 계곡으로 들어가고 사막과 시더산, 험볼트산, 시에라네바다산맥을 지나 새크라멘토를 거쳐 태평양으로 내려가는데, 철로의 기울기는 로키산맥을 넘을 때조차 1킬로미터당 20미터를 넘지 않는다.

이 기다란 대동맥을 열차가 7일간 따라가면, 명망 높은 필리어스 포그의 바람대로 11일에 뉴욕에서 리버풀로 향하는 여객선을 탈 수 있다.

필리어스 포그가 탄 객차는 차대車臺 두 개 사이에 놓인 기다란 승합마차와 비슷했다. 차대 하나에 바퀴가 네 개 달렸고 급커브 구간에서도 바퀴의 방향 전환이 원활했다. 객차 안은 객실이 따로 나뉘어 있지 않았다. 차축과 직각으로 객차 양쪽에 긴 의자가 쭉 놓여 있었다. 의자 사이의 통로는 화장실 및 다른 객차와 연결되었다. 열차의 모든 차량은 연결 통로로 이어져서 승객은 열차 맨 끝에서 맨 앞까지 갈 수도 있고 객차들 중간 중간에 있는 휴게 칸, 전망 칸, 식당 칸, 카페 칸으로 갈 수도 있었다. 없는 것은 극장뿐이었지만, 언젠가는 극장 칸도 생길 것이다.

통로에서는 카트를 밀고 다니면서 책과 신문을 파는 사람, 술과 음식물과 시가를 파는 사람이 쉴 새 없이 오갔다.

열차는 저녁 6시에 오클랜드역을 출발했다. 밖은 벌써 밤이었다. 날이 춥고 하늘은 우중충한 것이 당장이라도 눈이 펑펑 쏟아질 것 같았다. 열차는 그리 빠르지 않았다. 역에서 정차하는 시간을 포함해도 시속 32킬로미터를 넘지 않았다. 하지만 그 정도로만 달려도 예정된 시간에 미국을 횡단할 수 있었다.

사람들은 객차에서 거의 말을 하지 않았다. 게다가 잠을 청할 시간이기도 했다. 파스파르투는 형사와 나란히 앉았지만 그에게 말을 걸지는 않았다. 최근 여러 일로 두 사람 사이는 눈에 띄게 냉랭해졌다. 이제 호감이나 친밀감은 없었다. 픽스의 태도는 변한 것이 없었지만 파스파르투는 극도로 조심하면서 과거의 친구가 조금이라도 수상한 낌새를 보이면 당장이라도 목을 조를 태세였다.

출발한 지 한 시간쯤 되어서 눈이 내리기 시작했다. 열차의 속도를 늦출 정도는 아닌 싸락눈이었다. 차창 밖은 온통 하얀 천으로 뒤덮인 듯했다. 그 위로 소용돌이치며 날아가는 열차의 연기가 잿빛으로 보였다.

8시가 되자 승무원이 객차에 들어와 여행객들에게 취침 시간을 알리는 종을 울렸다. 이 객차는 몇 분 만에 공동 침실로 변신할 수 있는 침대차였다. 기발하게 설계된 장치에 따라 의자 등받이를 접으면 여행객들이 각자 편안하게 이용할 수 있는 간이침대가 만들어졌다. 두꺼운 커튼으로 타인의 시선을 막을 수 있었으며 시트는 하얬고, 베개도 푹신했다. 다들 드러누워 잠을 청하기만 하면 되었다. 승객들은 여객선의 안락한 선실 안에 들어와 있는 것 같았다. 그들이 잠든 동안에도 열차는 전속력으로 캘리포니아주를 통과했다.

샌프란시스코에서 새크라멘토까지는 지형이 대체로 완만하다. 센트럴 퍼시픽 노선이라고 부르는 구간의 철도는 새크라멘토에서 출발해 동쪽으로 가다가 오마하에서 출발하는 다른 노선과 만난다. 샌프란시스코에서 캘리포니아의 주도까지 이어지는 노선은 샌패블로만으로 흘러드는 아메리카강을 따라 곧장 북동쪽으로 뻗어 있었다. 193킬로미터 거리인 이 두 대도시는 여섯 시간이면 주파할수 있었고, 승객들이 잠들기 시작한 자정 즈음에는 새크라멘토를 지나갔다. 따라서 승객들은 캘리포니아의 행정수도인 이 대단한 도시를 전혀 보지 못했다. 아름다운 강변, 넓은 강기슭, 웅장한 호텔, 광장, 교회 그 무엇도 볼 수 없었다.

열차는 새크라멘토를 빠져나와 정션역, 로클린역, 오번역, 콜팩스역을 지난 다음 시에라네바다산맥으로 들어갔다. 아침 7시에는 시스코역을 지나고 있었다. 그로부터 한 시간 뒤, 공동 침실은 평범한 객차의 모습으로 돌아왔고 승객들은 차창 너머 그림 같은 산악 지방의 경치를 감상할 수 있었다. 철로는 험준한 시에라네바다산맥의 지형에 따라 산등성이에 달라붙기도 하고, 낭떠러지 위에 매달리기도 하고, 급작스럽게 꺾어지는 곳에서는 과감하게 커브를

틀고, 통과할 수 없을 것처럼 좁아 보이는 협곡에 진입하기도 했다. 기관차는 황갈색 불빛의 전조등과 은빛 종, 앞에 튀어나와 있는 배장기排障器[42] 때문에 성궤처럼 빛났다. 경적과 굉음이 급류와 폭포 소리에 뒤섞였다. 연기는 까만 전나무 가지를 휘감았다.

이 구간에는 터널이 거의 없고 교각도 없었다. 선로는 지름길을 찾거나 자연을 훼손하지 않고 산허리를 따라 돌았다.

열차는 9시경 카슨 계곡을 지나 네바다주로 들어가서 계속 북동쪽으로 달렸다. 그리고 리노에 멈춰 20분간 승객들이 점심 먹기를 기다렸다가 정오에 다시 출발했다.

철로는 여기서부터 험볼트강을 따라 북쪽으로 오르막길을 몇 킬로미터나 간다. 험볼트강의 발원지인 험볼트산맥은 네바다주의 끄트머리에 자리 잡고 있다.

포그 씨 일행은 점심을 먹고 나서 객차로 돌아와 자리를 잡았다. 필리어스 포그, 아우다 부인, 픽스, 파스파르투는 편안하게 앉아 눈앞에서 스쳐 지나는 다채로운 풍광을 감상했다. 드넓은 초원, 지평선에 우뚝한 산, 거품을 일으키며 흐르는 개울, 이따금 들소 떼가 멀리서부터 움직이는 제방 같은 모습으로 나타났다. 허다한 반추동물의 무리가 열차의 앞길을 가로막곤 했다. 수천 마리 들소 떼가 빽빽하게 열을 지어 몇 시간 내내 철로를 지나가기도 했다. 그러면 기관차는 어쩔 수 없이 멈춰 서서 장애물이 사라질 때까지 기다릴 수밖에 없었다.

그게 바로 지금 일어난 일이었다. 오후 3시쯤, 1만 마리에서 1만

---

42 기관차나 열차 앞에 달아서 철로 위에 있을지 모르는 장애물을 제거하고, 탈선을 방지하는 기구.

2000마리쯤 되는 들소 떼가 철로를 가로막았다. 열차는 속도를 늦추고 배장기로 들소 떼를 측면으로 밀어내려 했지만 뚫고 들어갈 틈이 없었다.

미국인들이 '버펄로'라는 이름으로 잘못 부르곤 하는 이 반추동물들은 가끔 요란한 울음소리를 내면서 태평하게 지나갔다. 유럽 황소보다 몸집이 크고 다리와 꼬리가 짧으며, 어깨뼈 사이에 혹 같은 근육이 솟아 있고 뿔은 아래쪽이 갈라져 있으며, 머리와 목과 어깨는 긴 갈기로 덮여 있었다. 들소 떼의 이동을 막으려고 해서는 안 됐다. 들소가 일단 방향을 잡아 움직이기 시작하면 어차피 무슨 수를 써도 막을 수 없었다. 들소 떼는 어떤 제방으로도 막을 수 없는 급류였다.

승객들은 연결 통로에 흩어져 이 흥미로운 광경을 지켜보았다. 하지만 누구보다 초조할 필리어스 포그는 자기 자리를 떠나지 않고 들소 떼가 지나기를 차분히 기다렸다. 파스파르투는 그 짐승들 때문에 열차가 못 간다면서 길길이 뛰고 권총으로 다 갈겨버리고 싶다고 했다.

"뭐 이런 나라가 다 있담! 겨우 소 떼 때문에 열차가 서다니! 저것들이 교통을 방해하는 주제에 어슬렁어슬렁 여유를 부리면서 아주 퍼레이드를 하네! 제기랄, 포그 씨가 이런 것도 다 예상하고 계획을 짰으려나 몰라! 기관사는 왜 저 괘씸한 짐승들을 열차로 받아버리지 않는 거야!"

파스파르투가 소리를 질렀다.

실제로 기관사는 장애물을 억지로 돌파할 생각이 없었고, 그것은 현명한 처사였다. 기관차 앞의 배장기로 가장 가까이 있는 소들을 들이받을 수도 있긴 했다. 하지만 기관차가 아무리 강력하다고 해도 결국은 더 못 가고 선로를 이탈하고 말 것이다. 열차로서는 그게 더 절망적인 상황이다.

따라서 참을성 있게 기다리는 것이 최선이었다. 나중에 속력을 내서 잃어버린 시간을 만회해야 하는 한이 있더라도 말이다. 들소 떼의 행렬은 장장 세 시간이나 계속되었고, 비로소 선로가 트였을 때는 땅거미가 내려앉고 있었다. 맨 뒤에 처진 들소들이 선로를 건너는 동안 들소 떼의 선두는 남쪽 지평선 너머로 자취를 감추었다.

열차는 8시가 되어 험볼트산맥의 협로를 지났고, 9시 30분에는 그레이트솔트호의 고장, 모르몬교도들의 희한한 고장 유타주로 들어섰다.

27

파스파르투가 시속 32킬로미터로 달리는
열차 안에서 모르몬교의 역사 강의를 듣다

12월 5일 밤에서 6일 오전까지 기차는 동남쪽으로 80킬로미터를 달렸고, 거기서 다시 동북쪽으로 80킬로미터를 더 달려 그레이트솔트호에 다다랐다.

파스파르투는 오전 9시경 객차 연결 통로에서 아침 바람을 쐬고 있었다. 쌀쌀하고 하늘이 우중충했지만 눈은 이제 내리지 않았다. 태양이 안개 때문에 더 크게 보였고, 마치 거대한 금화 같았다. 저해가 진짜 금화라면 몇 파운드나 될지 속으로 생각하고 있었는데, 웬 기묘한 인물이 나타나 그의 유용한 고민을 중단시켰다.

그는 엘코역에서 탄 남자였다. 키가 크고 머리는 진한 갈색이었는데 콧수염은 검은색이었다. 그는 검은 양말, 검은 실크해트, 검은 조끼, 검은 바지, 흰 넥타이, 개 가죽 장갑을 착용하고 있었다. 차림새를 봐서는 목사 같았다. 그 남자는 열차의 끝에서 끝까지 걸어 다니면서 모든 객차 문에 손으로 쓴 전단을 붙였다.

파스파르투가 다가가서 전단을 읽었다. 친애하는 모르몬교 선교사 윌리엄 히치 장로가 48호 열차에 탑승한 김에 117호 객차에서 11시부터 12시까지 모르몬교에 대한 강연을 한다나. '후기 성도' 교회의 신비를 접하고 싶은 신사들은 모두 와서 들어주기를 바란다고 했다.

"당연히 가야지."

파스파르투가 중얼거렸다. 그는 모르몬교 사회가 일부다처제를 기반으로 한다는 사실밖에 몰랐다.

강연 소식은 순식간에 퍼져나가 100여 명의 여행객을 들뜨게 했다. 그들 중 서른 명 남짓은 강연이라는 말에 솔깃해서 11시에 117호 객차에 자리를 잡았다. 파스파르투는 독실한 신도들이 앉는 첫 번째 열에 자리를 잡았다. 그의 주인과 픽스는 강연에 올 필요를 느끼지 못했다.

예정된 시각이 되자 윌리엄 히치 장로가 일어나 마치 누구에게 이미 무슨 말을 듣기라도 한 것처럼 격앙된 목소리로 말했다.

"분명히 말씀드립니다만, 조지프 스미스는 순교자이고, 그의 형 하이럼도 순교자이며, 우리 예언자들을 박해하는 연방 정부는 브리검 영도 순교자로 만들고 말 겁니다! 이 사실을 누가 감히 부정할 수 있습니까?"

타고난 차분한 외모와 격앙된 말투가 대조를 이루는 장로의 말에 아무도 감히 반박을 하지 못했다. 하지만 모르몬교가 현재 시련을 겪고 있었으므로 장로의 분노는 이해할 만한지도 몰랐다. 실제로 미국 정부는 이 독립적인 광신도들을 가까스로 제압했다. 유타주를 장악하고, 브리검 영은 반란죄와 중혼죄로 투옥했다. 그 후 이 예언자의 제자들은 더욱더 전력을 기울였고, 행동에 나설 때를 기다리며 말로 의회의 요구에 저항하고 있었다.

하여, 보다시피 윌리엄 히치 장로는 열차 안에서까지 포교 활동을 하는 것이었다.

이어서 그는 목청을 돋우고 과격한 몸짓을 더하면서 성서 시대이래 모르몬교의 역사를 이야기했다. 어떻게 이스라엘에서 요셉 부족 출신의 모르몬교 예언자가 신흥 종교의 연대기를 출판해 아들 모롬에게 남겼는지, 어떻게 1825년에 신비한 예언자로 드러난 버몬트주의 농부 조지프 스미스 주니어가 이집트 문자로 된 이 귀중한 책을 몇 세기가 지난 시점에 번역하면서 신비한 예언자가 되었는지, 또한 어떻게 하늘의 전령이 빛나는 숲에서 그에게 주님의 연대기를 전했는지 말이다.

그때 선교사의 옛날이야기가 지루해진 사람 몇 명이 객차에서 나갔다. 그래도 윌리엄 히치는 계속 어떻게 스미스 주니어가 부친과 두 형제와 몇몇 제자를 데리고 후기 성도 교회를 세웠는지 설명하면서 이 종교가 미국뿐만 아니라 영국, 스칸디나비아반도, 독일에도 전파되었고, 수공업자들 못지않게 전문직 종사자들도 많이 믿는다고 덧붙였다. 그리고 어떻게 오하이오주가 그들의 근거지가 되었는지, 어떻게 20만 달러로 교회를 세우고 커클랜드에 도시를 건설했는지, 어떻게 스미스가 대담한 은행가로 변신했는지, 미라를 구경시키던 어느 전시업자가 어떻게 아브라함과 그 외 저명한 이집트인들의 육필 원고 파피루스를 받게 되었는지 설명했다.

이 이야기가 다소 장황했기 때문에 청중석을 떠나는 사람이 점점 늘어났고, 결국 고작 스무 명밖에 남지 않았다.

그래도 장로는 이러한 반응에 개의치 않고 이야기를 이어갔다. 1837년에 조지프 스미스가 파산한 사연, 그 때문에 돈을 날린 주주들이 그의 몸에 타르를 바르고 깃털 더미에 굴려버렸지만 몇 년 후 그가 미주리주 인디펜던스에 그 어느 때보다 존경받는 모습으로 나타나 3000명이 넘는 신도 공동체를 이끄는 지도자가 된 사연, 그러다 결국 이방인들의 박해 때문에 미 서부까지 도피해야 했던 사연을 이야기했다.

아직도 남아 있는 청중은 열 명뿐이었는데, 선량한 파스파르투도 그 틈에 끼여 열심히 귀를 기울이고 있었다. 그리하여 어떻게 스미스가 오랜 박해 후에 다시 일리노이주에 나타나 1839년 미시시피강변에 노부라벨이라는 도시를 세우고 인구 2만 5000명 규모까지 키웠는지, 어떻게 스미스가 그 도시의 시장 겸 최고재판장 겸 총사령관이 되었는지, 어떻게 1843년에 미 대통령 후보로까지 나서게 되었는지, 또 어떻게 카시지에서 함정에 빠져 투옥되었다가 복면 괴한들에게 살해당했는지 알게 되었다.

마침내 객차의 청중석에는 파스파르투 한 명만 남았다. 장로는 그를 똑바로 바라보면서 언변으로 그의 마음을 사로잡았다. 그는 스미스가 암살당하고 2년이 지난 후, 그의 후계자이자 계시를 받은 예언자 브리검 영이 노부라벨을 버리고 솔트호 근처에 정착했고, 이 놀라운 고장의 기름진 땅 한복판, 유타주를 통해서 캘리포니아주로 이주하는 이들의 길목에 새로운 거주지를 조성했으며, 모르몬교의 일부다처제 원칙 덕분에 금세 급격히 팽창할 수 있었다고 설명했다.

"바로 이 때문에 의회가 우리를 시기하는 것이지요! 이 때문에 연방 군대가 유타주로 쳐들어왔고, 우리의 지도자이신 예언자 브리검 영은 부당하게 옥살이를 하고 있습니다! 그런다고 우리가 힘에 굴복할까요? 천만의 말씀입니다! 우리는 버몬트주에서 쫓겨나고 일리노이주에서도 쫓겨났지요. 미주리주에서 쫓겨나고 유타주에서 쫓겨났지만, 기어이 우리의 독립적인 영토를 찾아 천막을 칠겁니다…. 그러니 그대, 독실한 그대도 우리의 깃발 아래 당신의 천막을 치지 않겠습니까?"

장로는 노기 어린 눈빛으로 한 명뿐인 청중을 쏘아보면서 말했다.

"아뇨."

파스파르투는 용감하게 대답하고는 그 광신도가 광야에서 홀로 외치게끔 자기도 냉큼 그 자리를 떴다.

이렇게 설교가 진행되는 동안에도 기차는 빠르게 달렸다. 정오에서 30분쯤 지나서는 그레이트솔트호의 북서쪽 끝에 이르렀다. 그곳에서는 광대한 내해內海를 한눈에 담을 수 있었다. 사해死海라고도 부르는 그레이트솔트호에는 미국의 요르단강, 즉 조던강이 흘러 들어간다. 멋진 호수를 둘러싼 아름답고 야성적인 바위들은 아래쪽에 흰 소금이 층층이 쌓여 넓적한 껍질처럼 붙어 있었다. 예전에는 이 호수가 더 넓었는데 세월이 흐르면서 호숫가의 땅이 조금씩 융기해 지금은 면적은 줄어든 대신 깊이가 깊어졌다.

그레이트솔트호는 길이가 112킬로미터, 폭이 56킬로미터 정도이고, 해발 1000미터가 넘는 고지대에 위치한다. 그 점이 해수면보다 오히려 365미터 낮은 중동의 사해와 전혀 다르다. 이 호수의 염도는 매우 높다. 호수에 녹아 있는 소금의 양이 호숫물 무게의

4분의 1에 달한다. 증류수의 비중이 1000이라면, 이 호수의 비중은 1170이다. 따라서 물고기가 살 수 없다. 조던강, 웨버강, 그 밖의 작은 시내를 통해 그레이트솔트호로 들어온 물고기는 금세 죽고 만다. 하지만 물의 비중이 커서 사람 몸이 가라앉지 않고 뜬다는 말은 사실이 아니다.

호수 주변의 평야는 아주 잘 경작되어 있었다. 모르몬교도들은 농사를 잘 짓는다. 목장과 축사, 밀과 옥수수와 수수가 자라는 밭, 울창한 초원, 사방으로 세워놓은 들장미 산울타리, 한데 자라는 아카시아와 버들옷이 아마도 여섯 달 뒤 이 고장의 모습일 것이다. 지금은 살짝 쌓인 눈 때문에 그런 모습을 볼 수 없었다.

오후 2시, 여행객들은 오그던역에서 내렸다. 열차는 정차 후 6시에 다시 출발할 예정이었으므로 포그 씨, 아우다 부인, 그리고 다른 두 길동무는 오그던역에서 지선을 타고 '성도의 도시'에 다녀올 시간이 있었다. 솔트레이크시티는 미합중국의 다른 도시들을 본떠서 만든 듯해서 두 시간이면 둘러볼 수 있었다. 이 도시는 거대한 체스판처럼 길고 곧은 선으로 이루어졌다. 빅토르 위고의 표현을 빌리자면 '직각의 음울한 비애'가 있다고나 할까. 성도의 도시를 건립한 이는 앵글로색슨 특유의 대칭에 대한 욕구에서 벗어나지 못했다. 제도에 걸맞지 않은 이들이 사는 이 독특한 고장에서는 모든 것이 '네모반듯하게', 아주 '확실하게' 되어 있었다. 도시도, 집도, 실수까지도.[43]

---

43 프랑스어 'carrément'에는 '네모반듯하게'라는 뜻 외에 '똑바로', '단호하게', '확실히'라는 뜻이 있다. 여기서는 이런 중의적인 표현을 사용해 '도시'와 '집'은 '네모반듯하게'로, '실수'는 '확실히'라는 뜻으로 썼다.

그리하여 3시에 여행자들은 조던강과 워새치산맥이 시작되는 기슭 사이에 세워진 도시의 거리를 거닐었다. 교회는 그다지 눈에 띄지 않았고 예언자의 집, 법원, 무기고 같은 주요 건물들이 보였다. 푸르스름한 벽돌집에는 베란다와 회랑이 있었고 아카시아, 종려나무, 개롭나무가 자라는 정원이 있었다. 1853년에 점토와 자갈을 섞어 세웠다는 성벽이 도시를 둘러싸고 있었다. 시장이 서는 주요 도로에는 솔트레이크시티 의회를 비롯해 깃발로 장식된 건물이 여러 채 있었다.

포그 씨 일행은 그 도시가 한산하다고 생각했다. 거리에는 인적이 거의 없었고, 그나마 사람이 좀 있는 솔트레이크 성전은 울타리로 둘러싸인 몇 구역을 지나서야 나왔다. 그곳에는 여자들이 많았는데, 그 이유는 모르몬교의 기이한 가족 구성 때문이다. 그렇지만 모든 모르몬교도가 일부다처제 가정을 꾸리는 것은 아니다. 무조건 믿을 만한 사실은 아니지만 유타주 여성들은 결혼에 목매는 경향이 있다고 볼 만하다. 모르몬교의 하늘나라는 결혼하지 않은 여성에게는 지복至福을 허락하지 않는다고 하니 말이다. 독신 여성들은 안락하게 사는 것 같지도 않았고 행복해 보이지도 않았다. 더러 가장 부유한 축에 드는 것으로 보이는 여성들은 허리춤에서 벌어지는 검정 비단 재킷을 입고 그 위에 아주 수수한 숄이나 두건을 덧입었다. 나머지 여자들은 날염 무명옷을 입고 있었다.

파스파르투는 소신이 있어서 혼자 사는 남자였으므로 남자 한 명의 행복을 분담하는 모르몬교 여자들에게 질겁하지 않을 수 없었다. 그의 상식으로는, 불만을 품어야 할 사람은 남편이었다. 한 명도 아니고 여러 명의 부인을, 인생의 온갖 부침 속에서도 모르몬교의 천국까지 인도해야 한다니 얼마나 끔찍한가. 모르몬교 남자는 기쁨이 넘치는 천국에서 한자리를 차지하고 있을 영광스러운 스미스와 더불어 현세의 부인들과 영원히 함께 살 기대를 품는다. 파스파르투는 그런 소명은 일절 이해하지 못했고, 아마 지나친 생각이었겠지만 솔트레이크시티의 여자들이 그에게 심상치 않은 눈길을 보내는 것 같았다.

그에게 다행스럽게도 성도의 도시에서 더 머물 시간은 없었다. 4시가 조금 안 되어 그들은 역으로 다시 돌아가 객차에 탑승했다.

기적 소리가 들렸다. 기관차의 구동 바퀴가 선로 위를 구르고 열차가 드디어 속력을 내려는 찰나, 누군가가 외쳤다.

"멈춰요! 멈추세요!"

달리는 열차는 멈추지 않는다. 소리를 지른 남자는 출발 시각에 늦은 모르몬교 신도 같았다. 그는 숨이 턱까지 차도록 달렸다. 역에 개찰구나 차단기가 없어서 그에게는 다행이었다. 그래서 그는 선로로 다짜고짜 돌진해 맨 끝 객차의 승강구 계단에 휙 올라타서는 객차 안 의자에 주저앉았다.

이 체조 묘기 같은 움직임을 감탄하며 지켜보던 파스파르투는 그 승객을 유심히 바라보았다. 이윽고 그 승객이 부부 싸움 끝에 달아난 유타주 시민이라는 사실을 알고는 더욱더 흥미를 보였다.

그 남자가 숨을 돌리자 파스파르투는 대담하지만 정중하게 부인이 몇 명이나 되는지 물어보았다. 파스파르투는 속으로 이렇게 집을 나올 정도라면 부인이 적어도 스무 명은 되는가 보다 짐작했다.

"하납니다, 선생! 하나도 지긋지긋해요!"

모르몬교도 남자가 두 팔을 하늘로 들면서 외쳤다.

28

파스파르투의 옳은 말을 아무도 듣지 않다

열차는 그레이트솔트와 오그던역을 떠나 한 시간 남짓 북쪽으로 웨버강까지 올라갔다. 샌프란시스코에서 출발해 지금까지 약 1450킬로미터를 달렸다. 웨버강에서 다시 동쪽으로 방향을 틀어 험난한 워새치산맥을 넘었다. 이 산맥과 이름 그대로 바위가 많은 로키산맥 주변 지대는 미국의 토목기사들이 가장 고전했던 구간이다. 평야에 선로를 1.6킬로미터 까는 데는 1만 6000달러가 들지만, 이 구간에서는 그 세 배인 4만 8000달러가 들었다. 하지만 토목기사들은 앞에서도 말했듯이 자연을 훼손하지 않으면서 너무 빙 둘러 갈 필요도 없게끔 아이디어를 냈다. 그리하여 대분지까지 가는 4200여 미터 길이의 터널을 뚫었는데, 이는 철로 노선 전체를 통틀어 딱 하나뿐인 터널이다.

그때까지는 솔트호 지역의 선로가 가장 고지대였다. 그 지점부터 선로는 아주 완만한 곡선을 그리다가 비터 계곡 쪽에서 낮아지고 대서양과 태평양 사이 분수령으로 다시 올라간다. 이 산악지대에는 강이 많았다. 열차는 작은 다리를 통과해 머디강과 그린강 외에 여러 강을 넘어가야 했다. 파스파르투는 목적지가 가까워질수록 마음이 급해졌다. 하지만 픽스 쪽에서는 그 험준한 고장부터 빨리 지나가기를 바랐다. 시간이 지체되는 것도, 사고가 나는 것도 두려웠다. 빨리 영국으로 돌아가고 싶은 심정은 픽스도 필리어스 포그 못지않게 간절했다!

밤 10시에 열차는 포트브리저역에 잠시 정차하고 32킬로미터를 더 달려 와이오밍주, 옛날에는 다코타주였던 지역에 진입했다. 비터 계곡에는 콜로라도강으로 흘러 들어가는 작은 강이 있었다.

다음 날인 12월 7일, 열차는 그린강역에서 15분간 정차했다. 눈이 밤새 내렸지만 비와 섞여 반은 녹아버렸기 때문에 열차 운행에 방해가 되지는 않았다. 그래도 파스파르투는 악천후에 불안해했다. 눈이 쌓이면 열차 바퀴에 눈이 끼고 여행에 확실히 차질이 생길지도 몰랐다.

파스파르투는 속으로 생각했다.

'도대체 왜 겨울에 여행을 하기로 한 거야! 날씨가 좋아질 때까지 기다렸다가 출발했으면 성공 확률도 더 높지 않았겠어?'

이 건실한 젊은이가 흐린 하늘과 점점 낮아지는 기온 외에는 아무것도 안중에 없을 때, 아우다 부인은 다른 이유에서 훨씬 더 심각하게 고민하고 있었다.

사실 그린강역에 잠시 정차했을 때 몇 사람은 플랫폼에 잠깐 내렸다가 다시 탔다. 아우다 부인은 차창 너머로 스탬프 W. 프록터 대령을 알아보았다. 샌프란시스코 정치 집회에서 필리어스 포그에게 무례하게 굴었던 바로 그 사내 말이다. 아우다 부인은 눈에 띄지 않으려고 얼른 몸을 뒤로 뺐다.

젊은 여인은 이 일로 몹시 불안했다. 겉으로는 냉정해 보여도 매일같이 자기를 헌신적으로 보살펴주는 남자에게 그녀는 애착을 느끼고 있었다. 생명의 은인에게 품은 이 감정이 얼마나 깊은지는 자기 자신도 몰랐을 것이다. 아직도 고마움이라고만 생각하는 감정이 자기도 모르게 커지고 있었다. 그래서 포그 씨가 지난번 일로 단단히 벼르는 막돼먹은 상대를 보고서 심장이 죄어드는 것 같았다. 프록터 대령은 우연히 이 열차를 탔겠지만, 어쨌든 이제 무슨 수를 써서라도 필리어스 포그가 대령을 알아보지 못하게 막아야 했다.

열차가 다시 출발했다. 아우다 부인은 포그 씨가 잠시 잠든 틈을 타서 픽스와 파스파르투에게 자초지종을 설명했다.

"그 프록터라는 놈이 이 열차에 탔다고요! 안심하세요, 부인. 놈은 포그 씨를 상대하기 전에 나부터 상대해야 할 테니까! 나보다 그 인간에게 모욕당한 사람이 어디 있다고요!"

픽스가 큰 소리로 말했다.

"어디 그뿐인가요. 저 역시, 그자가 대령이라고 해도 봐줄 수 없습니다."

파스파르투가 말했다.

"픽스 씨, 포그 씨가 복수할 기회를 다른 사람에게 주겠어요? 포그 씨는 지난번에 그 사람을 찾으러 미국에 다시 한 번 오겠다는 말까지 했어요. 그러니까 프록터 대령이 포그 씨 눈에 띄면 우리는 손도 못 쓰고 유감스러운 결과를 볼 거예요. 무슨 수를 써서라도 포그 씨가 대령을 못 보게 해야 해요."

아우다 부인이 말했다.

"지당한 말씀입니다, 부인. 결투로 모든 것을 잃을 수도 있어요. 결투 승패에 상관없이 일정이 지연될 테고, 그러면….."

"그렇게 되면 리폼 클럽 신사 나리들이 내기에서 이기겠지요. 우리는 나흘 후면 뉴욕에 도착합니다! 나흘 동안 주인 나리가 객차에만 머물러 있으면 그 보기 싫은 미국 놈과 우연히 마주칠 일도 없겠지요. 그러니 방법을 잘 찾아서….."

파스파르투가 여기까지 말했을 때 대화가 중단되었다. 포그 씨가 잠에서 깼기 때문이다. 그는 눈발이 달라붙은 창문 너머로 들판을 바라보았다. 하지만 잠시 후, 파스파르투는 주인과 아우다 부인에게 들리지 않도록 조심하면서 픽스에게 속닥거렸다.

"정말 우리 주인을 위해 싸울 거요?"

"유럽에 산 채로 데려가기 위해서라면 뭐든지 해!"

픽스는 간단한 대꾸로 불굴의 의지를 보여주었다.

파스파르투는 온몸이 오싹했지만 주인에 대한 그의 믿음은 약해지지 않았다.

이제 포그 씨가 대령을 절대 만나지 못하게 객차에 붙잡아놓을 방법이 있을까? 포그 씨는 많이 돌아다니거나 호기심을 드러내는 사람이 아니었으므로 아주 어려운 일은 아닐 성싶었다. 어쨌든 형사가 잠시 후 필리어스 포그에게 이렇게 말을 건넨 것을 보면, 그는 방법을 찾았다고 생각했던 모양이다.

"열차에서 이렇게 보내는 시간은 참 길고 느리네요."

"그렇습니다. 그래도 시간은 흐르지요."

"여객선에서는 늘 휘스트를 하셨지요?"

"네, 하지만 여기선 어렵겠네요. 카드도 없고, 게임 상대도 없으니까요."

"아! 하지만 카드는 살 수 있을걸요. 미국 열차에서는 뭐든지 다 팔아요. 게임 상대라면 혹시 부인께서…."

"물론이죠, 저도 휘스트를 할 줄 알아요. 영국식 교육의 일환이었죠."

젊은 부인이 기세 좋게 대답했다.

"저도 그 게임은 좀 할 줄 압니다. 우리 셋에 더미[44] 하나만 세우면…."

"좋으실 대로 하시지요."

포그는 자기가 제일 좋아하는 게임을 열차 안에서도 즐길 수 있게 되어 기쁜 듯했다.

파스파르투는 급히 열차 승무원을 찾으러 나갔고, 잠시 후 카드 두 벌, 점수표, 칩, 천을 씌운 간이 탁자를 들고 돌아왔다. 게임이 시작되었다. 아우다 부인은 엄격한 필리어스 포그도 칭찬할 만한 실력을 보여주었다. 픽스 형사는 초보 수준을 면치 못했으나 신사의 상대가 되어줄 정도는 되었다.

'됐다, 주인 나리를 붙잡아놓을 수 있겠어. 이제 꿈쩍도 하지 않을걸!'

파스파르투는 속으로 생각했다.

오전 11시, 열차는 대서양과 태평양의 분수령에 도착했다. 해발 2310미터에 위치한 브리저 고개는 로키산맥을 지나는 선로 중에

---

44 카드 게임에서 인원이 모자랄 때 세우는 사람. 게임 진행을 위해 다른 사람들에게 패를 내놓는 역할을 하지만 실제로 게임에 참여하지는 않는다.

서도 가장 높은 곳에 해당했다. 여기서 320킬로미터를 더 달리면 대서양까지 쭉 이어지는 대평원이 나온다. 평지인지라 이 구간의 철로 공사도 수월했다.

노스플랫강에서 갈라진 지류와 부지류가 비탈을 따라 대서양 쪽으로 흘러내렸다. 래러미 산봉우리를 정점으로 삼는 북부 로키 산맥이 거대한 반원형 커튼처럼 북쪽과 동쪽의 지평선을 가득 메우고 있었다. 이 반원형 산맥과 선로 사이에 물기를 흠뻑 머금은 대평원이 펼쳐졌다. 선로 오른쪽으로는 층층이 비탈진 험준한 산맥이 보였다. 이 산맥은 남쪽으로 꺾어져 미주리강의 중요한 지류인 아칸소강의 발원지까지 이어진다.

12시 30분에 승객들은 이 지역을 내려다보는 할렉 요새를 얼핏 보았다. 이제 몇 시간만 달리면 로키산맥을 넘을 수 있을 것이다. 따라서 이 험준한 지역도 별 사고 없이 지나가는가 보다 싶었다. 날씨는 춥고 건조해졌다. 커다란 새들이 기관차에 놀라서 멀리 날아갔다. 곰이나 늑대 같은 야수는 평원에서 볼 수 없었다. 황량한 벌판만 끝없이 이어졌다.

포그 씨 일행은 자기네 객차 안에서 점심을 먹었고, 식사는 꽤 괜찮게 나왔다. 그들이 다시 끝날 줄 모르는 휘스트를 시작하려는데 기적 소리가 요란스레 울렸다. 열차가 멈춰 섰다.

파스파르투가 문밖으로 고개를 내밀어보았지만 무엇이 문제인지는 알 수 없었다. 역에 도착한 것은 분명히 아니었다.

아우다 부인과 픽스는 잠시 포그 씨가 선로로 내려갈까 봐 겁을 먹을 수도 있었다. 하지만 그 신사는 하인에게 그냥 이렇게만 일렀다.

"무슨 일인지 알아보게."

파스파르투가 객차를 박차고 나갔다. 승객이 40여 명 이미 나와 있었는데, 그중에는 스탬프 W. 프록터 대령도 있었다.

열차는 선로를 가로막는 빨간 신호등 앞에서 멈춰 서 있었다. 기관사와 차장이 선로 관리원과 열띤 토론을 벌이는 중이었다. 다음 역인 메디신보의 역장이 선로 관리원을 이곳에 보내놓았던 것이다. 승객들도 그들에게 다가가 한마디씩 끼어들었다. 그중에서도 프록터 대령은 쩌렁쩌렁한 목소리와 고압적인 몸짓이 두드러졌다.

파스파르투는 그 틈에 들어가 선로 관리원이 하는 말을 들었다.

"아뇨! 방법이 없다니까요! 메디신보 다리가 흔들려서 열차의 무게를 감당할 수 없습니다."

문제가 된 다리는 열차가 멈춘 곳에서 1.6킬로미터 거리에 있는 계곡에 걸친 현수교였다. 선로 관리원의 말대로라면 그 현수교의 케이블 몇 개가 끊어져서 열차가 지나가면 무너질 위험이 있다고 했다. 다리를 건널 수 없다는 관리인의 말은 어떻게 봐도 과장이 아니었다. 더욱이 무사태평하기로 이름난 미국인들이 조심해야 한다고 말하는데도 조심하지 않는 것은 미친 짓이었다.

파스파르투는 감히 이 소식을 주인에게 알릴 엄두가 나지 않아 이를 악문 채 석상처럼 굳어 있었다.

"세상에! 우리가 이 눈 속에 뿌리를 박고 꼼짝 못 하게 되는 건가!"

프록터 대령이 고함을 질렀다.

"대령님, 열차를 보내달라고 오마하역에 전신을 보냈습니다만 6시 전에 그 열차가 메디신보역에 도착할 방법이 없습니다."

"6시라니!"

파스파르투가 외쳤다.

"아마도요, 게다가 걸어서 역에 도착하려면 그 정도는 되어야 합니다."

"걸어서라니!"

이번에는 모든 승객이 외쳤다.

"메디신보역까지 거리가 얼마나 되는데요?"

어느 승객이 차장에게 물었다.

"19킬로미터입니다. 강 건너편이죠."

"눈 속에서 19킬로미터를 걸어간다고!"

스탬프 W. 프록터 대령이 외쳤다.

대령은 욕설을 쏟아내고, 철도 회사와 차장을 비난했다. 파스파르투도 화가 나서 맞장구를 칠 뻔했다. 이번에는 주인의 돈다발을 다 쏟아부어도 극복할 수 없는 물리적 장애가 나타난 것이다.

게다가 시간이 지체되는 것은 둘째치고, 눈밭을 19킬로미터나 걸어가야 한다는 사실에 승객들은 대부분 낙담했다. 다들 웅성거리고, 괴성을 지르고, 펄쩍 뛰며 화를 냈다. 필리어스 포그가 휘스트에 정신이 쏠려 있지 않았다면 분명히 이 소동을 눈치챘을 것이다.

그래도 파스파르투는 사실을 알려야 했다. 그는 고개를 수그리고 객차로 갔다. 그때 기관사가 목청을 높였다. 그는 진짜배기 양키로, 이름은 포스터라고 했다.

"여러분, 어쩌면 방법이 있을 겁니다."

"다리로 간다는 겁니까?"

어떤 승객이 대꾸했다.

"다리로 갑니다."

"이 열차로?"

대령이 물었다.

"이 열차로."

파스파르투는 그 자리에 멈춰 기관사의 말을 집어삼킬 듯 귀를 곤두세웠다.

"다리가 무너진다잖아!"

차장이 말했다.

"상관없습니다. 전속력으로 달리면 승산이 있다고 봅니다."

"염병할!"

파스파르투가 외쳤다.

하지만 일부 승객은 이 말에 즉시 흥미를 보였다. 특히 프록터 대령은 아주 마음에 들어 했다. 이 성마른 사내는 해볼 만한 일이라고 생각했다. 그는 심지어 어떤 엔지니어들이 튼튼하게 연결된 열차를 전속력으로 몰아서 '다리가 없는' 강을 건너갈 생각도 했었다는 둥 별소리를 다 했다. 그리하여 결국 토론에 끼어든 사람들 모두가 기관사의 말에 일리가 있다고 생각하기에 이르렀다.

"확률이 50퍼센트는 되겠네."

누군가가 말했다.

"60퍼센트예요."

또 다른 사람이 말했다.

"80퍼센트! …90퍼센트!"

파스파르투는 기가 막혔다. 메디신보 계곡을 지나기 위해서라면 뭐든 감수할 각오가 되어 있었지만, 이런 시도는 지나치게 '미국적'으로 보였다.

'게다가 더 쉬운 방법이 있잖아. 이 사람들한테는 그 방법이 떠오르지도 않나 봐!'

파스파르투는 속으로 생각했다.

그는 다른 승객에게 이렇게 말을 걸었다.

"이봐요, 기관사가 제시한 방법은 다소 무모해 보이는데…."

"80퍼센트!"

그 승객은 홱 돌아서면서 외쳤다.

"내가 잘 아는데, 조금만 생각해도…."

파스파르투는 다른 신사를 붙잡고 말을 걸었다.

"생각을 왜 합니까! 기관사가 건널 수 있다잖아요!"

그 미국 남자는 어깨를 으쓱거리면서 대꾸했다.

"그럴지도 모르죠. 건널 수도 있겠지만 좀 더 신중하게…."

"뭐? 신중?"

우연히 이 말을 들은 프록터 대령이 펄쩍 뛰면서 고함을 질렀다.

"전속력으로 달린다잖아요! 못 알아먹어요? 전속력으로!"

"압니다, 알아들어요…. '신중'이라는 말이 거슬린다면 좀 더 '자연스러운' 방법이라고 합시다…."

"누가? 무엇을? 뭘 어쩐다는 거야! 도대체 저 인간이 말하는 자연스러운 방법이 뭔데?"

사방에서 사람들이 소리를 질렀다.

가엾은 젊은이는 이제 누구에게 말을 붙여야 할지 알 수 없었다.

"두려운가요?"

프록터 대령이 파스파르투에게 물었다.

"두렵냐고요? 내가? 좋아요, 해봅시다! 저 사람들에게 프랑스인도 미국인처럼 행동할 수 있다는 걸 보여줄 테니!"

"열차에 타세요! 승차!"

차장이 큰 소리로 외쳤다.

"그래요! 열차에 타세요!"

파스파르투가 따라 말했다.

"당장 타요! 하지만 승객이 걸어서 다리를 먼저 건너고, 그다음에 열차가 다리를 통과한 후 다시 탑승하는 방법이 더 자연스럽다고 봅니다….."

하지만 아무도 이 현명한 생각을 듣지 못했고, 설령 들었어도 그 생각이 옳다고 인정하고 싶지 않았을 것이다.

승객들은 객차로 돌아갔다. 파스파르투도 자리로 돌아왔고, 무슨 일이 있었는지는 전혀 말하지 않았다. 휘스트를 하는 이들은 게임에만 몰두해 있었다.

기관차가 찌렁찌렁하게 기적을 울렸다. 기관사는 증기의 방향을 거꾸로 돌려 열차를 1.6킬로미터 후진시켰다. 마치 추진력을 얻으려는 육상선수가 뒤로 물러났다가 박차고 나가듯이.

이윽고 두 번째 기적이 울리고 후진했던 열차가 질주하기 시작했다. 점점 더 속력이 붙고 무시무시하게 빨라졌다. 이제 기관차에서 울리는 요란한 굉음밖에 들리지 않았다. 피스톤이 1초에 20회 왕복운동을 하고 차축은 기름 상자 속에서 연기를 뿜었다. 시속 160킬로미터로 달리는 열차는 허공을 가르고 날아가는 듯했다. 속도가 중력을 흡수했던 것이다.

그리고 열차는 건너갔다! 번개처럼 순식간에 일어난 일이었다. 다리는 보이지도 않았다. 열차는 이쪽 강둑에서 저쪽 강둑으로 휙 뛰어넘었다고 해도 좋을 것이다. 기관사는 역을 8킬로미터나 지나 치고서야 미쳐 날뛰는 열차를 간신히 세울 수 있었다.

하지만 열차가 강을 건너자마자 완전히 파손된 다리는 무시무시한 소리를 내면서 메디신보의 급류로 무너져 내렸다.

29

미국 철도에서만 일어날 수 있는 이런저런 사건들

그날 저녁, 열차는 장애물 없이 순조롭게 샌더스 요새와 샤이엔 고개를 지나 에반스 고개에 도착했다. 그곳은 해발 2466미터로, 노선 전체에서 고도가 가장 높은 지대였다. 여기서부터 대서양까지는 계속 내리막길로, 자연이 평탄하게 다져놓은 지형이 끝없이 펼쳐졌다.

대간선철도에는 콜로라도주의 주요 도시 덴버로 통하는 지선이 있었다. 이 지역에는 금광과 은광이 많아서 이미 5만 명이 넘는 인구가 정착해 살고 있었다.

샌프란시스코에서부터 이미 사흘 밤낮을 달려 2224킬로미터를 왔다. 예정대로 나흘 밤낮을 더 달리면 뉴욕에 충분히 도착할 수 있을 것이다. 따라서 필리어스 포그는 아직 정해놓은 일정에서 벗어나지 않았다.

열차는 밤중에 월바흐 기지를 왼쪽으로 지나쳐갔다. 로지폴강은 와이오밍주와 콜로라도주가 만나는 직선으로 뻗은 경계선을 따라 철도와 나란하게 흘러갔다. 11시에 열차는 네브래스카주에 들어섰고 세지윅 근처를 지나 사우스플랫강 연안의 줄스버그에 도착했다.

이곳이 바로 1867년 10월 23일에 '유니언 퍼시픽 철도' 개통식이 열렸던 곳이다. 당시 철도 건설을 총괄한 기사는 J. M. 도지 장군이었다. 힘 좋은 기관차 두 대가 아홉 대 객차에 손님들을 가득 싣고 이곳까지 왔다. 그중에는 철도 회사 부사장 토머스 C. 듀런트 씨도 있었다. 그때 환호성이 울려 퍼진 곳이 바로 여기였다. 수족과 포니족이 소규모 인디언 전쟁을 재현했던 무대, 불꽃놀이가 벌어진 곳도 바로 여기였다. 휴대용 인쇄기로 찍어낸《레일웨이 파이어니어 Railway Pioneer》창간호가 발간된 곳도 여기였다. 이 위대한 철도의 개통식은 그렇게 진행되었다. 진보와 문명의 도구로서 사막을 가로지르고 아직 존재하지도 않는 마을과 도시를 연결할 철도였다. 암피온[45]의 리라보다 우렁찬 기적 소리가 미국 땅에서 마을과 도시들을 솟아나게 할 터였다.

오전 8시, 열차는 맥퍼슨 요새도 지났다. 575킬로미터를 더 가면 오마하였다. 선로는 물굽이가 많은 사우스플랫강의 왼쪽 연안으로 나 있었다. 9시에 열차는 플랫강의 두 지류 사이에 자리 잡은 도시 노스플랫에 도착했다. 두 지류는 이 도시 주위에서 다시 만나 한 줄기 동맥이 되고, 오마하에서 조금 위에 있는 미주리강의 지류와 다시 합류했다.

---

45 Amphion. 제우스와 안티오페의 아들. 그가 하프와 비슷한 고대 그리스의 작은 현악기 '리라'를 연주하면 저절로 돌이 움직여 성벽이 쌓였다고 한다.

그들은 이제 서경 101도를 넘었다.

포그 씨 일행은 다시 카드 게임을 시작했다. 아무도 여행이 지루하다고 불평하지 않았다. 더미도 마찬가지였다. 픽스는 몇 기니를 땄다가 도로 잃었다. 하지만 휘스트에 대한 열정만은 포그 씨에게도 뒤지지 않았다. 그날 아침에는 이상하리만치 포그 씨에게 운이 따랐다. 점수를 높게 받는 패, 으뜸 패가 자꾸 그의 손에 들어왔다. 포그 씨가 대담한 공격을 구상하고 스페이드를 내놓으려는 순간, 누군가가 뒤에서 훈수를 두었다.

"나 같으면 다이아몬드를 낼 텐데."

포그 씨와 아우다 부인과 픽스가 동시에 고개를 들었다. 프록터 대령이 그들 앞에 서 있었다.

스탬프 W. 프록터와 필리어스 포그는 단박에 서로를 알아보았다.

"아, 당신이었군, 영국 양반. 당신이 스페이드를 내려고 했구먼!"

"그렇게 내고 있소만."

필리어스 포그가 스페이드 10을 내려놓으면서 냉랭하게 대꾸했다.

"다이아몬드를 냈으면 좋았을 텐데."

프록터 대령이 짜증 내듯이 말했다.

그러고는 필리어스 포그가 낸 카드를 집어 들려고 하면서 이 말을 덧붙였다.

"당신은 이 게임을 잘 모르는구려."

"어쩌면 다른 게임은 훨씬 능숙할 거요."

필리어스 포그는 이렇게 말하면서 자리에서 일어섰다.

"얼마든지 덤벼보시지, 변덕쟁이 영국 놈!"

프록터 대령이 무례하게 맞받아쳤다.

아우다 부인의 얼굴에서 핏기가 싹 가셨다. 모든 피가 심장으로 쏠린 것 같았다. 그녀는 필리어스 포그의 팔을 잡았지만, 그는 부인의 손을 부드럽게 밀어냈다. 파스파르투는 상대를 더없이 모욕하는 눈길로 바라보는 그 미국인에게 당장 달려들 태세였다. 하지만 픽스가 먼저 자리를 박차고 일어나 프록터 대령을 가로막았다.

"당신 상대는 나라는 걸 잊었나? 나를 모욕하고, 그것도 모자라 치기까지 했으면서!"

"픽스 씨, 실례지만 이건 내 문제입니다. 대령이 스페이드를 낸 게 잘못이라면서 나를 또 한 번 모욕했습니다. 그러니 내게 되갚을 기회를 주어야 합니다."

포그 씨가 말했다.

"언제든, 어디서든 상대해주지. 무기도 당신이 알아서 고르시오."

대령이 말했다.

아우다 부인은 포그 씨를 말리려고 했지만 소용없었다. 형사도 자기가 대신 싸우려고 했지만 허사였다. 파스파르투는 대령을 그대로 집어 들어 문밖으로 내던지고 싶었지만 주인이 그러지 말라고 손짓을 했다. 필리어스 포그가 객차에서 나갔고, 미국인도 그를 따라 승강구로 나갔다.

"대령! 나는 한시바삐 유럽으로 돌아가야 합니다. 조금만 늦어도 막대한 손해를 보게 됩니다."

포그 씨가 말했다.

"그래서! 그게 나랑 무슨 상관인데!"

프록터 대령이 대꾸했다.

"대령! 우리가 샌프란시스코에서 만났을 때, 나는 이미 댁을 만나러 미국에 다시 올 계획을 세웠소. 구대륙에서 볼일을 처리하는 대로 돌아올 거요."

"설마!"

"6개월 뒤 어떻습니까?"

"왜? 아예 6년이라고 하시지?"

"나는 6개월이라고 말했습니다. 반드시 그 약속을 지키지요."

"도망치려는 수작 보소! 지금 당장 하든가, 아니면 그만두시오!"

스탬프 W. 프록터가 소리쳤다.

"그럼, 좋습니다. 뉴욕까지 가시오?"

"아니."

"시카고?"

"아니."

"오마하?"

"그게 당신과 무슨 상관이지? 플럼 크리크라고 아나?"

"모릅니다."

"다음 역인데 한 시간 후면 도착할 거요. 열차가 10분간 정차할 텐데, 그 정도 시간이면 서로 총질을 해대기엔 충분하지."

"좋습니다. 그럼 플럼 크리크에 잠시 내리겠소."

"그곳에 영원히 남겠군!"

대령은 더없이 무례하게 말했다.

"앞일은 누가 압니까, 대령?"

포그 씨는 그렇게 대꾸하고 평소처럼 태연자약하게 객차로 돌아갔다.

포그 씨는 허세 떠는 사람치고 두려워할 만한 상대는 없다는 말로 일단 아우다 부인을 안심시켰다. 그다음에 픽스에게는 결투의 증인이 되어달라고 했다. 픽스는 거절할 수 없었고, 필리어스 포그는 더없이 침착하게 스페이드를 놓으면서 잠시 중단되었던 게임을 계속했다.

11시가 되자 열차는 플럼 크리크역에 곧 도착한다고 알리는 기적을 울렸다. 포그 씨가 자리에서 일어났고, 픽스도 그 뒤를 따라 승강구로 갔다. 파스파르투는 권총 두 자루를 들고 맨 뒤에서 따라갔다. 아우다 부인은 시체처럼 창백한 얼굴로 객차에 남았다.

그때, 다른 객차의 문이 열리고 프록터 대령이 자기와 비슷하게 생긴 양키 한 명을 증인으로 대동하고 나타났다. 하지만 두 사람이 승부를 겨루려고 플랫폼으로 내려가려는 순간, 차장이 후다닥 달려오면서 소리쳤다.

"승객 여러분, 이 역에서 하차하지 않습니다."

"왜지?"

대령이 물었다.

"20분이 지체되어 정차하지 않고 바로 갑니다."

"나는 이 사람과 결투를 해야 하오."

"죄송하지만 바로 출발해야 합니다. 벌써 출발 종이 울리고 있잖아요!"

차장의 말대로 종이 울렸고, 열차는 다시 달리기 시작했다.

"정말 죄송하게 됐습니다, 여러분. 상황이 이렇지만 않았어도 요구를 들어드렸을 텐데요. 어쨌든 역에서 결투할 시간은 없으니 달리는 열차 안에서 결투를 하시면 어떨까요?"

차장이 말했다.

"이 신사분이 잘도 그러겠다!"

프록터 대령이 빈정댔다.

"나는 상관없습니다."

필리어스 포그가 대답했다.

'정말이지, 여기는 미국이 맞구나! 열차 차장이 신사일세!'

파스파르투는 생각했다.

그는 그러면서 주인을 따라갔다.

두 결투 상대와 두 증인은 차장을 앞세우고 객차 여러 대를 통과해 가장 마지막 칸으로 갔다. 그 객차에는 승객이 열 명 남짓 있었다. 차장은 그들에게 두 신사가 명예가 걸린 문제를 해결해야 하니 잠시 자리를 비워달라고 했다.

말 같잖은 소리였다! 하지만 승객들은 두 신사에게 은혜를 베풀 수 있다는 데 더없이 흡족해하면서 승강구 쪽으로 이동했다.

길이가 15미터쯤 되는 이 객차는 결투 장소로 안성맞춤이었다. 두 사람은 좌석 사이 통로를 따라 마주 보고 전진하면서 얼마든지 편안하게 총을 쏠 수 있을 터였다. 이렇게 손쉬운 결투는 없었다. 포그 씨와 프록터 대령은 6연발 권총을 두 자루씩 들고서 객차로 들어갔다. 증인들은 객차 밖 통로를 지키고 서서 문을 닫았다. 열차가 첫 번째 기적을 울리면 총을 쏘고…, 정확히 2분 후 객차에 쓰러져 있는 자를 치우기로 했다.

사실 이보다 간단한 일은 없었다. 지나치게 간단한 일이어서 픽스와 파스파르투는 심장이 쿵쾅거리다 못해 가슴이 터질 것 같았다.

다들 기적 소리만 기다리고 있었는데 별안간 사나운 함성이 울려 퍼졌다. 총성도 울려 퍼졌지만 결투가 일어날 객차에서 나는 소리는 아니었다. 오히려 총소리는 열차 앞쪽에서 시작해 점점 뒤로 퍼져나가고 있었다. 공포의 외침이 승객들이 탄 객차에서 터져 나왔다.

프록터 대령과 포그 씨는 권총을 움켜쥐고 곧바로 객차를 박차고 나와 앞쪽으로 달려갔다. 총성과 비명이 점점 더 크게 들렸다.

두 사람은 수족이 열차를 습격했다는 사실을 알아차렸다.

이 대담무쌍한 인디언들이 열차를 습격한 것은 처음이 아니었다. 그들이 열차를 세운 것도 한두 번이 아니었다. 인디언들은 습관대로, 달리는 말에 뛰어 올라타는 곡마사처럼 열차가 멈춰 서기를 기다리지 않고 100여 명이 우르르 승강구 계단에 달려들어 객차에 기어 올라갔다.

수족은 소총으로 무장하고 있었다. 인디언들이 먼저 총을 쏘았고, 승객들도 대부분 권총으로 무장하고 있었기에 대항을 했다. 인디언들은 맨 먼저 기관차를 노렸다. 기관사와 화부火夫는 몽둥이에 두들겨 맞아 초주검이 되었다. 수족 추장은 열차를 세우려고 했지만 속도 조절기를 조작할 줄 몰랐기 때문에 증기 배출구를 완전히 열어버렸다. 기관차는 무시무시한 속도로 질주하기 시작했다.

그와 동시에 수족은 객차를 습격했다. 성난 원숭이처럼 객차 지붕 위에서 뛰어다니는가 하면, 문을 부수고 들어와 승객들과 몸싸움을 벌였다. 화물칸 밖으로 약탈당한 짐 꾸러미들이 날아가 선로 위에 떨어졌다. 아우성과 총성이 끊이지 않았다.

그래도 승객들은 용감하게 방어했다. 어떤 객차에서는 바리케이드를 치고 시속 160킬로미터로 달리는 이동 요새처럼 제대로 진지를 사수했다.

습격이 시작되었을 때부터 아우다 부인은 용감하게 행동했다. 그녀는 총을 잡고 용감무쌍하게 자신을 방어하면서 깨진 차창 사이로 인디언이 보일 때마다 저격했다. 스무 명쯤 되는 수족이 치명상을 입고 선로에 떨어졌다. 열차 바퀴가 승강구에서 선로로 떨어진 인디언들을 벌레처럼 짓누르고 갔다.

총에 맞거나 몽둥이에 맞아 중상을 입고 좌석에 쓰러진 승객도 여러 명 있었다.

그렇지만 어떻게든 끝장을 봐야 했다. 전투는 이미 10분째 계속되었고, 열차가 멈추지 않는다면 수족이 이길 수밖에 없었다. 사실 3.2킬로미터만 더 가면 커니 요새역이었다. 거기에는 미국 수비대가 있지만, 열차가 역에서 멈추지 않고 그냥 지나쳐버린다면 그다음 역에 도착하기 전에 수족이 열차를 탈취할 터였다.

차장이 포그 씨 옆에서 싸우다가 총에 맞아 쓰러졌다. 차장은 쓰러지면서 절규했다.

"5분 안에 열차를 세우지 못하면 우린 다 끝장입니다!"

"세울 겁니다!"

필리어스 포그가 그렇게 외치고는 객차 밖으로 나가려 했다.

"여기 계세요, 나리! 제가 하겠습니다!"

파스파르투가 포그 씨에게 외쳤다.

필리어스 포그가 말리기도 전에 이 용감한 젊은이는 인디언들의 눈에 띄지 않게 문을 열고 객차 아래로 미끄러져 들어갔다. 싸움이 계속되고 총알이 날아다니는 와중에도 파스파르투는 곡예사 시절의 기민하고 유연한 몸놀림으로 객차의 바닥 아래 들어가서는 쇠사슬을 붙잡고 몸을 지탱해 놀랄 만큼 능숙하게 열차의 맨 앞까지 이동했다. 그는 아무에게도 보이지 않았고, 보려야 볼 수도 없었다.

파스파르투는 한 손으로 화물차와 탄수차 사이에 매달린 채 다른 손으로는 안전 사슬을 풀었다. 하지만 기관차의 견인력 때문에 연결장치를 풀 수가 없었다. 기관차가 심하게 덜컹거려 연결봉이 빠지지 않았다면 안전 사슬을 풀었다고 해도 결코 객차를 분리하지 못했을 것이다. 일단 분리가 되자 객차는 점점 뒤로 처지고 기관차만 더욱더 쏜살같이 전진했다.

객차도 달려온 여세로 몇 분은 더 전진했다. 그러나 이내 객차 안에서 브레이크가 작동했고, 커니 요새역에서 100보 거리에서 마침내 멈추었다.

커니 요새의 군인들이 총소리를 듣고 황급히 달려왔다. 수족은 군인들이 도착하기 전에, 열차가 완전히 멈춰 서기 전에 전부 내뺐다.

그런데 역 플랫폼에서 인원 점검을 해보니 행방을 알 수 없게 된 승객이 더러 있었다. 헌신적으로 행동에 나서서 승객들의 목숨을 구한 용감한 프랑스인도 그중 한 명이었다.

30

필리어스 포그가 그저 의무를 다하다

파스파르투를 포함해 승객 세 명이 행방불명되었다. 전투 중에
사망했을까? 수족의 포로가 되었을까? 아직은 알 수 없었다.

승객 가운데 부상자가 많았지만, 생명이 위태로울 정도의 환자
는 없는 것으로 확인되었다. 부상이 심한 승객 중에는 프록터 대령
도 있었다. 그는 용감하게 싸우다가 아랫배와 허벅지 사이에 총을
맞고 쓰러졌다. 다른 부상자들과 함께 역으로 옮겨졌지만, 즉시 치
료가 필요한 상태였다.

아우다 부인은 무사했다. 필리어스 포그도 몸을 사리지 않고 싸
웠지만 찰과상 하나 입지 않았다. 픽스는 팔에 가벼운 부상을 입었
다. 하지만 파스파르투가 행방불명이었기 때문에 젊은 여인은 눈
물을 거두지 못했다.

승객 전원이 열차에서 내렸다. 바퀴가 피로 얼룩져 있었다. 차축
과 바퀏살에 알아볼 수 없는 살점이 들러붙어 있었다. 눈 덮인 평원

에 떨어진 핏방울은 그 끝이 보이지 않았다. 마지막 인디언 무리가 남쪽의 리퍼블리컨강 쪽으로 도주하고 있었다.

포그 씨는 팔짱을 낀 채 미동조차 하지 않았다. 중대한 결정을 내려야 했다. 아우다 부인은 옆에서 말없이 그를 바라보고만 있었다…. 그는 그 시선을 이해했다. 하인이 인디언의 포로가 되었다면 위험을 무릅쓰고서라도 구해내야 하지 않을까?

"죽었든 살았든 찾아올 겁니다."

포그 씨는 아우다 부인에게 그렇게만 말했다.

"아! 포그 씨…."

부인은 길동무의 손을 움켜잡고 눈물로 적셨다.

"살아 있다면, 지체할 겨를이 없습니다!"

필리어스 포그는 모든 것을 희생하고 그러한 결단을 내렸다. 이제 막 자신의 파산을 선고한 것이나 마찬가지였다. 하루만 늦어도 뉴욕에서 배를 탈 수 없었다. 내기는 돌이킬 수 없는 패배가 될 터였다. 하지만 그는 '이것이 나의 의무!'라고 생각했기에 주저하지 않았다.

커니 요새를 지휘하는 대위가 그곳에 있었다. 그리고 100명쯤 되는 그의 부하들이 혹시라도 수족이 역을 습격할 경우에 대비해 방어 태세를 갖추고 있었다.

포그 씨가 대위에게 말했다.

"대위님! 승객 세 명이 실종되었습니다."

"사망자들인가요?"

"사망했든가, 포로로 잡혔든가 둘 중 하나겠지요. 반드시 찾아내야 합니다. 혹시 수족을 추격할 생각이십니까?"

"그건 심각한 문제인데요. 인디언들이 아칸소강 건너까지 달아났다면 어쩔 도리가 없어요! 내 관할 요새를 버리고 추격에 나설 순 없지요."

"대위님, 세 사람의 목숨이 달려 있습니다."

"그렇긴 하죠…. 하지만 세 사람을 구하자고 쉰 명의 목숨을 위태롭게 해야겠습니까?"

"대위님이 그렇게 하실 수 있는지는 모르지만, 마땅히 하셔야 합니다."

"선생, 여기서 누구도 내 의무에 대해선 왈가왈부할 자격이 없습니다."

"그렇다면 나 혼자라도 가겠습니다!"

필리어스 포그가 차갑게 말했다.

"이봐요, 선생! 혼자 인디언들을 추격하겠다고요?"

픽스가 다가와 소리쳤다.

"그러면 그 딱한 젊은이를 그냥 두고 갑니까? 여기 있는 사람들 모두 그에게 목숨을 빚졌는데요! 나는 가야겠습니다."

"아, 안 됩니다, 혼자서는 못 갑니다!"

대위는 자기도 모르게 감동해서 외쳤다.

"안 됩니다! 선생께서는 정말로 선량한 분이군요…!"

그가 자기 부하들을 돌아보면서 외쳤다.

"지원자 서른 명!"

군인들이 전원 앞으로 나왔다. 대위는 그 선량한 사내들 틈에서 고르기만 하면 되었다. 서른 명이 선택을 받았고, 나이 든 중사가 지휘를 맡았다.

"고맙습니다, 대위님!"

포그 씨가 말했다.

"저도 함께 가면 안 될까요?"

픽스가 말했다.

"당신 뜻대로 하십시오. 하지만 정말로 나를 돕고 싶다면 아우다 부인 곁을 지켜주시지 않겠습니까? 혹시 내게 무슨 일이 생기거든…."

별안간 형사의 얼굴에서 핏기가 싹 가셨다. 지금까지 집요하게 추적해왔던 저 사내와 헤어진다? 저 사내가 허허벌판으로 모험을 떠나도록 놓아둔다? 픽스는 포그 씨를 주의 깊게 바라보았다. 하지만 픽스의 속이 어떻든, 그의 선입견과 갈등에도 불구하고 포그 씨의 침착하고 정직한 눈을 마주하자 시선을 떨굴 수밖에 없었다.

"그럼 저는 남겠습니다."

잠시 후, 포그 씨는 젊은 여인의 손을 잡고 소중한 여행 가방을 맡기고는 중사가 이끄는 병사들과 함께 떠났다.

그는 출발하기 전에 병사들에게 말했다.

"여러분, 우리가 포로들을 구해낸다면 여러분에게 1000파운드를 드리겠습니다."

그때가 정오에서 몇 분 지난 시각이었다.

아우다 부인은 역에 딸린 방에 들어가 있었다. 그녀는 필리어스 포그의 순수하고도 위대한 너그러움과 차분한 용기를 생각하면서 기다렸다. 포그 씨는 재산을 희생했고, 이제 자기 목숨까지 내놓았다. 조금도 주저하지 않고, 떠벌리지도 않고 자기 의무만 생각하다니! 그녀의 눈에 비친 필리어스 포그는 영웅이었다.

픽스 형사의 생각은 달랐다. 그는 심란해서 견딜 수가 없었다. 그는 플랫폼을 초조하게 왔다 갔다 했다. 잠시 억눌렸던 본심이 되살아났다. 포그를 보내고 나서야 그게 얼마나 어리석은 짓이었는지 깨달은 것이다. 이게 뭔가! 지구를 돌아 여기까지 쫓아와놓고 그가 떠나는 데 동의하다니! 그는 바보 같은 실수를 현장에서 들킨 경찰관을 나무라는 경찰청장이라도 된 것처럼 자기 자신을 욕하고 비난했다.

'내가 맹하게 굴었어! 파스파르투가 그에게 내 정체를 밝힐 텐데! 그는 떠나버렸고, 돌아오지 않을 거야! 이제 어디서 그를 다시 잡는담? 내가 어쩌면 그렇게 홀라당 넘어갔담? 나 픽스가, 체포영장도 주머니에 있으면서! 정말이지, 난 멍청이야!'

픽스 형사가 이렇게 생각을 곱씹는 동안, 시간은 참으로 느리게 흘러가는 것 같았다. 그는 무엇을 해야 할지 몰랐다. 때때로 아우다 부인에게 다 털어놓고 싶기도 했다. 하지만 젊은 부인이 그런 말을 듣고 자기를 어떻게 받아들일지는 뻔했다. 어떻게 해야 할까? 그는 눈밭으로 포그를 추격하러 나가고 싶었다. 그를 찾아내는 것이 불가능하지는 않을 듯했다. 아직 눈 위에 구조대의 발자국이 남아 있었으니까! 하지만 눈이 또 내리면 그 발자국도 사라지고 말 터였다.

그렇게 생각하자 절망이 엄습했다. 게임을 포기하고 싶은 마음이 치밀어올랐다. 그런데 바로 그때, 커니 요새역을 떠나 이 다사다난한 여행을 계속할 기회가 찾아왔다.

오후 2시경, 함박눈이 펑펑 내리는 와중에 동쪽에서 기적 소리가 길게 울렸다. 황갈색 불빛을 앞세운 거대한 그림자가 서서히 다가왔다. 안개 때문에 더 확대되어 보이는 그림자는 자못 환상적인 분위기마저 풍겼다.

그렇지만 그 시각에 동쪽에서 열차가 올 일은 없었다. 전신으로 부탁해놓은 구조 열차가 벌써 도착할 리는 없었다. 오마하에서 출발하는 샌프란시스코행 열차는 이튿날에나 도착할 예정이었다. 하지만 수수께끼는 바로 풀렸다.

쩌렁쩌렁한 기적 소리와 함께 천천히 다가온 열차는 기절한 기관사와 화부를 태운 채 객차에서 분리되어 무서운 속도로 달아나 버린 기관차였다. 기관차는 몇 킬로미터를 내리 질주하다가 연료 부족으로 화력이 낮아지고 증기의 힘이 빠지자 한 시간 뒤부터 속도가 급격히 떨어졌고, 결국 커니 요새역에서 32킬로미터 떨어진 지점에 멈춰 섰던 것이다.

화부와 기관사는 죽지 않았다. 그들은 한참 기절해 있다가 겨우 정신을 차렸다.

그때 기관차는 이미 멈춰 있었다. 기관사는 객차 없이 기관차만 덩그러니 황야에 서 있는 것을 보고 전후 사정을 짐작했다. 기관차가 어떻게 떨어져 나왔는지는 몰랐지만, 뒤에 남겨진 객차가 꼼짝 못 하고 있을 것은 뻔했다.

기관사는 자신이 해야 할 일에 망설임 없이 착수했다. 오마하를 향해 달리는 편이 훨씬 안전했다. 아직도 인디언들에게 약탈당하고 있을지 모르는 열차로 돌아가는 것보다야…. 하지만 그게 대수랴! 석탄과 장작을 삽으로 퍼서 보일러에 욱여넣자 불길이 다시 살아났다. 증기 압력도 높아져 2시경에는 안개를 헤치고 기적을 울리며 커니 요새역으로 돌아갈 수 있었다.

승객들은 기관차가 다시 열차의 머리로 돌아오자 아주 흡족해했다. 그들은 이제 중단되었던 여행을 재개할 수 있게 되었다.

기관차가 도착하자 아우다 부인은 역사에서 나와 차장에게 물었다.

"떠날 건가요?"

"곧 출발할 겁니다, 부인."

"하지만 포로들은… 불쌍한 우리 일행은 어떻게 되나요?"

"열차 운행을 중단할 수는 없습니다. 이미 예정보다 세 시간이나 지체되었어요."

"샌프란시스코에서 출발하는 다음 기차는 언제 여기 오나요?"

"내일 저녁입니다, 부인."

"내일 저녁! 너무 늦네요. 기다려야만…."

"그럴 수 없습니다. 떠나시려거든 부인도 열차에 오르세요."

"저는 떠나지 않겠어요."

픽스가 이 대화를 들었다. 조금 전 이동 수단이 하나도 없을 때 커니 요새역을 떠나겠다고 결심했던, 이제 전진할 준비를 마친 열차에 올라타기만 하면 되는데도 저항할 수 없는 힘이 그의 발을 붙잡아놓는 것 같았다. 플랫폼을 밟고 선 땅이 활활 타는 것 같은데도 거기서 발을 뗄 수가 없었다. 다시 마음속에서 한바탕 전쟁이 일어났다. 실패했다는 분노 때문에 숨을 쉬기가 힘들었다. 그는 끝까지 싸우고 싶었다.

하지만 다른 승객과 부상자들은 객차로 올라가 자리를 잡았다. 그중에는 심각한 부상을 입은 프록터 대령도 있었다. 뜨겁게 달아오른 보일러가 부글부글 소리를 냈고, 배기 밸브에서 증기가 뿜어나왔다. 기관사가 기적을 울리고 출발시키자 열차는 하얀 연기와 눈보라 사이로 이내 사라져버렸다.

픽스 형사는 꼼짝도 하지 않았다.

몇 시간이 흘렀다. 날씨는 나빴고 지독히 추웠다. 픽스는 역의 벤치에 앉아 미동조차 하지 않았다. 누가 보면 그가 잠든 줄 알았을 것이다. 아우다 부인은 방을 쓸 수 있었지만 수시로 눈보라가 몰아치는 바깥에 나와보았다. 그녀는 플랫폼 끝까지 걸어가면서 눈보라 속을 들여다보았고, 지평선을 가리는 안개 너머를 보려 했고, 무슨 소리가 나지 않나 귀를 기울였다. 그러나 아무것도 없었다. 그러면 아우다 부인은 꽁꽁 얼어붙은 몸으로 돌아왔다가, 잠시 후에 다시 플랫폼으로 나오곤 했으나 번번이 헛수고였다.

해가 저물었다. 그러나 포로 구조대는 돌아오지 않았다. 그들은 지금 어디 있을까? 인디언들을 찾기는 했나? 그 병사들은 전투 중일까, 아니면 안개 속에서 헤매고 있을까? 커니 요새의 대위는 불안한 기색을 드러내지 않으려 했으나 속으로 애를 태우고 있었다.

밤이 되자 눈발은 약해졌지만 추위는 한층 더 매서워졌다. 아무리 대담한 사람도 이 광막한 어둠을 두려움 없이 바라볼 수는 없었을 것이다. 완벽한 정적이 평원에 내려앉았다. 새 한 마리 날아가지 않았고, 그 한없는 적막을 어지럽힐 야수 한 마리도 없었다.

아우다 부인은 밤새 불길한 예감과 불안한 마음을 다스리지 못한 채 평원의 가장자리를 서성거렸다. 상상은 그녀를 먼 곳으로 데려가 오만 가지 위험을 보여주었다. 그 오랜 시간 그녀가 겪은 고통은 형용할 수 없었다.

픽스는 자기 자리에서 꼼짝도 하지 않았지만, 그 역시 눈을 붙일 수 없었다. 한번은 누군가가 다가와 말을 걸었지만, 형사는 그에게 그냥 가라는 손짓만 했다.

밤은 그렇게 흘러갔다. 새벽이 오자 반쯤 불이 꺼진 듯한 태양이 안개 자욱한 지평선에서 떠올랐다. 그래도 3.2킬로미터 정도는 시야가 확보되었다. 저 남쪽으로 필리어스 포그와 구조대는 떠났건만…. 남쪽에는 쥐새끼 한 마리 보이지 않았다. 시각은 오전 7시였다.

대위는 너무 걱정이 되어 어찌해야 할지 몰랐다. 첫 번째 구조대를 구하기 위해 두 번째 구조대를 보내야 하나? 먼저 희생된 자들을 구할 확률이 희박한데도 또 다른 병사들을 희생시켜야 하나? 그러나 대위는 오래 망설이지 않았다. 그는 중위 한 사람에게 손짓을 하고는 남쪽으로 정찰대를 보내라고 지시했다. 바로 그때 총성이 몇 번 울려 퍼졌다. 그 소리는 신호였을까? 병사들이 우르르 요새 밖으로 나왔다. 800미터쯤 떨어진 저 너머에서 열을 지어 돌아오는 소규모 부대가 보이기 시작했다.

포그 씨가 선두에서 걸었고, 그 옆에는 수족에게서 구출한 파스파르투와 다른 두 승객도 있었다.

전투는 커니 요새역에서 남쪽으로 16킬로미터 거리에서 벌어졌다. 구조대가 도착하기 전에도 파스파르투와 두 승객은 자기네들을 끌고가려는 인디언들과 싸우고 있었다. 주인과 병사들이 가세했을 때는 프랑스 젊은이가 주먹으로 인디언을 세 명이나 때려눕힌 뒤였다.

구조대도, 구조된 이들도 기쁨의 환호성 속에 커니 요새로 돌아왔다. 필리어스 포그가 약속한 사례금을 병사들에게 나눠주는 동안, 파스파르투는 일리가 있는 혼잣말을 중얼거렸다.

"정말이지, 나는 돈이 많이 드는 하인이로군!"

픽스는 아무 말도 하지 않고 포그 씨를 바라보았다. 그의 마음속에서 어떤 감정들이 서로 충돌하는지 분석하기란 매우 어려웠을 것이다. 아우다 부인은 두 손으로 포그 씨의 손을 부여잡은 채 아무 말도 못했다!

그렇지만 파스파르투는 도착하자마자 역에서 열차부터 찾았다. 오마하로 달릴 준비가 되어 있는 열차가 있을 거라고, 그러면 잃어버린 시간을 만회할 수 있을 거라고 생각했던 것이다.

"열차! 열차!"

파스파르투가 외쳤다.

"열차는 떠났어."

픽스가 대꾸했다.

"다음 열차는 언제 도착합니까?"

필리어스 포그가 물었다.

"오늘 저녁에야 온답니다."

"아!"

침착한 신사는 이렇게만 대꾸했다.

31

픽스 형사가 진지하게 필리어스 포그 편에 서다

필리어스 포그는 예정보다 20시간 뒤처져 있었다. 본의 아니게 이 지연을 초래한 파스파르투는 절망했다. 정말이지, 그가 주인을 파산시키고 말다니!

그때 픽스 형사가 포그 씨에게 다가와 그의 얼굴을 똑바로 쳐다보았다.

"정말 진지하게, 지금 급하신 거 맞지요?"

"정말 진지하게 그렇습니다만."

필리어스 포그가 대답했다.

"재차 묻겠습니다. 정말로 11일 저녁 9시 전, 그러니까 리버풀행 여객선이 출발하기 전에 뉴욕에 도착할 생각이 있습니까?"

"꼭 그러고 싶습니다."

"인디언들이 선생의 여행을 훼방놓지 않았다면 11일 아침에는 뉴욕에 도착했겠지요?"

"그렇지요. 여객선이 출발하기 열두 시간 전에 도착했을 겁니다."

"알았습니다. 지금 선생은 스무 시간 지체됐습니다. 스무 시간에서 열두 시간을 빼면 실질적으로는 여덟 시간 지체된 셈이지요. 그러니 여덟 시간을 다시 벌면 됩니다. 한번 해보시겠습니까?"

"도보로 말입니까?"

포그 씨가 물었다.

"아뇨, 썰매로요. 돛썰매입니다. 어제 어떤 사람이 나한테 와서 그걸 한번 타보라고 하더군요."

간밤에 픽스 형사에게 다가와 말을 걸었다가 퇴짜를 맞은 바로 그 남자 얘기였다.

필리어스 포그는 픽스에게 대답을 하지 않았다. 하지만 픽스가 역 앞에서 유유히 오가는 그 문제의 남자를 가리키자 포그 씨는 그 남자에게 다가갔다. 잠시 후, 필리어스 포그와 머지라는 그 미국 남자는 커니 요새 아래쪽의 어느 오두막으로 들어갔다.

거기서 포그 씨는 그 독특한 탈것을 유심히 살폈다. 썰매 날처럼 앞쪽이 약간 휜 두 개의 긴 널빤지 위에 일종의 차체를 얹은 것으로, 대여섯 명이 한꺼번에 탈 만한 크기였다. 차체의 앞에서 3분의 1쯤 되는 지점에 돛대가 우뚝하니 솟아 있고 거대한 마름모꼴 돛이 걸려 있었다. 굵게 꼰 철사로 고정해놓은 돛대는 커다란 삼각돛을 세우는 쇠줄과 연결되어 있었다. 뒤쪽에는 노처럼 생긴 방향키가 있어서 썰매의 이동 방향을 조종할 수 있었다.

그것은 돛대 하나짜리 소형 범선의 장비를 갖춘 썰매였다. 이 탈것은 눈이 쌓인 채 얼어붙어 열차가 다니지 못하는 겨울철에 굉장히 빠른 속도로 역과 역 사이를 이동할 수 있었다. 썰매에 달린 돛은, 자칫 전복될 위험이 있는 경주용 쾌속정의 돛보다 더 컸다. 돛썰매는 뒤에서 밀어주는 바람을 잘만 받으면 급행열차와 맞먹거나 되레 더 빠른 속도로 평원을 달릴 수 있었다.

몇 분 사이에 이 육상용 요트 주인과 포그 씨가 거래를 끝냈다. 바람은 상서로웠다. 서풍이 제법 괜찮게 불어주었다. 바닥에 쌓인 눈도 단단하게 얼어붙어 있었다. 머지는 몇 시간 만에 포그 씨 일행을 오마하역에 데려다주겠노라 장담했다. 오마하역에는 열차가 많이 다녔고 뉴욕행, 시카고행 연결편도 많았다. 지체된 시간을 만회하기가 불가능하지는 않았다. 따라서 모험을 망설일 계제가 아니었다.

포그 씨는 아우다 부인이 덮개도 없는 썰매를 타고 속도 때문에 더욱더 견디기 힘들 칼바람에 고스란히 노출되기를 원치 않았으므로 파스파르투와 함께 커니 요새역에 남으라고 권했다. 건실한 젊은이가 그녀를 더 나은 교통편으로, 좀 더 나은 환경에서 유럽까지 모시고 갈 수 있을 터였다.

그러나 아우다 부인은 포그 씨와 따로 가지 않겠다고 했고, 파스파르투는 그 결정에 흡족해했다. 픽스가 함께 가는 이상, 그도 주인 곁에서 절대로 떠나고 싶지 않았기 때문이다.

픽스 형사의 의중을 알기란 쉽지 않았을 것이다. 필리어스 포그가 돌아왔으니 본인의 신념이 흔들렸을까, 아니면 세계 일주를 마치고 영국에서 안전하게 지낼 생각인 지독한 악당이라고 생각했을까? 어쩌면 필리어스 포그에 대한 픽스의 생각이 바뀌었는지도 모른다. 그렇지만 자신의 의무를 다하고, 누구보다 발 빠르게 자신의 모든 역량을 동원해서 영국 귀환을 앞당기겠다는 그의 결심은 조금도 무뎌지지 않았다.

8시에 썰매는 출발 준비를 했다. 여행객들, 아니 썰매의 승객들은 자리를 잡고 여행용 모포로 몸을 꽁꽁 감쌌다. 두 개의 큰 돛이 올라갔고, 썰매는 얼어붙은 눈밭 위를 바람에 떠밀려 시속 64킬로미터로 달렸다.

커니 요새와 오마하는 직선거리여서, 미국인들의 표현을 빌리자면 '꿀벌의 주행(최단 거리)' 코스로 기껏해야 322킬로미터였다. 바람이 이렇게만 도와준다면 다섯 시간이면 주파할 수 있었다. 행여 문제가 생긴다 해도 오후 1시면 오마하에 도착할 터였다.

엄청난 주행이었다! 승객들은 서로 몸을 딱 붙이고 앉아 말조차 나눌 수 없었다. 속도 때문에 한층 더 매서워진 추위는 말을 앗아갔다. 썰매는 물 위를 달리는 배처럼 평원에서 경쾌하게 미끄러졌고, 눈보라는 물보라만큼 일지 않았다. 바람이 낮게 불 때는 거대한 날개 같은 돛 때문에 썰매가 두둥실 떠오를 것만 같았다. 머지는 방향키를 잡고 직선코스를 유지했고, 썰매가 한쪽으로 쏠릴 때마다 장비를 조작해 방향을 바로잡았다. 모든 돛이 바람을 받았다. 삼각돛도 마름모꼴 돛 뒤에서 완전히 나와 있었다. 위돛도 활짝 펴고 바람을 받으니 다른 돛들의 추진력이 높아졌다. 수학적으로 계산할 수는 없었지만, 썰매의 속도가 아무리 낮게 잡아도 시속 64킬로미터는 나올 것 같았다.

"어디가 망가지지만 않으면 제시간에 도착합니다!"

머지가 말했다.

머지도 제시간에 도착하는 것이 이익이었다. 늘 그렇듯 포그 씨가 제시간에만 가면 사례금을 얹어주겠다고 했기 때문이다.

썰매는 망망대해와도 같은 평원에 직선을 그리며 나아갔다. 평원은 꽁꽁 얼어붙은 거대한 연못 같았다. 이 지역을 지나는 철로는 남서쪽에서 북서쪽으로 그랜드아일랜드, 네브래스카주의 거점도시 콜럼버스, 그리고 스카일러와 프리몬트를 거쳐 오마하에 이르렀다. 철로는 플랫강의 오른쪽에서 강줄기와 계속 나란하게 뻗어 있었다. 썰매는 지름길을 택해 철로가 그리는 아치 모양의 양 끝을 연결하는 직선을 따라갔다. 머지는 플랫강이 이 직선코스를 가로막는다고 염려할 필요가 없었다. 프리몬트 앞에서 크게 휘어지며 흐르는 이 강 역시 꽁꽁 얼어붙었기 때문이다. 썰매 앞에 장애물이라고는 없었다. 필리어스 포그가 우려할 만한 상황은 단 두 가지, 첫째는 썰매 고장, 둘째는 바람의 방향이 바뀌거나 잦아드는 것이었다.

하지만 바람은 힘이 빠지지 않았다. 아니, 그 반대였다. 꼭대기와 썰매 양옆을 연결하는 쇠줄로 단단히 고정한 돛대가 휘어질 정도로 바람이 거셌다. 쇠줄이 활로 켠 악기의 현처럼 진동하면서 소리를 냈다. 썰매는 특유의 강렬하면서도 구슬픈 화음 속에서 날아가듯 달렸다.

"쇠줄이 5도 화음과 8도 화음을 내는군."

포그 씨가 말했다.

썰매가 평원을 질주하는 동안 포그 씨 입에서 나온 유일한 말이었다. 아우다 부인은 모피와 여행용 모포를 몸에 칭칭 감은 채 되도록 바람을 받지 않으려고 애썼다.

파스파르투는 안개 속으로 사라지는 태양처럼 새빨간 얼굴로 얼얼하게 차가운 공기를 들이마셨다. 그는 굳건한 자신감으로 다시 희망을 품기 시작했다. 뉴욕에는 아침이 아니라 저녁에 도착하겠지만, 리버풀행 여객선이 출발하기 전에 가 있을 가능성이 아직 남아 있었다.

파스파르투는 동맹이 된 픽스와 악수를 나누고 싶은 충동마저 들었다. 그는 이 형사가 오마하까지 제시간에 갈 수 있는 단 하나의 요긴한 수단인 돛썰매를 제안한 장본인이라는 것을 잊지 않았다. 하지만 뭔지 모를 예감 때문에 파스파르투는 평소처럼 긴장을 늦추지 않았다,

어쨌든 파스파르투가 절대 잊지 못할 한 가지, 그것은 포그 씨가 수족의 손에서 자신을 구하기 위해 망설임 없이 치른 희생이었다. 포그 씨는 그를 위해 재산과 목숨을 다 걸었다…. 아무렴! 하인은 이 일을 절대로 잊지 않을 것이다!

여행자들이 저마다 상념에 빠져 있는 동안에도 썰매는 광활한 눈의 양탄자 위를 미끄러졌다. 몇몇 하천과 리틀블루강의 지류를 지났지만 아무도 그 사실을 알아차리지 못했다. 들판과 물줄기는 균일한 백색 아래 자취를 감추었다. 평원은 한적하기 그지없었다. 커니와 세인트조지프를 연결하는 지선과 유니언 퍼시픽 철도 사이에 놓여 있는 평원은 흡사 거대한 무인도 같았다. 마을도, 역도, 요새도 없었다. 이따금 인상을 찌푸린 나무들만 섬광처럼 순식간에 지나갔다. 하얀 해골 같은 가지들이 바람을 못 이겨 뒤틀려 있었다. 이따금 야생의 새 떼가 일제히 날아올랐다. 이따금 제대로 먹지 못해 비쩍 마른 초원의 늑대 몇 마리가 흉포한 허기를 못 이기고 떼를 지어 달려와 썰매와 속도를 겨루기도 했다. 파스파르투는 가장 가

까이 따라붙은 늑대들을 쏠 준비를 했다. 사고로 썰매가 멈추기라도 했다면 여행자들은 그 흉포한 늑대들에게 몹쓸 짓을 당하고 말았을 것이다. 하지만 썰매는 잘만 나갔고, 얼마 지나지 않아 으르렁거리는 늑대 떼를 저만치 따돌렸다.

정오에 머지는 플랫강을 건너고 있다는 표시 몇 가지를 알아보았다. 그는 아무 말도 하지 않았지만 32킬로미터만 더 가면 오마하역에 도착하리라 확신했다.

1시가 되기 전에 노련한 안내인은 키를 놓고 재빨리 돛을 잡아놓은 밧줄을 풀었지만, 썰매는 엄청난 속력을 못 이겨 족히 800미터를 더 달렸다. 마침내 썰매가 멈추자 머지는 하얗게 눈 덮인 지붕들이 한데 모인 곳을 가리키면서 말했다.

"도착했습니다."

도착! 드디어 매일 미 동부와 여러 열차 편으로 연결되는 이 역에 도착했던 것이다!

파스파르투와 픽스는 썰매에서 내려 뻣뻣해진 다리를 풀었다. 그들은 포그 씨와 아우다 부인이 썰매에서 내리는 것을 도와주었다. 필리어스 포그는 머지에게 넉넉히 사례를 했고, 파스파르투는 친구 대하듯 머지와 악수를 나누었다. 그러고 나서 네 사람은 황급히 오마하역으로 갔다.

네브래스카주의 이 대도시는 미시시피 분지와 태평양을 연결하는 퍼시픽 철도 노선의 종착역이었다. 오마하에서 시카고까지는 '시카고 록아일랜드' 노선이 50개 역을 연결한다.

직행열차가 떠날 준비를 하고 있었다. 필리어스 포그 일행은 얼른 열차에 탑승할 시간밖에 없었다. 그들은 오마하에서 아무것도 보지 못했다. 그렇지만 파스파르투는 지금은 그런 걸 아쉬워할 때가 아니고, 애초에 구경을 하러 온 것도 아니었다고 자신을 타일렀다.

열차는 아주 빠른 속도로 아이오와주에 진입했고 카운실블러프스, 디모인, 아이오와시티를 지나갔다. 밤에는 대번포트에서 미시시피강을 건너 록아일랜드를 통해 일리노이주로 들어갔다. 다음 날인 10일 오후 4시, 그들은 시카고에 도착했다. 폐허를 딛고 다시 일어난 시카고[46]는 아름다운 미시간호 연안에서 위용을 뽐내고 있었다.

시카고에서 뉴욕까지의 거리는 1450킬로미터였다. 시카고에서 출발하는 뉴욕행 열차는 많았다. 포그 씨는 당장 뉴욕행 열차로 갈아탔다. '피츠버그-포트웨인-시카고' 철도의 기관차는 이 영국 신사가 지체할 겨를이 없다는 것을 알기라도 하듯 전속력으로 출발했다. 열차는 번개처럼 인디애나주, 오하이오주, 펜실베이니아주, 뉴저지주를 통과했다. 중간에 고대 이름이 붙은 도시들도 있었다. 도로와 전차로는 있지만, 집은 한 채도 보이지 않는 곳들도 있었다. 마침내 허드슨강이 보이기 시작했고, 12월 11일 오후 11시 15분에 열차는 그 강의 오른편에 자리 잡은 역에 도착했다. 역 바로 앞 부두에는 일명 큐너드 선박, 다시 말해 '영국 및 북미 왕립 우편 증기선 회사' 배들이 정박해 있었다.

리버풀행 차이나호는 45분 전에 떠나고 없었지만 말이다!

---

46 시카고는 1871년 큰 화재로 도시의 상당 부분이 소실되었다가 복구되었다.

32

필리어스 포그가 불운에 직접 맞서 싸우다

차이나호는 떠나면서 필리어스 포그의 마지막 희망까지 가져가 버린 것 같았다.

이 신사의 계획에 도움이 될 만한 미국과 유럽을 연결하는 여객선, 대서양을 횡단하는 프랑스 정기선, 화이트스타 해운의 여객선, 임만 해운의 증기선, 함부르크 해운의 배는 한 척도 없었다.

사실 프랑스 대서양 해운의 페레르호가 있기는 했다. 속도는 다른 배들과 비교해도 뒤지지 않으면서 시설이 아주 쾌적한 배였다. 하지만 그 배는 12월 4일에나 출발할 예정이었다. 게다가 함부르크 해운처럼 리버풀이나 런던으로 바로 가지 않고 르아브르를 경유해야 했다. 르아브르에서 영국 사우샘프턴으로 이동하는 시간이 있으므로 필리어스 포그의 마지막 노력은 물거품이 되고 말 터였다.

임만 해운의 선박 가운데 '시티 오브 패리스호'는 내일 출발할 예정이었으나 기대를 걸기는 뭐했다. 이 회사의 배는 이민자들이 주로 탔는데, 엔진이 강력하지도 않고 증기보다는 돛에 더 의존하는 탓에 속도가 별로 나지 않았다. 그 배를 탔다가는 뉴욕에서 영국까지 다 가기도 전에 포그 씨에게 남은 시간을 다 써버릴 것이 뻔했다.

포그 씨는 《브래드쇼 여행 안내서》를 참조해 이러한 사실을 완벽하게 숙지하고 있었다. 《브래드쇼 여행 안내서》는 날짜별로 대서양을 횡단하는 배들의 동향을 알려주었기 때문이다.

파스파르투는 맥이 빠졌다. 45분 차이로 배를 놓치다니, 죽을 것 같았다. 다 자기 때문 같았다. 주인을 돕기는커녕 거치적거리는 일만 연신 만들지 않았던가! 머릿속으로 그동안 일어난 사건들을 돌아보고, 주인이 자신을 구하기 위해 날린 돈을 계산해보고, 엄청난 경비를 지출한 이번 여행이 결국 포그 씨를 알거지로 만들지도 모른다는 생각에 이르자 파스파르투는 자기 자신에게 욕설을 퍼부었다.

그렇지만 포그 씨는 그를 조금도 나무라지 않았다. 그는 대서양 여객선이 정박해 있는 부두를 떠나면서 이 말만 했다.

"내일 방법을 찾아봅시다. 가지요."

포그 씨 일행은 '저지시티 페리보트'를 타고 허드슨강을 건넜고, 다시 삯마차를 타고 브로드웨이에 있는 세인트니콜라스 호텔로 갔다. 거기서 방을 잡고 밤을 보냈다. 필리어스 포그는 밤이 어떻게 지나갔는지 모르게 푹 잤지만, 걱정으로 잠을 이루지 못한 아우다 부인과 다른 사람들에게는 밤이 참으로 길었다.

다음 날은 12월 12일이었다. 12일 오전 7시부터 21일 저녁 8시

45분까지 남은 시간은 아흐레 하고 열세 시간 45분뿐이었다. 전날 필리어스 포그가 큐너드 선박에서 제일 성능이 좋은 차이나호에만 탔다면, 원하는 시간 안에 리버풀에 도착하고 런던까지 갈 수 있었을 텐데!

포그 씨는 하인에게 호텔에서 기다리라고 지시하고, 아우다 부인에게는 언제든 떠날 수 있도록 준비를 하고 있으라고 했다. 그러고는 혼자 호텔을 나섰다.

그는 허드슨강 유역에 가서 부두에 밧줄로 묶여 있거나 닻을 내리고 있는 배 중에서 바로 떠날 수 있을 만한 배를 찬찬히 알아보았다. 출발을 알리는 깃발을 내걸고 아침 밀물 시간에 맞춰 떠나려고 준비 중인 큰 배가 여러 척 있긴 했다. 거대하고 멋진 뉴욕항에서는 매일 수많은 배가 세계 곳곳으로 출항했지만, 대부분은 대형 범선이어서 필리어스 포그의 선택을 받지 못했다.

이 신사의 마지막 시도조차 실패로 돌려가려는 순간, 200미터 남짓 떨어진 배터리 파크 바로 앞에 정박해 있던 배가 눈에 들어왔다. 프로펠러를 탑재한 늘씬한 상선이었다. 굴뚝에서 연기가 뭉게뭉게 솟아나는 것을 보건대, 이제 곧 떠날 준비를 하는 듯했다.

필리어스 포그는 큰 소리로 보트를 불러서 타고 노 젓기 몇 번 만에 헨리에타호의 사다리에 접근했다. 그 배는 선체는 쇠로 되어 있고 윗부분은 목재를 두른 증기선이었다.

헨리에타호의 선장은 배에 있었다. 필리어스 포그는 갑판에 올라가 선장을 만나고 싶다고 했다. 선장이 곧바로 다가왔다.

그는 산전수전 다 겪은 쉰 살 남짓한 뱃사람으로 보였다. 사람이 아주 퉁명스럽고 전혀 만만해 보이지 않았다. 부리부리한 눈, 녹슨

구릿빛 피부, 붉은 머리, 굵고 짧은 목은 사교적인 사람의 인상과
거리가 멀었다.

"선장이십니까?"

필리어스 포그가 물었다.

"그렇소만."

"런던에서 온 필리어스 포그라고 합니다."

"앤드루 스피디요. 카디프 출신이지."

"지금 출발합니까?"

"한 시간 후에."

"어디로 갑니까?"

"보르도."

"화물은 얼마나 됩니까?"

"바닥에 돌이나 좀 실은 정도요. 화물은 없소. 바닥짐[47]만 싣고
가는 거요."

"승객은요?"

"없소, 승객은 태우지 않소. 거추장스럽고 말만 많은 화물이랄
까."

"이 배는 속도가 잘 납니까?"

"11노트에서 12노트는 된다오. 헨리에타호는 알아주는 배지."

"나와 승객 세 명을 리버풀까지 태워주시겠습니까?"

"리버풀? 왜, 차라리 중국에 데려다달라고 하시지."

"리버풀이라고 말했습니다만."

| 47 배의 균형을 유지하기 위해 배의 아래쪽이 싣는, 무게가 많이 나가는 물건.

"싫소!"

"싫다고요?"

"싫소, 내 목적지는 보르도니까 보르도로 갈 거요."

"아무리 돈을 많이 내도?"

"아무리 돈을 많이 내도."

선장은 더는 토를 달지 말라는 듯이 딱 잘라 말했다.

"하지만 헨리에타호의 선주들은…."

필리어스 포그가 다시 입을 열었다.

"선주는 나요. 이 배는 내 것이오."

"배를 빌리겠습니다."

"안 돼."

"배를 사겠습니다."

"안 돼요."

필리어스 포그는 눈썹 하나 까딱하지 않았다. 그렇지만 상황은 심각했다. 뉴욕에서는 홍콩에서처럼 일이 풀리지 않았고, 헨리에타호의 선장은 탕카데르호의 선장 같지 않았다. 지금까지는 돈으로 장애물을 극복할 수 있었지만, 이번에는 그 방법이 통하지 않았다.

하지만 배로 대서양을 건널 방법을 찾아야만 했다. 배가 아니면 열기구를 타고서라도 대서양을 횡단해야 했지만, 그건 너무 무모한 일이고 실현할 수도 없었다.

그렇지만 필리어스 포그는 생각한 바가 있는지 선장에게 이렇게 말했다.

"그럼, 나를 보르도까지 태워주십시오."

"아니, 200달러를 준다고 해도 싫소!"

"2000달러를 낼 겁니다."

"한 사람당?"

"한 사람당."

"모두 네 명이라고 했소?"

"네 명입니다."

스피디 선장은 거죽을 벗겨내기라도 하듯 이마를 벅벅 긁기 시작했다. 목적지를 바꾸지 않고도 8000달러를 벌 기회였다. 승객은 질색이라고 말했지만, 그 정도 돈이면 반감도 잠시 접어둘 일이었다. 한 사람당 2000달러라면 승객이 아니라 아주 값비싼 상품으로 봐야 했다.

"9시에 출발할 거요. 그 시각에 당신 일행이 온다면야?"

선장은 이렇게만 말했다.

"9시까지 배에 타겠습니다!"

포그 씨도 선장 못지않게 간단히 대꾸했다.

이미 8시 30분이었다. 포그 씨는 헨리에타호에서 내려 마차를 타고 세인트니콜라스 호텔로 달려가 아우다 부인과 파스파르투, 그리고 떼려야 뗄 수 없는 픽스까지 너그러이 태워주기로 하고 그들 모두를 데려왔다. 그 모든 일을 이 신사는 어떤 상황에서도 흔들리지 않는 침착한 태도로 처리했다.

헨리에타호가 막 출항하려고 할 때, 네 사람 모두 배에 올랐다.

파스파르투는 이 마지막 뱃길에 든 비용이 얼마인지 알았을 때 '오!' 소리를 반음계씩 내려가면서 길게 내질렀다!

한편 픽스 형사는 영국은행에 정말로 손해가 없을 수는 없겠다고 생각했다. 사실 포그 씨가 영국에 도착해 다시는 돈다발을 뱃길에 버리지 않는다고 해도 이미 7000파운드 이상이 돈 가방에서 빠져나갔을 터였다!

33

필리어스 포그가 어떤 상황에서도
초연한 태도를 보이다

한 시간 후, 증기선 헨리에타호는 허드슨강의 입구를 표시하는 등대선을 지나 샌디훅을 돌아 바다로 나갔다. 낮에는 롱아일랜드의 해안을 끼고 파이어아일랜드 등대가 있는 바다를 지나 동쪽으로 질주했다.

다음 날인 12월 13일 정오, 한 남자가 상황을 살피러 선교에 올라갔다. 그 남자는 당연히 스피디 선장이었다고 생각할 것이다! 그런데 아니었다. 그는 바로 필리어스 포그였다!

스피디 선장은 문 잠긴 선실에 갇힌 채 분해서 고함을 질러대고 있었다. 상황을 참작하면 그럴 만도 했지만, 그의 분노는 절정에 다다라 있었다.

자초지종은 간단했다. 필리어스 포그는 리버풀에 가고자 했고, 선장은 그를 리버풀에 데려갈 마음이 없었다. 그래서 필리어스 포그는 보르도행에 일단 동의하고 배에 오른 후 30시간 사이에 선원들을 돈의 힘으로 구워삶았다. 수부[48]도 그렇고 화부도 그렇고 선원들은 죄다 구린 게 있는 사람들인 데다가 어차피 선장과 사이가 좋지 않았다. 이리하여 필리어스 포그가 스피디 선장 역할을 대신하고 진짜 선장은 선실에 감금되었으며, 헨리에타호는 리버풀로 가고 있었다. 그런데 포그 씨가 배를 조종하는 솜씨를 보아하니 예전에 선원이었음이 분명했다.

이제 이 모험이 어떻게 끝날지는 두고 봐야 알 일이었다. 그래도 아우다 부인은 걱정을 내려놓지 못했지만, 그런 말은 일절 하지 않았다. 픽스는 일단 놀라서 얼이 다 빠졌다. 한편 파스파르투는 이 모든 일이 신나고 근사하기만 했다.

'11노트에서 12노트는 된다'는 선장의 말마따나 헨리에타호는 그 정도 속도를 유지했다.

그러므로 만약('만약'이라는 말이 몇 번이나 나오는지!) 바다가 너무 거칠어지지만 않으면, 만약 바람이 동풍으로 바뀌지만 않는다면, 만약 배가 아무 손상을 입지 않고 기계도 고장을 일으키지 않는다면, 헨리에타호는 12월 12일에서 21일까지 아흐레 동안 뉴욕과 리버풀 사이 4800킬로미터를 횡단할 터였다. 사실 리버풀에 도착하면 은행 절도 사건에 헨리에타호 사건까지 가세해 필리어스 포그는 그가 바라지 않은 곤경에 빠질 수도 있었다.

처음 며칠은 항해가 더없이 순조로웠다. 바다는 모질게 굴지 않았고, 바람은 시종일관 북동쪽으로 불었으며, 헨리에타호는 돛을 높이 올리고 삼각돛까지 다 펴고 본격적인 대서양 횡단선처럼 빠

| 48   水夫. 배에서 허드렛일을 하는 하급 선원.

르게 나아갔다.

파스파르투는 기쁘다 못해 황홀해했다. 그는 주인의 마지막 활약에 열광했고, 그 결과가 어찌 되든 알고 싶지 않았다. 헨리에타호의 선원들은 파스파르투처럼 쾌활하고 민첩한 사람을 본 적이 없었다. 그는 선원들과 친해졌고, 이런저런 묘기를 부려 그들을 즐겁게 해주었다. 그는 더없이 듣기 좋은 말과 입맛 당기는 술을 아낌없이 베풀었다. 파스파르투의 눈에 수부들은 신사처럼 뱃일을 했고, 화부들은 영웅처럼 불을 지폈다. 그의 유쾌한 기분과 서글서글한 사교성은 모든 이에게 스며들었다. 파스파르투는 과거를, 고민을, 위험을 잊었다. 이제 거의 다다른 목표만을 생각했고, 이따금 헨리에타호의 화롯불에 달아오른 듯 초조하게 속을 끓였다. 또한 이 건실한 젊은이는 자주 픽스의 주위를 맴돌며 '많은 것을 말하는' 눈빛으로 그를 주시했다! 그러나 형사에게 말을 걸지는 않았다. 둘 사이에 예전의 친밀감은 이미 사라지고 없었다.

더욱이 픽스도 이제 뭐가 뭔지 알 수 없었다! 헨리에타호의 탈취, 선원 매수, 게다가 노련한 선원처럼 배를 조종하는 포그 씨까지, 그는 이 모든 사태에 정신을 차릴 수 없었다. 이제 어떻게 생각해야 하는지! 하지만 따지고 보면 5만 5000파운드를 훔쳤던 신사가 배라고 왜 못 훔치겠는가. 픽스는 자연스럽게 포그 씨가 헨리에타호를 조종해서 리버풀로 가지 않고 다른 곳으로 갈 거라고 믿었다. 도둑이 해적이 되어 그 어딘가에서 안심하고 편안하게 살 거라고 말이다! 그러한 가설은 솔직히 꽤 그럴싸했으므로 픽스 형사는 이 사건에 뛰어든 것을 심각하게 후회하기 시작했다.

한편 스피디 선장은 선실에서 계속 난동을 피웠다. 파스파르투는 선장에게 음식을 가져다줄 임무를 맡았는데, 그도 힘이 센 편이었지만 그 일을 할 때는 극도로 조심했다. 포그 씨로 말하자면, 배에 선장이 타고 있다는 사실을 기억도 못하는 것 같았다.

13일에 배는 뉴펀들랜드 연안의 끝자락을 지났다. 그곳은 위험한 수역이었다. 특히 겨울에는 안개가 자주 끼고 바람이 거셌다. 전날 급격히 떨어진 기압계 눈금이 대기의 변화를 예고했다. 실제로 밤사이에 기온이 달라졌고, 추위는 더욱 매서워졌으며, 바람이 남동풍으로 바뀌었다.

항해는 차질을 빚었다. 포그 씨는 배가 항로에서 벗어나지 않도록 돛을 촘촘하게 접고 증기 압력을 높였다. 그런데도 바다가 거칠고 뱃머리가 긴 파도와 연신 부딪치다 보니 키질이 심해서 배의 속도는 많이 떨어졌다. 미풍은 차츰 태풍으로 변해갔고, 이미 헨리에타호가 거센 파도를 지탱하지 못할 경우까지 예견되었다. 하지만 폭풍을 피해 달아난다 해도 이 모든 불운이 어떤 사태를 불러올지는 알 수 없었다.

하늘이 흐려지면서 파스파르투의 낯빛도 어두워졌다. 이틀 동안 이 건실한 젊은이는 불안해서 죽을 것만 같았다. 하지만 필리어스 포그는 바다와 맞서 싸울 줄 아는 대담한 뱃사람이었다. 그는 증기 압력을 줄이지도 않고 시종일관 항로를 따라 전진했다. 헨리에타호가 파도를 타지 못할 때는 옆으로 비껴갔다. 그러다 보면 바닷물이 갑판을 쓸고 가기 일쑤였지만, 어쨌든 배는 통과했다. 또 어떤 때는 집채만 한 파도에 배가 번쩍 들려 프로펠러가 허공에서 미친 듯이 돌기도 했지만, 배는 계속 앞으로 나아갔다.

그래도 바람이 우려한 만큼 강해지지는 않았다. 시속 145킬로미터 수준의 태풍까지는 되지 않았다. 바람은 여전히 강했지만 안타깝게도 집요하게 남동쪽에서만 불어왔기 때문에 돛을 펼 수가 없었다. 돛이 증기의 힘을 거들 수 있었다면 큰 도움이 되었을 텐데!

12월 16일은 런던을 떠난 지 75일째 되는 날이었다. 간단히 말해, 헨리에타호는 아직 걱정스러울 만큼 늦지는 않았다. 대서양을 절반은 건넜고, 가장 위험한 수역도 지나왔다. 지금이 여름이었다면 성공을 장담할 수 있었다. 하지만 겨울에는 변덕스러운 날씨에 모든 것이 달려 있다. 파스파르투는 아무 말도 하지 않았다. 그는 속으로 희망을 품고 있었고, 바람이 충분히 불지 않더라도 증기에 기대를 걸 만했다.

그런데 바로 그날 기관사가 갑판에 올라와 포그 씨를 찾더니 아주 진지하게 뭔가를 의논했다.

파스파르투는 이유도 모른 채, 아마도 무슨 예감이 들어서였겠지만 막연히 불안해졌다. 기관사와 포그 씨의 대화를 엿들을 수만 있다면 한쪽 귀를 내놓을 수도 있을 것 같았다. 그래도 몇 마디 들리기는 했다. 주인은 이런 말을 했다.

"지금 한 말, 확실합니까?"

"확실합니다, 나리. 잊으시면 안 되는 게, 우리는 출항한 뒤로 줄곧 불을 피웠습니다. 뉴욕에서 보르도까지 천천히 가기에는 배에 실은 석탄으로 충분했지만, 뉴욕에서 리버풀까지 전속력으로 가기에는 부족하다고요!"

"생각해보지요."

포그 씨가 대답했다.

파스파르투는 상황을 파악했다. 그는 죽을 것 같은 불안에 사로

잡혔다.

석탄이 얼마 안 남았다니!

'아! 주인 나리가 이 위기도 벗어난다면, 정말이지 대단한 분이라고 인정할 수밖에!'

그는 픽스와 마주쳤을 때 이 상황을 알려주지 않고는 못 배겼다.

"아니, 자네는 이 배가 리버풀로 가고 있다고 믿는구먼!"

픽스가 이를 악물고 말했다.

"당연하지!"

"멍청하긴!"

형사는 이렇게 대꾸하고는 어깨를 으쓱거리며 가버렸다.

파스파르투는 무슨 뜻인지 제대로 알지도 못하는 쌍욕을 뱉을 뻔했다. 그렇지만 운도 지지리 없는 픽스 형사가 헛다리를 짚어 세계 일주까지 했으니 얼마나 실망하고 자존심이 상했을까 싶어서 그냥 내버려두었다.

이제 필리어스 포그는 어떻게 할 것인가? 상상하기도 어려운 일이었다. 하지만 이 냉정한 신사는 결정을 내린 듯했다. 바로 그날 저녁 기관사를 불러서 이렇게 지시했으니 말이다.

"석탄이 다 떨어질 때까지 불을 계속 활활 지피고 항로를 따라가시오."

잠시 후, 헨리에타호의 굴뚝에서 연기가 무섭게 피어올랐다.

그리하여 배는 전속력으로 전진했다. 그러나 예상대로 이틀 후인 18일에는 그날 안에 석탄이 바닥날 것 같다고 기관사가 보고했다.

"불을 줄이지 마시오. 오히려 밸브에 증기를 가득 채워두시오."

포그 씨는 이렇게 대꾸했다.

그날 정오 무렵, 필리어스 포그는 방위각을 재어 선박의 위치를 계산한 후 파스파르투를 부르더니 스피디 선장을 데려오라고 일렀다. 선량한 젊은이에게 호랑이를 풀어주라고 한 것이나 다름없었다. 파스파르투는 선미루를 통해 선실로 내려가면서 중얼거렸다.

"선장이 미쳐 날뛸 텐데!"

과연 몇 분 후, 고함과 욕설을 뿌리는 폭탄 하나가 선미루에 올라왔다. 다름 아닌 스피디 선장이었다. 폭탄은 터지기 일보 직전이었다.

"여기가 어디야?"

선장이 분노로 숨도 제대로 쉬지 못하면서 맨 먼저 뱉은 말이었다. 이 우락부락한 사내가 뇌졸중을 일으킬 법한 체질이었다면 아마 진즉에 쓰러져 다시는 일어나지 못했을 것이다.

"여기가 어디냐고!"

선장은 얼굴이 벌개져서 다시 한 번 물었다.

"리버풀에서 1240킬로미터 떨어진 곳입니다."

포그 씨는 전혀 동요하지 않고 침착하게 대꾸했다.

"해적 놈!"

앤드루 스피디가 고함을 질렀다.

"선장, 당신을 부른 이유는….."

"이 모리배 놈이!"

"…당신 배를 팔아달라고 청하기 위해서요."

"안 팔아! 세상없어도 안 팔아!"

"배를 태울 수밖에 없어서 말입니다."

"내 배를 태운다고!"

"그렇습니다, 적어도 윗부분은요. 연료가 부족하거든요."

"내 배를 태운다고! 5만 달러짜리 밴데!"

스피디 선장은 이제 발음도 제대로 안 되면서 고함을 질렀다.

"여기 6만 달러를 드리겠습니다."

필리어스 포그는 이렇게 대꾸하면서 돈다발을 내밀었다.

돈다발은 앤드루 스피디에게 기적과 같은 변화를 일으켰다. 6만 달러를 보고 마음이 흔들리지 않는다면 미국인이 아니다. 선장은 순식간에 분노도, 선실에 감금당했던 일도, 이 승객에게 품었던 원한도 말끔히 잊었다. 이미 연식이 20년은 된 배였다. 금광을 발견한 것과 다름없는 거래였다! 이제 폭탄은 터지려야 터질 수 없었다. 포그 씨가 도화선을 뽑아버렸으니까.

"철제 선체는 제가 가질 겁니다."

선장이 놀랄 만큼 누그러진 목소리로 말했다.

"철제 선체와 기계까지 가지십시오. 됐습니까?"

"됐습니다."

앤드루 스피디는 돈다발을 집어 들고 액수를 확인한 후 주머니에 쑤셔넣었다.

이 일이 벌어지는 동안 파스파르투는 얼굴이 하얗게 질렸다. 픽스로 말하자면 피가 거꾸로 솟는 것 같았다. 지금까지 뿌린 돈이 2만 파운드에 육박했다. 그런데 이 포그라는 인간은 선박을 판 사람에게 뱃값이나 다름없는 선체와 기계를 넘기겠다고 하지 않는가! 은행에서 훔친 돈은 분명히 5만 5000파운드인데!

앤드루 스피디가 돈을 다 챙긴 후, 포그 씨가 말했다.

"선장, 놀라지 마시오. 나는 12월 21일 오후 8시 45분까지 런던에 돌아가지 않으면 2만 파운드를 잃게 됩니다. 그런데 뉴욕에서 배를 놓쳤고, 당신은 나를 리버풀까지 태워주려고 하지 않았기 때문에…."

"그러길 잘했군. 그 덕에 적어도 4만 달러를 벌었으니."

앤드루 스피디가 외쳤다.

그러고 나서는 조금 차분해진 말투로 물었다.

"그나저나 선장은 성함이 어떻게 되는지…?"

"포그요."

"포그 선장, 그래요, 당신은 양키 같은 구석이 있구려."

그는 자기 딴에는 칭찬이랍시고 이런 말을 하고 자리를 뜨려는데, 필리어스 포그가 말했다.

"이제 이 배는 내 것이지요?"

"물론입니다. 용골부터 돛대 꼭대기까지, 나무로 된 부분은 전부 당신 거요!"

"좋습니다. 그럼 내부 설비를 해체해서 땔감으로 쓰겠습니다."

증기 압력을 충분히 유지하기 위해서 목재를 얼마나 많이 태워야 했는지는 짐작할 것이다. 당장 그날로 선미루, 갑판실, 승객 선실, 선원실, 중갑판에서 나무로 된 부분은 다 불살라버렸다.

이튿날인 12월 19일에는 돛대, 갑판 위의 예비 부품, 둥근 재목이 불 속으로 들어갔다. 돛대를 도끼로 찍어낸 후 잘게 쪼개어 장작으로 만들었다. 선원들은 믿을 수 없을 만큼 열성적으로 일했다. 파스파르투는 베고, 자르고, 썰면서 열 사람 몫의 일을 해냈다. 파괴욕에 사로잡힌 사람 같았다.

그다음 날인 20일에는 난간, 선체 보호용 방패, 해수면보다 위에 있는 목재 부분까지 갑판의 대부분이 불길에 잡아먹혔다. 헨리에타호는 이제 폐선처럼 앙상한 뼈대만 남아 있었다.

하지만 그날 아일랜드의 해안과 패스트넷 등대를 보았다.

그렇지만 밤 10시에도 배는 아직 퀸스타운 앞바다에 있었다. 필리어스 포그는 24시간 안에 런던에 가야 했다! 그런데 헨리에타호가 전속력으로 리버풀까지만 가더라도 24시간은 걸릴 터였다. 그리고 이제 증기마저 이 담대한 신사를 저버리려 하고 있었다!

뒤늦게 포그 씨의 계획에 흥미를 갖게 된 스피디 선장이 이렇게 말했다.

"선생, 정말 안타깝구려. 모든 상황이 불리하게 돌아갑니다그려! 이제 겨우 퀸스타운인데."

"아! 불빛이 보이는 저 도시가 퀸스타운입니까?"

포그 씨가 물었다.

"그렇습니다."

"저 항구에 들어갈 수 있습니까?"

"세 시간은 있어야 합니다. 만조가 아니면 들어갈 수 없거든요."

"기다립시다!"

필리어스 포그는 차분하게 말했다. 그는 다시 한 번 영감을 받아 불운을 극복할 작정이었지만, 그런 기색을 비치지는 않았다.

사실 퀸스타운은 아일랜드 해안에 있는 항구이자 미국에서 출발하는 대서양 횡단 선박들이 우편물을 내려놓고 가는 곳이기도 했다. 이 우편물을 상시 대기 중인 급행열차가 더블린까지 실어 날랐다. 그리고 더블린에서부터 리버풀까지 우편물을 나르는 쾌속 중기선은 해운 회사의 가장 빠른 배보다 열두 시간을 절약해주었다.

필리어스 포그는 미국 우편선이 버는 그 열두 시간을 벌어볼 작정이었다. 그러면 이튿날 밤이 아니라 정오에 리버풀에 도착할 테고, 오후 8시 45분 전에 런던에 가 있을 수 있었다.

새벽 1시쯤 헨리에타호는 밀물을 타고 퀸스타운 항구로 들어갔다. 필리어스 포그는 스피디 선장과 힘차게 악수를 나누고 그를 뼈대만 남은 배에 남긴 채 떠났다. 하지만 배에 남은 부분만 해도 그가 이미 받은 금액의 절반 가치는 있었다!

승객들은 당장 배에게 내렸다. 그 순간, 픽스는 포그 씨를 체포하고 싶은 강렬한 욕망에 사로잡혔다. 그렇지만, 그렇게 하지 않았다! 왜? 그는 어떤 갈등에 시달리고 있었을까? 포그 씨에 대해서 다시 생각하게 됐나? 자신의 착각을 드디어 깨달았을까? 어쨌든 픽스는 포그 씨를 단념하지 않았다. 그는 포그 씨, 아우다 부인, 그리고 숨 돌릴 겨를도 없었던 파스파르투와 함께 1시 30분에 퀸스타운에서 출발하는 열차를 타고 더블린으로 갔고, 그다음에는 다시 증기선으로 갈아탔다. 강철의 방추형 기선은 거친 파도를 가르고 시종일관 기세 좋게 전진했다.

12월 21일 오전 11시 40분, 필리어스 포그는 드디어 리버풀항에 내렸다. 런던까지는 6시간이면 갈 수 있었다.

하지만 바로 그 순간, 픽스가 다가와서 그의 어깨에 손을 얹고 체포영장을 내밀었다.

"선생이 필리어스 포그 씨가 맞지요?"

"그렇소."

"여왕의 이름으로, 당신을 체포합니다!"

34

파스파르투가 신랄하면서도
전에 없던 말장난을 할 기회를 얻다

필리어스 포그는 수감되었다. 그는 리버풀 세관원에 갇혀, 런던으로 이송될 때까지 하룻밤을 보내게 되었다.

그가 체포당할 때 파스파르투는 형사에게 덤벼들려고 했다. 그러나 경찰관들이 그를 제지했다. 급작스러운 상황에 깜짝 놀란 아우다 부인은 영문을 몰랐다. 파스파르투가 그녀에게 자초지종을 설명해주었다. 그녀에게는 생명의 은인이요, 정직하고 용감한 신사인 포그 씨가 도둑으로 몰려 체포당했다. 젊은 여인은 터무니없는 혐의에 항의했고, 분노로 가슴이 뛰었다. 하지만 은인을 구하기 위해 할 수 있는 일, 시도할 만한 일이 아무것도 없었기에 하염없이 눈물만 흘렸다.

한편 픽스는 이 신사가 범인이든 아니든 체포하는 것이 자기 임무라고 생각했기 때문에 그렇게 했던 것이다. 죄의 유무는 법정이 가려줄 터였다.

하지만 바로 그때 파스파르투에게 어떤 생각이 떠올랐다. 이 모든 불행의 원인이 바로 자신이었다는, 끔찍한 생각 말이다! 왜 이 일을 포그 씨에게 숨겼던가? 픽스가 자신이 경찰청 소속 형사이고 자기 임무가 무엇인지 다 털어놓았을 때, 그는 왜 그 사실을 주인에게 알리지 않았나? 주인 나리가 그 사실을 알기만 했다면 픽스에게 자신이 무고하다는 증거를 제시하고 형사의 착각을 바로잡아주었을 텐데. 적어도 영국 땅을 밟기만 하면 주인을 체포할 작정이었던 그 비열한 형사를 여비까지 대가며 함께 데려오지는 않았을 텐데. 딱한 젊은이는 자신의 실수와 경솔한 처사를 생각하니 후회를 가눌 수 없었다. 그는 보기가 딱할 정도로 통곡했다. 스스로 머리통을 깨버리고 싶은 심정이었다!

아우다 부인과 파스파르투는 추위를 무릅쓰고 세관 건물 앞을 지키고 있었다. 둘 다 그 자리를 떠나려 하지 않았다. 포그 씨를 한 번이라도 더 보기 위해서였다.

한편 이 신사는 이제 빼도 박도 못하게 파산하고 말았다. 더구나 목표를 코앞에 두고서. 이 체포는 돌이킬 수 없는 패배를 뜻했다. 그는 12월 21일 오전 11시 40분에 리버풀에 도착했다. 리폼 클럽에는 저녁 8시 45분까지, 그러니까 9시간 5분 안에만 가면 되었다. 리버풀에서 런던까지는 여섯 시간이면 충분했건만!

이 순간 누군가 세관에 들어갔다면 포그 씨가 화도 내지 않고 초연한 자세로 나무 의자에 앉아만 있는 모습을 보았을 것이다. 그가 체념했다고 할 수는 없을 것이다. 이 마지막 일격에도, 적어도 겉으로 보기에는, 그는 흔들리지 않았다. 혹시 그 속에서는 억눌려 있기에 더욱더 두려운 분노, 마지막 순간 걷잡을 수 없이 폭발하는 분노가 일어나고 있었을까? 그걸 누가 알겠는가? 하지만 필리어스 포그는 차분히 기다리고 있었다…. 무엇을? 그가 모종의 희망을 간직하고 있었나? 감옥에 갇힌 와중에도 아직도 성공을 믿고 있었을까?

아무튼 포그 씨는 탁자에 회중시계를 얌전히 올려놓고 시곗바늘을 뚫어져라 바라보았다. 그의 입에서는 어떤 말도 나오지 않았지만, 그의 시선은 완전히 고정되어 있었다.

어쨌거나 상황은 끔찍했다. 그의 속내를 읽지 못하는 사람은 상황을 다음과 같이 요약할 것이다.

'정직한 남자, 필리어스 포그가 파산했다.'

'정직하지 못한 남자, 필리어스 포그가 체포당했다.'

그때 그는 탈출을 생각했을까? 빠져나갈 구멍이 있는지 찾아볼 작정이었을까? 도망칠 궁리를 했을까? 포그 씨가 방을 한 바퀴 돌아본 것으로 미루어보아, 정말로 그런 생각을 했을지도 모른다. 하지만 문은 굳게 잠겨 있었고, 창문은 쇠창살에 막혀 있었다. 그래서 그는 다시 의자에 앉아 지갑에서 여행 일정표를 꺼냈다. 그리고 '12월 21일 리버풀'이라고 적힌 줄 위에 '80일째, 오전 11시 40분'이라고 써넣었다. 그러고는 기다렸다.

세관의 괘종시계가 오후 1시를 알렸다. 포그 씨는 자기 시계가 괘종시계보다 2분 빠르다는 것을 알았다.

2시가 되었다! 지금이라도 급행을 타면 오후 8시 45분 전에 리폼 클럽에 도착할 수 있었다. 그의 이마에 살짝 주름이 잡혔다….

2시 33분, 바깥이 소란스러워지더니 쿵쾅대며 문 여는 소리가 났다. 파스파르투의 목소리, 그리고 픽스의 목소리도 들렸다.

필리어스 포그의 눈이 순간 번득였다.

세관의 문이 열리고 아우다 부인과 픽스와 파스파르투가 허겁지겁 달려왔다.

픽스는 까치집 같은 머리를 하고 숨을 헐떡이느라… 말도 제대로 하지 못했다!

"선생… 선생께… 죄송해서 어떡하지요…. 너무 닮아서 그만… 도둑은 사흘 전에 잡혔습니다. 선생은… 자유의 몸입니다!"

필리어스 포그는 풀려났다! 그는 형사에게 다가가 그의 눈을 똑바로 노려보았다. 그리고 지금까지 한 번도 한 적 없고 평생 다시는 하지 않을, 단 한 번의 날렵한 몸짓을 했다. 두 팔을 뒤로 빼더니 자동인형처럼 정확하게 양쪽 주먹을 날려 그 딱한 형사를 때려눕혔던 것이다.

"명중!"

파스파르투가 외쳤다. 그러고는 누가 프랑스인 아니랄까 봐 신랄한 말장난을 했다.

"바로 이거지! 이거야말로 '영국 주먹의 멋진 일격'[49]이라고 부를 만해!"

픽스는 나동그라진 채 아무 말도 하지 못했다. 그렇게 당해도 할 말이 없을 만했다. 포그 씨 일행은 바로 세관을 박차고 나왔다. 그러고는 마차에 올라타고 몇 분 만에 리버풀역에 도착했다.

필리어스 포그는 바로 출발하는 런던행 급행이 있는지 물었고… 그때가 2시 40분이었고… 급행은 이미 35분 전에 출발했다.

---

49 원문은 'belle application de poings d'angleterre'인데, 'belle application de points d'angleterre(아름다운 영국제 아플리케)'와 발음이 같다.

그러자 필리어스 포그는 특별열차를 주문했다.

역에는 증기 압력을 올려놓은 고속 기관차가 여러 대 있었지만 배차 문제 때문에 특별열차는 3시 전에 역을 떠날 수 없었다.

오후 3시, 필리어스 포그는 기관사에게 사례금이 걸려 있다고 말한 뒤 젊은 여인과 충직한 하인을 데리고 런던으로 출발했다.

리버풀에서 런던까지의 거리를 5시간 30분 안에 주파해야 했다. 선로가 비어 있다면 가능한 일이었다. 하지만 실제로는 지체를 피할 수 없었고, 신사가 런던역에 도착했을 때는 도시의 모든 시계가 8시 50분을 가리키고 있었다.

필리어스 포그는 세계 일주를 완수했으나 예정보다 5분 늦고 말았다…!

그는 내기에 졌다.

35

파스파르투가 주인이
같은 말을 두 번 할 필요 없게끔 행동하다

이튿날 새빌로 주민들이 포그 씨가 여행을 마치고 돌아왔다는 말을 들었다면 깜짝 놀랐을 것이다. 포그 씨의 집 문과 창은 모조리 닫혀 있었다. 밖에서 보기에는 이 집에 어떤 변화도 없었다.

사실 필리어스 포그는 역에서 나온 후 파스파르투에서 생필품을 조금 사오라고 지시하고 자신은 집으로 들어갔다.

이 신사는 평소처럼 초연한 자세로 타격을 받아냈다. 파산! 그것도 멍청한 형사의 착오 때문에! 그토록 긴 여정을 확신에 차서 달려왔건만, 허다한 장애물을 뛰어넘었건만, 허다한 위험에 용감하게 맞서고 심지어 일부러 시간을 내어 선행도 베풀었건만, 예상할 수도 없고 대처할 수도 없는 돌연한 사건 때문에 항구에서 좌초하고 말았다. 이건 너무 심했다! 막대한 돈을 들고 떠났건만 하잘것없는 푼돈밖에 남지 않았다. 그의 재산은 베어링 형제 은행에 맡겨둔 2만 파운드가 거의 전부였는데, 이제 그 돈은 리폼 클럽 동료들에게 넘겨야 했다. 설령 내기에서 이겼더라도 여행 경비로 워낙 많은 돈을 써서 재산이 더 늘지는 않았을 것이다. 그는 명예를 걸고 내기를 하는 신사 부류이니만큼 애당초 내기로 돈을 벌 마음은 없었겠지만, 이제 완전히 파산하고 말았다. 더군다나 이 신사의 입장은 이미 정해져 있었다. 그는 이제 자기가 할 일이 무엇인지 알고 있었다.

아우다 부인이 새빌로 저택의 방 하나를 쓰게 되었다. 부인은 상심해 있었다. 그녀는 포그 씨가 꺼낸 말 몇 마디만으로도 그가 불길한 계획을 세우고 있다고 눈치챘다.

사실 편집광적인 영국인이 어떤 생각 하나에 집착하면 얼마나 극단으로 치닫는지 다들 웬만큼 알 것이다. 그래서 파스파르투는 겉으로 티 내지 않고 주인을 감시했다.

하지만 이 건실한 젊은이는 일단 자기 방에 올라가 80일째 활활 타고 있던 가스등부터 껐다. 우편함에서 가스 회사 청구서를 발견하고는 자신이 책임져야 할 지출을 없애는 것이 우선이라고 생각했기 때문이다.

밤이 지나갔다. 포그 씨는 잠자리에 들기는 했지만 과연 잠이 왔을까? 아우다 부인으로 말하자면, 한시도 눈을 붙이지 못했다. 파스파르투는 충직한 개처럼 밤새 주인의 방문 앞을 지켰다.

이튿날 포그 씨는 파스파르투를 불러 아우다 부인의 식사를 챙기라고 아주 간략한 말로 일렀다. 본인의 아침 식사는 차 한 잔과 토스트 한 쪽이면 된다고 했다. 점심과 저녁을 함께하지 못하는 것을 아우다 부인이 양해해주었으면 한다고, 자신은 하루 종일 챙겨야 할 일이 있다고 했다. 그는 아래층으로 내려가지도 않을 작정이었다. 저녁때나 아우다 부인과 잠시 얘기를 나눌 수 있을지 여쭈라고 했을 뿐이다.

파스파르투는 그날의 일정을 전달받은 이상 그대로 따를 수밖에 없었다. 주인은 여전히 침착해 보였지만, 그는 주인의 방에서 나가도 되는지 마음을 정하지 못했다. 마음이 무거웠고 양심은 후회로 가득했다. 이 돌이킬 수 없는 재앙이 그 어느 때보다도 자기 자신 탓인 것 같았다. 그렇고말고! 포그 씨에게 미리 알렸더라면, 주인에게 픽스 형사의 계획을 밝혔다면 틀림없이 그 인간을 리버풀까지 달고 오지는 않았을 테고, 그랬더라면….

파스파르투는 더는 참을 수가 없었다.

"주인 나리! 나리! 저를 저주해주십시오. 저 때문에….'

"누구의 탓도 아닐세. 그만 가보게."

포그 씨는 그 어느 때보다 차분한 어조로 말했다.

파스파르투는 방을 나와 아우다 부인에게로 가서 주인의 뜻을 그대로 전했다.

그러고는 이 말을 덧붙였다.

"부인, 제힘으로 할 수 있는 일이 없네요. 아무것도요! 저는 주인 님이 생각을 바꾸시게 할 수가 없습니다. 하지만 부인이라면, 어쩌면….'

"제가 무슨 힘이 있겠어요. 포그 씨가 누구의 영향력에 좌우되는 분도 아니고요! 제 마음에 넘쳐흐르는 고마움조차, 그분은 조금도 알아차리지 못했잖아요! 한 번도 제 마음을 읽으신 적도 없는걸요! …나의 친구 파스파르투, 절대로 그분 곁을 떠나지 말아요. 한순간도 자리를 비우지 말아요. 오늘 저녁에 그분이 저와 얘기를 나누고 싶다고 하셨다고요?"

"네, 부인, 아마 영국에서 부인이 무사히 지내도록 조치를 하시나 봅니다."

"기다려봅시다."

젊은 여인은 그렇게 말하고는 생각에 잠겼다.

그리하여 그 일요일 하루 동안 새빌로 저택은 흡사 사람이 살지 않는 집 같았다. 필리어스 포그는 그 집에 살게 된 후 처음으로 의사당 탑이 11시 반을 알리는 종을 쳤는데도 리폼 클럽에 가지 않았다.

하긴 이 신사가 왜 클럽에 모습을 드러내겠는가? 회원들도 이제 그가 나타나기를 기대하지 않을 것이다. 전날 저녁, 그러니까 숙명의 12월 21일 토요일, 필리어스 포그는 리폼 클럽 휴게실에 나타나지 못했고 내기에서 패배했다. 2만 파운드를 찾으러 은행을 방문할 필요조차 없었다. 내기 상대들의 손에 그가 서명한 수표가 있었으니, 그들이 베어링 형제 은행에 가서 청구서만 작성하면 2만 파운드를 얼마든지 가져갈 수 있을 터였다.

그러므로 포그 씨는 나갈 일이 없었고, 나가지도 않았다. 그는 자기 방에 처박혀 서류를 정리했다. 파스파르투는 새빌로 집 계단을 쉴 새 없이 오르내렸다. 시간이 이 가엾은 젊은이에게만 멈춰버린 것 같았다. 그는 주인의 방 문짝에 귀를 대고 무슨 소리가 나는지 살피면서도 그런 짓이 무례하다고는 생각지 않았다! 심지어 열쇠 구멍으로 안을 들여다보면서도, 자기는 그래도 된다고 생각했다! 파스파르투는 매 순간 무슨 큰일이 벌어질까 봐 두려웠다. 이따금 픽스가 생각났지만, 이제 그자에 대한 마음가짐이 달라져 있었다. 이제 형사를 원망하지 않았다. 픽스는 필리어스 포그를 오해했지만, 누구나 그런 실수는 한다. 포그 씨를 추적하고 체포까지 했지만, 그건 그 형사의 의무였다. 하지만 파스파르투 자신은⋯ 그 생각을 하면 마음이 무너져내렸다. 세상에서 자신이 제일 비참한 인간 같았다.

그러다 혼자 있기가 너무 괴로워질 때면 아우다 부인의 방을 노크하고 들어가 아무 말 없이 구석에 앉았다. 그러고는 여전히 생각에 잠겨 있는 젊은 여인을 바라보았다.

저녁 7시 30분이 다 되어 포그 씨가 아우다 부인의 방으로 찾아가도 되는지 물어보라고 했다. 잠시 후, 아우다 부인과 포그 씨만 그 방에서 만났다.

필리어스 포그는 의자를 들어 벽난로 가까이 자리를 잡고 아우다 부인과 마주 앉았다. 그의 얼굴에는 아무 감정이 비치지 않았다. 여행에서 돌아온 포그 씨는 여행을 떠나던 포그 씨와 완전히 똑같았다. 변함없이 침착하고, 변함없이 냉정했다.

그는 5분 동안 한마디도 하지 않았다. 그러다 이윽고 아우다 부인을 바라보았다.

"부인, 영국으로 부인을 데려온 나를 용서해주시겠습니까?"

"제가요, 포그 씨!"

아우다 부인은 두근대는 마음을 다잡으면서 말했다.

"내 말을 끝까지 들어주십시오. 당신에게 너무 위험해진 그 나라에서 먼 곳까지 데리고 나올 생각을 했을 때만 해도 나는 부자였습니다. 그래서 내 재산의 일부를 부인이 자유롭게 쓸 수 있도록 할 생각이었지요. 그렇게 되었다면 부인은 자유롭고 행복하게 지낼 수 있었을 겁니다. 하지만 나는 이제 빈털터리입니다."

"저도 알아요, 포그 씨. 이번에는 제가 묻겠습니다. 당신을 따라온 저를 용서해주시겠어요? 저로 인해 시간이 지체되어 파산하게 됐는지도 모르잖아요?"

"부인은 인도에 남아 있을 수 없었습니다. 그 광신도들이 다시는 부인을 잡아갈 수 없는 먼 곳으로 피해야만 했습니다."

"그래서 포그 씨는 저를 끔찍한 죽음에서 구해주신 것도 모자라 외국에서의 생활까지 책임져야 할 의무가 있다고 생각하셨나요?"

"네, 그렇습니다. 그런데 일이 내 뜻 같지 않게 되어버렸지요. 하지만 내게 남은 약간의 돈이라도 부인을 위해 쓸 수 있도록 허락해주십시오."

"하지만 당신은요? 포그 씨는 어떻게 하시려고요?"

"나는요, 아무것도 필요 없습니다, 부인."

포그 씨가 냉랭하게 대꾸했다.

"하지만, 앞으로 어떻게 살아갈지 생각은 하고 계세요?"

"어떻게든 될 겁니다."

"어쨌든 가난도 당신 같은 분에게는 미치지 않겠지요. 친구분들이…."

"나는 친구가 없습니다, 부인."

"가족분들은…."

"가족도 없습니다."

"그렇다면 정말 안타깝네요, 포그 씨. 혼자라는 건 슬픈 일이에요. 뭐예요! 아픔을 나눌 사람이 하나도 없다니요! 힘든 일도 둘이 나누면 견딜 수 있다고 하잖아요!"

"그렇게들 말하지요, 부인."

그때 아우다 부인이 일어나 신사에게 손을 내밀었다.

"포그 씨, 가족과 친구를 동시에 두고 싶지 않으신가요? 저를 아내로 맞아주시겠어요?"

이 말을 듣고 포그 씨도 자리에서 일어났다. 그의 눈에 평소와 다른 광채가 어렸고, 입술도 살짝 떨리는 듯했다. 아우다 부인이 그를 쳐다보았다. 생명의 은인을 구하기 위해서라면 무엇이든 무릅쓸 각오가 되어 있는 고결한 여인의 아름다운 눈 속의 진실함, 올곧음, 단호함, 다정함이 처음에는 그를 놀라게 했지만 차차 그의 마음속으로 스며들었다. 그는 잠시 눈을 감았다. 그녀의 눈빛이 자신에게 더 깊이 파고들지 못하도록 하려는 듯이…. 그러고는 다시 눈을 떴다.

"당신을 사랑합니다!"

그는 담담하게 말했다.

"네, 진실로, 세상에서 가장 신성한 것에 맹세코, 당신을 사랑합니다. 나는 온전히 당신의 것입니다!"

"아!"

아우다 부인이 손을 가슴에 얹으며 부르짖었다.

파스파르투를 부르는 종이 울렸다. 하인은 득달같이 나타났다. 포그 씨는 여전히 아우다 부인의 손을 잡고 있었다. 곧바로 상황을 파악한 파스파르투의 넙데데한 얼굴이 중천에 떠오른 열대지방의 태양처럼 환하게 빛났다.

포그 씨는 하인에게 메리르본 교구의 새뮤얼 윌슨 목사에게 혼례를 부탁하러 가기에는 시각이 너무 늦은 것 같냐고 물었다.

파스파르투가 함박웃음을 지으며 대답했다.

"너무 늦긴요."

아직 저녁 8시 5분이었다.

"식은 내일 월요일로 하면 되겠네요!"

파스파르투가 말했다.

"내일, 월요일이 어떨까요?"

포그 씨가 젊은 여인을 바라보며 물었다.

"내일, 월요일로 해요."

아우다 부인이 대답했다.

파스파르투가 잽싸게 뛰어나갔다.

36

필리어스 포그가 다시 시장에서 인기를 끌다

제임스 스트랜드라고 하는 영국은행 도난 사건의 진범이 12월 17일 에든버러에서 잡혔을 때, 영국에서 여론이 어떻게 바뀌었는지 여기서 말할 때가 된 것 같다.

사흘 전까지만 해도 필리어스 포그는 경찰이 죽어라 추적하는 범죄자였지만, 이제 별난 세계 일주를 정확한 계산하에 완수한 더없이 정직한 신사가 되었다.

그 효과란! 신문이 얼마나 요란하게 떠들어댔는지! 포그 씨를 지지하는 편과 반박하는 편 모두 이 사건을 까맣게 잊었다가 마치 마법에라도 걸린 듯 일제히 일어났다. 필리어스 포그와 관련된 오만 가지 거래가 살아났다. 다시 참여에 불이 붙었고, 이런저런 내기가 다시금 활기차게 시작되었다고 해야 할 것이다. 필리어스 포그라는 이름은 다시 시장에서 대단한 인기를 끌었다.

리폼 클럽의 동료 회원 다섯 명은 초조하게 사흘을 보냈다. 그들도 잊고 있던 필리어스 포그가 다시 나타나지 않았는가! 그런데 그는 지금 도대체 어디 있을까? 제임스 스트랜드가 체포된 12월 17일은 필리어스 포그가 출발한 지 76일째 되는 날이었는데, 그동안 소식은 일절 없었다! 쓰러지기라도 했나? 승부를 포기했나? 아니면 예정대로 계속 여행을 하고 있나? 정확함의 화신답게, 12월 21일 토요일 오후 8시 45분에 리폼 클럽 휴게실에 등장할 것인가?

영국 사교계 전체가 사흘 동안 어떤 불안에 시달렸는지 설명할 생각은 애초에 집어치우자. 미국과 아시아에는 필리어스 포그의 소식을 알아보려는 전보가 빗발쳤다! 아침저녁으로 사람을 보내 새빌로 저택의 동정을 살피기도 했지만… 아무 소득이 없었다. 경찰청조차도 운 나쁘게 애먼 사람을 추적하고 다녔던 픽스 형사가 어떻게 됐는지 모르고 있었다. 그래도 내기의 규모가 점점 더 커지는 것은 어쩔 수 없었다. 필리어스 포그는 마지막 전력 질주 구간에 들어온 경주마와도 같았다. 그의 승률은 이제 100대 1이 아니라 20 대 1, 10 대 1, 5 대 1까지 갔다. 중풍 환자인 앨버메일 경은 포그의 승리를 확신했기에 1 대 1을 걸었다.

그리하여 토요일 밤, 펠맬 거리와 그 주변 도로를 인파가 장악했다. 주식 중개인들이 리폼 클럽 진입로 주변에 아예 눌러앉은 것 같았다. 그들은 토론하고 논쟁하고 영국 국채 다루듯 '필리어스 포그' 주식의 시가를 외쳤다. 경찰은 인파를 통제하느라 진땀을 뺐다. 필리어스 포그가 도착할 시각이 가까워질수록 흥분은 걷잡을 수 없었다.

필리어스 포그의 동료 회원 다섯 명은 아홉 시간 전부터 리폼 클럽 휴게실에 모여 있었다. 은행가인 존 설리번과 새뮤얼 폴런틴, 엔지니어 앤드루 스튜어트, 영국은행 임원 고티에 랠프, 맥주 양조업자 토머스 플래너건까지 모두가 초조하게 대기 중이었다.

휴게실 시계가 8시 25분을 가리킨 순간, 앤드루 스튜어트가 자리에서 일어났다.

"여러분, 앞으로 20분 후면 필리어스 포그 씨와 우리가 약속한 기한이 종료됩니다."

"리버풀에서 마지막으로 오는 열차가 몇 시 도착이지?"

토머스 플래너건이 물었다.

"7시 23분. 그리고 다음 기차는 밤 12시 10분에나 도착하지."

고티에 랠프가 말했다.

"그런데 여러분."

앤드루 스튜어트가 다시 입을 열었다.

"만약 필리어스 포그가 7시 23분에 도착하는 열차를 탔다면 벌써 여기 도착했을 텐데요. 그러니 우리가 내기에서 이겼다고 생각해도 됩니다."

"기다려보세. 아직 단정할 수 없지. 그 친구가 보통 괴짜가 아니라는 것은 다들 알지 않나. 매사에 정확한 사람인 것도 다들 알 테고. 너무 늦지도 않고 너무 이르지도 않게 도착하는 사람이니 마지막 순간에 이 자리에 등장한다고 해도 놀라울 건 없다네."

새뮤얼 폴런틴이 말했다.

"글쎄요, 나는 내 눈으로 그를 보더라도 믿지 못할 것 같은데."

앤드루 스튜어트가 평소처럼 초조해하면서 대꾸했다.

"사실 필리어스 포그의 계획이 터무니없긴 했지. 아무리 정확한 사람이라도 우발적으로 지체되는 걸 어쩌겠나. 사나흘만 지연되어도 전체 일정은 다 꼬이는데."

토머스 플래너건이 말했다.

"나도 한마디 거들자면, 그동안 그가 전혀 소식을 알리지 않았다는 점도 기억해야 해. 여행길에도 전보는 보낼 수 있는데 말이야."

존 설리번이 말했다.

"그는 졌어요, 여러분."

앤드루 스튜어트가 다시 말했다.

"백번 졌고말고! 다들 알다시피 차이나호는 어제 도착했습니다. 뉴욕에서 제시간에 리버풀까지 오려면 그 배 외에는 다른 이동 수단이 없었다고요. 여기 해운 소식지에 승객 명단이 실렸는데, 필리어스 포그의 이름은 없습니다. 아무리 운이 따랐어도 그 친구, 지금쯤 미국에나 있으면 다행이게요. 나는 그가 적어도 20일은 늦을 거라고, 따라서 연로하신 앨버메일 경은 5000파운드를 잃을 거라고 봅니다!"

"불 보듯 훤한 일이지. 내일 우리는 베어링 형제 은행에 가서 포그 씨의 수표를 제시하기만 하면 돼."

랠프가 대꾸했다.

그 순간, 휴게실 시계가 8시 40분을 알렸다.

"아직 5분 남았네요."

앤드루 스튜어트가 말했다.

다섯 사람은 서로 얼굴을 보았다. 그들의 심장박동이 조금 빨라졌다고 생각해도 좋을 것이다. 정말이지, 게임이었다고는 해도 판돈이 워낙 컸으니까! 하지만 그런 내색은 하고 싶지 않기에 폴런틴이 카드나 치자고 하자 다들 게임판 주위에 자리를 잡았다.

앤드루 스튜어트가 자리에 앉으면서 말했다.

"누가 3999파운드를 주겠다고 해도 나는 이 4000파운드짜리 내기를 절대 포기하지 않을 겁니다."

시곗바늘이 그때 8시 42분으로 넘어갔다.

그들은 게임을 하겠다고 카드를 집어 들었지만, 눈은 매 순간 시계에 고정되었다. 아무리 승리를 확신했어도 몇 분이 그렇게 길게 느껴진 적은 없었을 것이다!

"8시 43분."

토머스 플래너건이 고티에 랠프가 내민 카드를 뽑으면서 말했다.

잠시 침묵이 흘렀다. 널찍한 클럽 휴게실이 쥐 죽은 듯 고요해졌다. 하지만 건물 밖에서는 사람들이 웅성대는 소리, 이따금 날카로운 비명까지 들렸다. 시계추가 규칙적으로 1초에 한 번씩 재깍거렸다. 게임을 하던 이들은 저마다 자기 귀에 들리는 그 소리로 1분을 60등분해서 헤아릴 수 있었다.

"8시 44분!"

존 설리번이 자신의 의지와 달리 격앙된 목소리로 외쳤다.

1분만 지나면 내기에서 이긴다. 앤드루 스튜어트와 동료 회원들은 이제 게임을 하지 않았다. 그들은 카드를 내팽개쳤다! 그들은 초를 헤아렸다!

40초. 아무 일도 일어나지 않았다. 50초에도 무슨 일은 일어나지 않았다!

55초, 밖에서 우레와 같은 함성이 일어났다. 박수, 환호, 심지어 욕설까지 점점 더 넓게 퍼져나갔다.

내기에 참여한 자들이 벌떡 일어났다.

57초에 휴게실 문이 열렸고, 시계추가 60번째로 재깍거리기 전에 필리어스 포그가 나타났다. 흥분에 들뜬 군중이 클럽 안까지 그를 따라 들어왔다. 필리어스 포그는 예의 그 차분한 목소리로 말했다.

"제가 왔습니다, 여러분."

37

필리어스 포그가 세계 일주로 얻은 것은
단지 행복뿐이라고 입증되다

그렇다! 필리어스 포그, 바로 그가 등장했다.

저녁 8시 5분, 그러니까 포그 일행이 런던에 도착하고 스물다섯 시간이 지난 후 파스파르투가 다음 날 있을 결혼식을 새뮤얼 윌슨 목사에게 부탁하러 가게 됐다는 것까지는 기억할 것이다.

파스파르투는 기쁜 마음으로 집을 나섰다. 한달음에 목사의 자택으로 갔지만, 목사는 집에 없었다. 파스파르투는 당연히 기다렸다. 최소한 20분은 기다렸을 것이다.

간략히 말해, 그가 다시 목사의 집에서 나온 시각은 8시 35분이었다. 그런데 몰골이 심상치 않았다! 그는 헝클어진 머리에 모자도 쓰지 않은 채 달리고 또 달렸다. 인간의 기억에는 그렇게 달린 사람이 달리 없을 만큼 달렸다. 그는 보도를 휩쓸고 가는 돌풍처럼 행인들을 마구 밀치면서 달렸다.

3분 만에 새빌로 집에 돌아왔다. 그는 거친 숨을 몰아쉬면서 포그 씨의 방에 들어가 주저앉았다.

말도 나오지 않았다.

"무슨 일인가?"

포그 씨가 물었다.

"주인 나리… 결혼식은… 안 됩니다."

"안 된다고?"

"안 돼요…. 내일은요."

"왜?"

"내일은… 일요일입니다!"

"월요일이네."

포그 씨가 대꾸했다.

"아뇨… 오늘이… 토요일입니다."

"토요일이라고? 말도 안 돼!"

"맞아요, 맞습니다, 맞다고요! 계산이 하루 틀렸어요. 우리가 24시간이나 일찍 도착한 겁니다. 하지만 이제 7분밖에 안 남았어요!"

파스파르투가 고함을 질렀다.

파스파르투는 주인의 멱살을 움켜잡고 도저히 뿌리칠 수 없는 힘으로 끌고 나왔다.

필리어스 포그는 생각할 겨를도 없이 방에서 끌려 나와 집 밖에서 마차에 올랐다. 그는 마부에게 100파운드를 주겠다고 하고, 개두 마리를 치고 마차 다섯 대와 부딪힌 후, 리폼 클럽에 도착했다.

그가 휴게실에 들어선 순간, 시계가 8시 45분을 가리켰고….

필리어스 포그는 80일 만에 세계를 한 바퀴 돌았다!

필리어스 포그가 내기에서 2만 파운드를 땄다!

그런데 그토록 정확하고 치밀한 사람이 어쩌다 날짜를 착각했을까? 런던에 돌아온 날이 실은 여행 79일째인 12월 20일 금요일이었는데, 왜 12월 21일 토요일 저녁이라고 생각했을까?

착오의 이유는 이렇다. 아주 단순한 이유였다.

필리어스 포그는 '자기도 모르는 사이에' 하루를 벌었다. 그가 지구를 '동쪽으로' 돌았기 때문이다. 만약 반대 방향으로, 즉 '서쪽으로' 돌았다면 반대로 하루를 손해 보았을 것이다.

실제로 필리어스 포그는 동쪽으로 나아가면서 태양에 다가갔으므로 경도를 1도 지날 때마다 하루가 4분씩 짧아졌다. 지구 둘레는 360도이니 4분이 360배가 되어 정확히 24시간이 된다. 이 24시간이 자신도 모르는 사이에 덤으로 주어진 하루였다. 필리어스 포그는 동쪽으로 나아가면서 태양이 자오선을 지나는 것을 '80번' 보았지만, 런던에 남아 있던 동료 회원들은 '79번'밖에 보지 못했다. 그래서 포그 씨는 일요일인 줄 알았지만 런던에서는 토요일이었던 그날, 회원들은 클럽 휴게실에서 그를 기다리고 있었다.

파스파르투의 회중시계가 분과 시만이 아니라 날짜까지 알려주었다면, 그날이 12월 21일 토요일이라는 것을 금방 알았을 것이다. 그의 시계는 계속 런던 현지 시각에 맞춰져 있었으니까!

그리하여 필리어스 포그는 2만 파운드를 땄다. 하지만 여행 경비로 1만 9000파운드를 썼기 때문에 이익은 거의 없었다. 이미 지적했듯이 이 괴짜 신사는 돈을 딸 생각보다 도전을 하고 싶다는 생각으로 내기를 했을 뿐이다. 그나마 여행 경비를 빼고 남은 1000파운드도 충직한 파스파르투와 딱한 픽스에게 나눠주었다. 그는 픽스에게 앙심을 품을 수 없었다. 다만 규정을 지킨다는 뜻에서 하인의 잘못으로 낭비된 1920시간분의 가스비는 하인이 내게끔 했다.

그날 저녁, 포그 씨는 평소와 다름없이 침착하고 초연한 태도로 아우다 부인에게 물었다.

"아직도 나와 결혼할 뜻이 있습니까, 부인?"

"포그 씨, 그 질문은 제가 해야 하지 않을까요. 아까는 빈털터리였지만 이제 부자잖아요…."

"죄송합니다, 부인. 이 재산은 당신의 것입니다. 당신이 결혼 얘기를 하지 않았다면 내 하인이 새뮤얼 윌슨 목사 집에 갈 일도 없었을 테고, 나는 결코 내 착각을 깨닫지 못했을 테지요…."

"사랑하는 포그 씨…."

"사랑하는 아우다…."

다들 이해하겠지만 결혼식은 48시간 후에 치렀다. 파스파르투는 눈부시게 당당하고 멋진 모습으로 신부 측 증인 역할을 맡았다. 그녀의 목숨을 구한 장본인이 그러한 영광을 누리는 것은 당연하지 않았을까?

다만 이튿날 파스파르투는 꼭두새벽부터 주인의 방문을 쾅쾅 두드렸다.

문이 열리고 침착한 신사가 나타났다.

"무슨 일인가, 파스파르투?"

"일이 있고말고요, 나리! 제가 방금 깨달았는데…."

"뭘 깨달았다는 건가?"

"우리는 78일 만에 세계를 한 바퀴 돌 수도 있었습니다."

"아마 인도를 거치지 않았다면 가능했겠지. 하지만 인도를 거치지 않았다면 아우다를 구하지 못했을 테고, 그녀가 내 아내가 되는 일도 없었을 텐데….”

포그 씨는 이 말을 마치고 조용히 문을 닫았다.

그렇게 필리어스 포그는 내기에서 이겼다. 그는 80일 만에 세계 일주를 했다! 그러기 위해서 기선, 열차, 마차, 요트, 상선, 썰매, 심지어 코끼리까지 오만 가지 탈것을 이용했다. 이 괴짜 신사는 시종일관 놀랍도록 냉철하고 정확했다. 하지만 그래서? 그는 이 여행에서 무엇을 얻었는가? 이 여행에서 무엇을 가지고 돌아왔는가?

아무것도 없다고 말하겠는가? 그렇다 치자. 어느 매력적인 여성이 그를 세상에서 가장 행복한 남자로 만들었다는 것만 빼고! 있을 성싶지 않을 일이지만 말이다!

사실, 사람들은 그보다 훨씬 더 하찮은 이유로도 세계 일주를 하지 않을까?

쥘 베른의 생애

전 세계에 수많은 작품이 번역되어 시대를 초월한 베스트셀러 작가로 손꼽히는 쥘 베른은 1828년 2월 8일 프랑스에서 가장 긴 루 아르강에 형성된 페도섬Île Feydeau에서 태어났다. 다섯 남매 중 첫째였던 쥘 베른은 어린 시절을 루아르강 연안의 낭트에서 보냈다. 바다와 가까운 브르타뉴 지방에 위치한 데다 강을 끼고 있는 낭트 는 공업과 무역이 발달한 도시로, '과학기술'과 '모험'이라는 쥘 베른 작품세계의 두 축을 구축하는 데 적잖은 영향을 끼쳤을 것이다. 지금도 낭트는ー 그의 생가가 있는 아미앵과 더불어 ― 쥘 베른의 도시이자 쥘 베른 박물관 소재지이기도 하다.

법조인의 아들이었던 쥘 베른은 아버지처럼 법학을 공부하기 위해 파리로 올라왔지만 일찍부터 글을 쓰겠다는 뜻을 품었고, 여 러 문학 살롱에 드나들며 문인들과 교류했다. 그러나 무명작가로

힘겹게 생활하며 생계를 유지하기 위해 증권거래소에서 일하던 중, 1857년에 두 딸을 둔 미망인 오노린 드비안을 만나 결혼을 한다.

그가 작가로서 성공을 거두게 된 결정적 계기는 편집자 겸 출판인 피에르 쥘 에첼Pierre-jules Hetzel과의 만남이었다. 쥘 베른과 에첼의 작가-편집자 파트너십은 반세기가량 이어지며 68권에 달하는 일명 '경이로운 여행Voyages extraordinaires' 시리즈를 탄생시켰다. 쥘 베른의 유명한 작품들인 《지구 속 여행》,《지구에서 달까지》,《해저 2만 리》,《80일간의 세계 일주》 등이 그렇게 차례차례 독자들을 만났다.

쥘 베른은 과학기술에 대한 식견과 미래를 향한 직관으로 독자의 상상력과 모험심을 자극함으로써 열렬한 팬을 거느리게 되었다. 특히 《80일간의 세계 일주》는 작가 생전에 이미 10만 부가 팔릴 정도로 대단한 성공을 거두었다. 그의 소설은 기술적 측면을 담고 있으면서도 난해하지 않고 독특한 인물들과 유쾌한 모험을 펼치기 때문에 대부분 즐겁게 읽을 수 있다는 특징을 보인다.

그러나 쥘 베른 본인은 그저 즐겁게 작품을 쓰는 사람은 아니었던 듯하다. 그는 소설을 구상하고 집필하는 데 대단히 치밀하고 엄격했다고 한다.

"나는 원고를 고치고 또 고친다. 작가의 절차탁마는 자신의 글을 대상으로 할 때 가장 엄격하게 작동한다. 원고를 고치고 정서하는 작업만 대여섯 번을 거친 후 초고를 완성하는데, 그 초고도 다시 읽어보면 고치고 싶은 것이 잔뜩 나온다."

특히 그가 쓴 소설의 성격상 과학기술, 지리, 역사, 시사 관련 배경지식이나 사실을 바탕으로 고증하는 작업이 필수였을 것이므로 작가의 수고가 상당했으리라 짐작된다. 당시는 지금처럼 정보를 편하게 수집할 수도 없던 시대였으니! 실제로 그는 방대한 분량의 작가 노트를 썼고, 에첼 재단이 소장한 쥘 베른의 원고 원본에서도 그의 꼼꼼함이 엿보인다고 한다. 그는 특히 자신의 소설 속에서 실현되는 일이 현실에서도 실현 가능한지 확인하고자 힘썼다. 《80일간의 세계 일주》를 쓸 때도 실제로 자기가 세계를 한 바퀴 돌기로 작정한 것처럼 일정과 교통편 등을 챙기고 여행지에서 발생할 수 있는 돌발 상황을 상상했다고 한다.

기발한 상상력과 정확하고 풍부한 과학 지식을 바탕으로 한 쥘 베른의 소설은 사람들, 특히 어린 독자들에게 꿈과 희망을 심어주었지만, 정작 작가 자신은 나이가 들수록 염세적인 성격이 되었다고 한다. 집필이 너무 고되었던 탓일까, 아니면 원래 그런 성격이었을까. 어찌 되었든 기상천외하지만 허무맹랑하지는 않은 것을 쓰려고 했던 쥘 베른의 노력 덕분에, 그의 수많은 상상 중 어떤 것은 과학자들에게 영감을 주었고 어떤 것은 우리의 현실이 되었다.

《80일간의 세계일주》에 대하여

《80일간의 세계 일주》는 1872년 11월 6일부터 12월 22일까지 프랑스 일간지 《르 탕Le Temps》에 연재되었고, 이듬해인 1873년에 에첼의 출판사에서 단행본으로 묶여 나왔다.

쥘 베른은 당시 《르 시에클르Le Siècle》지에 실린 세계를 한 바퀴 도는 데 필요한 시간을 논한 기사를 보고 이 작품에 대한 영감을 얻었다고 한다. 제한된 시간 안에 세계를 일주한다는 아이디어는 그 때 이미 상당히 인기가 있었으므로, 쥘 베른의 고유한 발상은 아니었다. 화성에서 물의 흔적이 발견된 이래로 인간이 화성에서 얼마나 오래 살 수 있는지(《마션》), 화성에 지구의 식민지를 건설할 수 있는지(스페이스 X) 등 다양한 상상과 실제 연구가 활발한 것처럼, 19세기에 세계 일주는 여러모로 관심을 끄는 주제였다.

특히 결정적인 것은 세계 최초의 여행사 '토머스 쿡Thomas Cook'이 1872년에 세계 일주 여행을 처음 기획한 일이었다. 산업혁명으로 인한 교통수단의 발달, 특히 1869년에 수에즈운하가 개통되고 미국 동부와 서해안을 연결하는 철도망이 완성되면서 이러한 여행이 가능해졌다. 당시 토머스 쿡이 내놓은 세계 일주 상품은 총 222일에 달하는 여정이었다. 또한 소설이 나오기 이미 2년 전인 1870년, 80일 만에 세계를 일주했다고 공언한 인물도 있었다. 미국의 사업가인 철도왕 조지 프랜시스 트레인George Francis Train이 바로 그 인물이다. 오늘날 슈퍼리치들이 우주여행 대기자 명단에 이름을 올려놓는 것처럼, 당시 사람들의 세계 일주를 향한 열망이 대단했던 것으로 보인다.

《80일간의 세계 일주》는 이러한 시대적 관심과 기대에 부응했을 뿐 아니라 흥미로운 인물들을 모험의 주인공으로 내세웠다. 주인공 필리어스 포그는 상반된 것들의 조합이다. '필리어스Phileas'라는 이름은 고대 그리스어 '필로스φίλος(philos)'에서 유래한 것으로 '연인, 친구', 요컨대 좋아하는 감정을 연상시키는 이름이다. 냉철한 정확성 이면에 숨어 있는 열정과 애정이 그의 요체일까. 반면에 '포그Fogg'라는 성은 즉각적으로 '안개'를, 영국의 기후와 바다를, 그리고 베일에 싸여 있는 인물의 과거를 연상시킨다. 처음에 독자에게는 그가 대단히 부유하고 정확성을 중시하는 영국 신사라는 정보밖에 주어지지 않는다. 그러나 세계 일주가 시작되면서, 특히 여행 계획이 어긋날 때마다 이 주인공은 아무렇지도 않게 틀을 깨는 행동을 보여준다. 나중에 가서야 그가 항해 경험이 많다는 사실이 암시되지만, 그의 인생 이력은 결코 표면으로 드러나지 않는다.

어찌 보면 필리어스 포그는 냉정과 열정을, 이성과 충동을 보란 듯이, 다소 부자연스럽게 이어 붙인 캐릭터다. 필리어스 포그는 런던을 거의 떠난 적이 없으며 언제나 일정한 보폭으로 걷는 사람이라고 하지만, 집 앞에 훌쩍 산책 나가듯 세계 일주를 떠난다. 익숙한 공간에 대한 집착과 세계를 향한 갈망이 마치 야누스의 두 얼굴 같다. 그는 루틴을 좀체 벗어나지 않지만, 벗어날 때는 파격적으로 벗어난다. 목욕물 온도 때문에 하인을 해고할 만큼 박정한 면도 있지만, 때로는 스케일이 다른 관대함을 드러낸다. 이렇듯 이 인물의 매력은 어느 한쪽으로 규정되기를 거부한다는 점, 어떤 이미지로 고정되기 쉬우면서도 그 이미지를 즉각 배반한다는 점에 있다.

어쩌면 이 통제 강박은 그가 예측 불가한 상황에 자신을 던지지 않고는 배겨내지 못하는 인간이기 때문에 생긴 것인지도 모른다. 그는 카드놀이나 내기에서는 자제력을 그리 발휘하지 못하는 사람 같다. 세계 일주를 떠나는 계기부터가 말도 안 되게 충동적이고, 그의 실행력은 기다렸다는 듯이 즉각적이다. 그렇기 때문에 필리어스 포그는 통념에 도전하는 인물일 수 있다. 그리고 그처럼 양극을 거침없이 오간다는 점에서, 아무튼 인간미가 부족한 인물은 맞다. 변호사였던 쥘 베른의 아버지가 시간을 엄수하고 집에서 사무실까지 몇 걸음인지 셀 정도로 루틴을 중시하는 사람이었다고 하는데, 어쩌면 아들의 눈에 비친 아버지가 이 독특한 인물을 만들어내는 데 영감을 주었는지도 모르겠다.

이 부자연스러움을 상쇄하기 위해 생동하고 펄떡대는 인간적인 캐릭터가 필요했던 것일까. 파스파르투는 필리어스 포그보다 훨씬 젊고, 활력이 넘치며, 인간적인 면모를 드러내는 상식과 용기를 지녔다. 그래서 독자는 그다지 인간적이지 않은 주인공보다 이 인물에게 훨씬 편하게 감정을 이입하는 경향이 있다. 필리어스 포그는 매력적이지만 친숙하게 느껴지지 않는다. 반면, 파스파르투는 작중 다른 인물들에게만이 아니라 독자에게도 붙임성이 있다. 돈키호테와 산초, 돈 조반니와 레포렐로, 이몽룡과 방자 같은 주인과 심복이라는 관계는 대결, 모방, 기만, 신의 등 다양한 양상으로 전개될 수 있다. 파스파르투는 주인에게 충직하지만 고지식하지 않고, 주인을 따라다니지만 실상은 세계 여행을 하는 경험의 주체다. 무엇보다 그는 필리어스 포그와 아우다 부인이 모든 것을 포기하려는 찰나, 극적인 반전을 고지하는 인물이기도 하다.

'서쪽 말고 동쪽으로 지구를 한 바퀴 돌면 하루를 번다'는 아이디어가 절묘한 반전이었던 이유는 당시에 날짜변경선 개념이 잘 알려져 있지 않았기 때문이다(정식으로 날짜변경선이 생긴 것이 1917년이다). 그렇지만 이 장치는 이미 에드거 앨런 포의 단편소설 〈일주일에 일요일이 세 번〉(1845)에서 사용된 바 있다. 지금은 상식으로 통하는 정보이기 때문에 오늘날의 독자에게는 조금 밋밋하게 느껴질 수도 있다. 사실 이 소설에서 피상적으로 느껴지는 세계 각국에 대한 묘사도 당시 대중의 수준에서는 이국적 취향을 만족시키기에 그리 부족하지 않았을 것이다. 그래서 《80일간의 세계 일주》는 대중의 오락적 취향과 지적 취향을 모두 만족시키고 큰 성공을 거둘 수 있었던 것이다.

　《80일간의 세계 일주》는 연극, 영화, 텔레비전 시리즈, 그래픽 노블, 만화영화 등으로 각색되었을 뿐 아니라 수많은 오마주를 낳았다. 내가 이 책을 번역하면서 감회가 남달랐던 것은 18년 전에 《장 콕토의 다시 떠난 80일간의 세계 일주》라는 책을 번역한 기억 때문이다. 소설 《앙팡 테리블》이나 영화 〈미녀와 야수〉로 잘 알려진 프랑스의 시인이자 소설가이자 극작가인 장 콕토는 필리어스 포그와 파스파르투의 여정을 80일간 그대로 따라가면서 여행기를 연재했다. 18년 사이에 많은 것이 변했지만, 어쨌든 계속 한 방향으로 달려온 것 같기는 하다. 그래서일까, 나 역시 지구를 한 바퀴 돌아 제자리를 찾은 기분이 드는 것은.

이세진

작가 연보

1828년
– 2월 8일, 프랑스 항구 도시 낭트의 페도섬Île Feydeau에서 법률가
의 다섯 남매 중 장남으로 태어남.

1834년
– 낭트의 기숙학교에 입학함.

1836년
– 기독교 학교 생스타니슬라스Saint-Stanislas에 입학. 지리, 음악,
그리스어와 라틴어에서 두각을 보임.

1844년
– 새로운 집으로 이사하며 신학교 콜레주 루아얄Collège royal에 일반
학생으로 입학함. 이때 짧은 산문 네 편과 신학교에 대한 냉소적인
시각을 드러낸 미완성 습작 〈1839년의 사제Un prêtre en 1839〉를 씀.

1847년
– 아버지의 뜻에 따라 파리로 건너가 법학을 공부하고, 1학년을 마
친 뒤 고향 낭트로 돌아옴.
– 한 살 연상인 에르미니Herminie에게 반해 30여 편의 시를 바치며
구애함.

1848년

– 에르미니와 결혼.

– 7월, 2월혁명의 여파로 혼란스러운 파리에 돌아와 삼촌의 소개로 문학 살롱을 알게 된 뒤 연극에 심취해 법학을 공부하면서 여러 희곡을 집필함.

1849년

– 문학 살롱에 드나들며 알렉상드르 뒤마 부자를 비롯한 문학가들과 친분을 맺음.

– 군대에 징집될 뻔하지만 추첨되지 않음.

1850년

– 뒤마 부자의 도움으로 극장 테아트르 이스토리크Theatre Historique에서 단막극 〈끊어진 지푸라기Les Pailles rompues〉를 상연함.

– 여섯 살 연하의 낭트 출신 작곡가 이냐르Hignard와 교류하며 많은 샹송과 오페라를 제작함.

1851년

– 잡지 《뮈제 데 파미유Musée des familles》에 〈멕시코 해군의 첫 배 Les Premiers Navires de la marine mexicaine〉를 발표하고, 이어 두 번째 단편소설 〈기구 여행Un voyage en ballon〉을 발표함.

– 아버지의 권유로 변호사가 됨.

– 귀의 염증으로 인한 안면 마비와 유전성 위경련을 경험함.

– 작가이자 여행가인 자크 아라고Jacques Arago를 만나 여행 이야기

에 흥미를 가짐.

1852년
- 변호사를 포기하고 전업 작가가 되기로 결심함.
- 알렉상드르 뒤마 필스의 제안으로 테아트르 이스토리크의 무급 비서가 됨.
- 《뮈제 데 파미유》에 〈마르탱 파즈Martin Paz〉를 비롯한 몇 편의 소설과 코미디를 발표함.

1856년
- 아미앵에서 열린 친구 결혼식에서 두 딸을 둔 젊은 미망인 오노린Honorine을 만남. 그녀와 결혼하기 위해 극장 일을 그만두고 증권거래인이 됨.

1857년
- 오노린 드비안과 결혼. 이후 파리에서 여러 번 이사함.
- 생계를 위해 처남의 소개로 증권거래소에 취직.

1859년
- 이냐르와 영국과 스코틀랜드를 여행함.

1861년
- 이냐르와 노르웨이, 스칸디나비아 반도를 여행함. 여행 도중 아들 미셸Micheal이 태어남.

1862년

– 편집자 겸 출판인 피에르 쥘 에첼Pierre-Jules Hetzel을 만남. 이때 에첼과 장기계약을 체결해 안정적인 수입을 얻고 작가로서의 입지를 다짐.

1863년

– 〈기구 여행〉을 수정한 작품 〈기구를 타고 5주간Cinq semaines en ballon〉을 에첼의 출판사에서 출간해 엄청난 성공을 거둠.
– 프랑스 극작가 및 작곡 협회의 회원이 됨.

1864년

– 에첼이 펴낸 잡지《교육과 오락》에 〈아테라스 선장의 모험Voyages et aventures du capitaine Hatteras〉 등 여러 소설을 연재함. 이후 집필한 대부분의 소설이 에첼의 잡지에 연재됨.
– 《지구 속 여행Voyage au Centre de la Terre》출간.
– 에드거 앨런 포의 작품에 매료되어 비평을 발표함.

1865년

– 우주여행을 소재로 한《지구에서 달까지》를 출간하고,《교육과 오락》에《그랜트 선장의 아이들》을 연재함.
– 에첼과 이탈리아를 여행함.

1866년

– 두 번째 소설《아테라스 선장의 모험》출간. 이 책의 서문을 통해

'경이로운 여행Voyages extraordinaires'이라는 이름의 시리즈를 발표함.

1867년
– 작은 선박 '생미셸Saint-Michel'을 구입해서 유럽 전역을 항해함.

1869년
– 《해저 2만 리》출간.
– 아내의 요청으로 프랑스 아미앵에 정착함.

1870년
– 보불전쟁이 발발해 방위군으로 복역함. 가족들은 프랑스 아미앵으로 피신.
– 레지옹도뇌르 훈장을 받음.

1871년
– 아버지 피에르 베른 사망.

1872년
– 《80일간의 세계 일주》를 일간지 《르 탕Le Temps》에 연재.
– 아미앵 아카데미에 선출되며, '경이로운 여행' 시리즈가 프랑스 아카데미상을 수상함.

1873년

– 《80일간의 세계 일주》출간.

1874년

– 《신비의 섬》출간.

1876년

– 《황제의 밀사Michel Strogoff》출간.
– 아내 오노린의 건강이 악화됨.

1877년

– 《챈슬러호Le Chancellor》출간.
– 아들 미셸의 비행이 심해지자 6개월간 감화원에 보냄.

1879년

– 《인도 왕비의 유산Les Cinq cents millions de la Bégum》출간.

1885년

– 《마티아스 산도르프Mathias Sandorf》출간.

1886년

– 정신 장애를 가진 조카가 쏜 총에 맞아 다리를 절게 됨.
– 《정복자 로뷔르Robur-le-conquérant》출간.
– 출판인 피에르 쥘 에첼이 사망함.

1887년

– 어머니 소피 베른 사망.

1888년

– 아미앵 시의회 의원에 당선됨.
– 《15소년 표류기》출간.

1892년

– 《카르파티아 성Le Château des Carpathes》출간.

1896년

– 《깃발을 바라보며Face au drapeau》출간.

1904년

– 백내장에 걸려 시력이 매우 나빠짐.
– 《세계의 지배자Maître du monde》출간.

1905년

– 3월 24일, 만성 당뇨와 뇌졸중으로 인한 합병증을 앓다 77세를
  일기로 아미앵의 자택에서 사망함.
– 아들 미셸 베른이 《바다의 침공L'Invasion de la mer》과 《세상 끝의
  등대Le Phare du bout du monde》등을 가필해서 발표함.

여행이 끝날 미래의 12월 21일을 기다리다

쥘 베른의 어린 시절 이야기는 마치 영웅의 기원담과 같다. 열한 살의 쥘 베른 어린이는 사랑하는 사촌 카롤린에게 산호 목걸이를 사주기 위해 인도로 가는 원양어선을 탔지만, 나라를 뜨기도 전에 아버지에게 잡히고 만다. 우리의 주인공은 아버지에게 약속한다. "오직 상상 속에서만 여행하겠다"고. 멋진 이야기들이 대부분 그렇듯, 이 일화도 그렇게까지 사실은 아니라고 한다. 사실이라고 해도 베른이 그 약속을 지킨 것도 아니다. 세계적인 베스트셀러 작가가 되기 전에 이미 여러 차례 해외여행을 했고, 그 뒤에는 자기만의 요트로 항해 여행을 했으며 미국도 한 차례 다녀왔으니까. 하지만 베른의 경력 대부분이 '상상 속의 여행'에 집중하고 있다는 사실은 부인하기 어렵다.

쥘 베른은 여행 이야기에 최적화된 인물이었다. 베른의 대표작에서 주인공들은 대부분 한 지점에서 다른 지점으로 계속 움직인다. 머물러 있는 경우라면 그 지점은 고향에서 떨어진 낯선 곳이고, 주인공들은 분주하게 주변을 탐사한다. 장소의 이동과 함께 끊임없이 발견과 도전이 이어지고, 이들은 과학적인 사고로 맞선다. 이 주인공들의 국적과 출신은 다양하다. 프랑스인, 영국인, 미국인, 독일인, 러시아인. 심지어 인도인과 중국인도 있다. 이들을 하나로 묶는 것은 오로지 19세기에만 가능했던 낙천적인 도전 정신이다.

앞에서도 말했듯, 베른은 여행 경험이 없는 사람이 아니다. 하지만 이 사람에게 최고의 여행지는 프랑스 국립도서관이었다. 쥘 베른 여행소설들을 채우는 수많은 정보는 경험한 것이 아니라 책에서 얻은 것이었다. 그렇게 수집한 정보들은 과학적 사고와 상상력을 통해 하나로 엮였다.

이 중 일부는 현실적으로 불가능했다. 《지구 속 여행》은 지구 속이 차갑고 비어 있다는(지금 유행하는 '지구공동설'과는 또 다르다) 잘못된 가설에 바탕을 두고 있다. 《지구에서 달까지》는 주인공들을 달로 보내기 위해 물리학적인 문제 몇 개를 슬쩍 모른 척한다. 《해저 2만 리》의 잠수함은 대체로 장시간 잠수가 가능했지만 미래의 기술이 필요했고, 노틸러스호가 탐험하는 바닷속은 19세기 예술가의 상상력을 통해 낭만화된 곳이었다. 아이러니하게도 이 작품들이 아직도 인기를 끌고 있는 이유는 그 19세기적인 비현실성이다. 베른은 상상력을 통해 자기만의 영토를 만들었고, 이미 현실 과학이 베른의 상상 속 과학 대부분을 집어삼킨 지금도 그 영토는 여전히 신선하다.

《80일간의 세계 일주》는 《지구 속 여행》이나 《해저 2만 리》와 달리 현실적인 여행 스케줄에 바탕을 둔다. 우주정거장이 한 시간 반마다 지구를 한 바퀴 돌고, 초음속 전투기가 없는 일반 여행자도 일주일 안에 지구를 넉넉하게 돌 수 있는 시대를 사는 사람들에게 80일은 갑갑할 정도로 긴 시간이다. 하지만 19세기 말 사람들에게 그 기간은 경이로웠다. 그리고 이는 기술 발전으로 인한 인간 승리의 증거였다. 수에즈운하, 인도와 미 대륙을 관통하는 철도가 이를 가능하게 했다. 이들이 완공된 1869년에서 1870년 사이에 지구는 순식간에 쭈그러들었다. 여전히 세계 일주를 하는 사람은 극소수였지만, 증기기관을 이용한 현대의 탈것을 사용할 수 있었던 독자 상당수는 쥘 베른 소설이 끊임없이 제공하는 현대적 여행의 서스펜스를 이해했다.

'열차 시간을 놓치면 약속 시간에 늦는다.'

《80일간의 세계 일주》라는 소설 자체도 그 째깍거리는 데드라인에 바탕을 두고 있었다. 나는 종종 이 소설을 처음 읽은 사람의 흥분을 상상하곤 한다. 이 작품은 1872년에 《르 땅》이라는 신문에 연재되었다. 그런데 이미 이 책을 읽은 사람들은 아시겠지만, 필리어스 포그와 장 파스파르투가 세계 일주를 시작한 날은 1872년 10월 2일, 리폼 클럽에 도착해야 하는 날은 1872년 12월 21일이다. 다시 말해 신문에 연재하는 글을 읽는 사람들은 실시간으로 포그와 파스파르투를 따라가며 여행이 끝날 미래의 12월 21일을 기다리고 있었던 것이다. 이 소설이 역사상 단 한 번만 제공할 수 있었던 특별한 경험이었다.

자신이 창조한 두 주인공이 지구를 도는 동안 베른은 작업실을 떠나지 않았다. 베른이 그린 인도, 홍콩, 일본, 미국은 모두 자료에 바탕을 둔 상상 속의 세계였다.《지구 속 여행》과《해저 2만 리》때와는 달리, 베른은 상상력을 마구 휘두를 여지가 없었다. 하지만 이 세계 역시 19세기 프랑스인이 서구인이 기록한 자료를 바탕으로 상상을 통해 재창조한 곳이었다. 그리고 그에 따른 어쩔 수 없는 한계가 있었다. 베른은 당시 아시아 국가들의 이국적인 매력은 꼼꼼하게 묘사했지만, 서구 제국주의가 그 지역에 끼친 영향에 대해서는 둔감했다. 미 대륙을 가로지르는 열차의 디테일은 꼼꼼하게 묘사하면서도 수족 전사들이 왜 주인공들이 탄 열차를 습격하는지에 대해서는 고민하지 않았다. 주인공 필리어스 포그는 더 심해서, 창밖의 경치가 끊임없이 바뀌는 동안에도 오로지 카드 게임에만 몰두했다. 남편의 시체와 함께 불타 사라질지도 모르는 아름다운 인도 숙녀나 수족에게 납치된 파스파르투를 구출할 때를 제외하면.

동시대 사람들에게《80일간의 세계 일주》는 탐험과 도전에 대한 영감을 제공했다. 그리고 훌륭한 이야기가 대부분 그렇듯,《80일간의 세계 일주》는 시대의 한계를 품고도 살아남았다. 이제 이 소설은 과학기술이 지배하는 미래의 비전을 보여주는 작품이 아니라, 그런 비전을 꿈꾸었던 19세기 유럽인이 살았던 옛 시대를 보여주는 창으로 존재한다. 그리고 새로운 시대의 독자들은 베른이 고민하지 않았던 부분을 보고 빈칸을 채운다.

　이를 보여주는 것이 소설 각색물들의 역사다. 가장 최근 각색물인 데이비드 테넌트 주연의 BBC 텔레비전 시리즈 '80일간의 세계 일주'는 포그를 은행 강도로 여기고 쫓는 픽스 형사 대신 《데일리 텔레그래프》의 기자인 애비게일 픽스를 등장시킨다. 여자 캐릭터를 한 명 더 늘리고 싶어서인가? 당연히 그렇다. 하지만 필리어스 포그가 허구의 책에서 세운 80일의 기록을 현실 세계에서 72일로 단축한 사람이 미국의 전설적인 여성 저널리스트 넬리 블라이라는 걸 생각하면 이 선택은 오히려 논리적이다. 이 작품을 1950년대에 나왔던 아카데미 수상작 영화와 비교해보라. 미래의 독자들과 각색자들이 같은 소설에서 무엇을 더 보고 읽어낼지 누가 알겠는가.

듀나(소설가, 영화 평론가)

책세상 세계문학 004

80일간의 세계 일주
Le Tour du monde en quatre-vingts jours

초판 1쇄 발행   2022년 9월 8일

지은이	쥘 베른
옮긴이	이세진

펴낸이	김현태
펴낸곳	책세상
등록	1975년 5월 21일 제2017-000226호
주소	서울시 마포구 잔다리로 62-1, 3층(04031)
전화	02-704-1251
팩스	02-719-1258
이메일	editor@chaeksesang.com
광고·제휴 문의	creator@chaeksesang.com
홈페이지	chaeksesang.com
페이스북	/chaeksesang **트위터** @chaeksesang
인스타그램	@chaeksesang **네이버포스트** bkworldpub

ISBN 979-11-5931-827-6 04800
ISBN 979-11-5931-794-1 (세트)